安娜贝儿
ESFP

菲比 ENFP

吴天真
INFP

陆行知
ISFP

泰山
ENTP

Ke
IST

大望路
还有 *dreams* 梦想

任逍遥 著

作家出版社

图书在版编目（CIP）数据

大望路还有梦想 / 任逍遥著. -- 北京：作家出版社，2025.7. -- ISBN 978-7-5212-3335-3

Ⅰ. I247.5

中国国家版本馆 CIP 数据核字第 2025WH8569 号

大望路还有梦想

作　　者：任逍遥
责任编辑：夏宁竹
装帧设计：一　言
出版发行：作家出版社有限公司
社　　址：北京农展馆南里 10 号　　　邮　　编：100125
电话传真：86-10-65067186（发行中心）
　　　　　86-10-65004079（总编室）
E-mail:zuojia @ zuojia.net.cn
http://www.zuojiachubanshe.com
印　　刷：北京尚唐印刷包装有限公司
成品尺寸：152×230
字　　数：282 千
印　　张：24.75
版　　次：2025 年 7 月第 1 版
印　　次：2025 年 7 月第 1 次印刷
ISBN 978-7-5212-3335-3
定　　价：50.00 元

目　录

1. 让人心跳一百二的方案评审

菲比在西安国际机场的接机口徘徊二十几分钟了，每隔十秒钟就恨不得看一下手表，心想：他怎么还不出来？评审会现在进行到哪一步了？万一到了安睿汇报怎么办？十几个评委，上百号人的评审会，已经开始一个半小时了，方案的主讲人还没到达登机口！

时间倒退二十四小时，菲比怎么也没想到这次的出差如此坎坷，当早上 10 点她打开电脑准备一边看邮件一边喝 M Stand 的新品时，项目经理沈妙火急火燎地打来电话："首建院突然通知明天上午 10 点大唐要进行方案评审！你赶紧和 Ken 合一下文本！订下午的机票我们晚上得到西安看会场！泰山得去汇报方案，他在外地，我让市场部的人协调他的时间！"还没等菲比问具体，电话已经挂了。于是她飞奔向规划同事办公的区域，还没到就看见 Ken 火急火燎地来找她了。一通操作猛如虎，规划、经济、建筑和景观的成果合在一起了，发现文本已经超过了 300页，一般汇报在三十分钟以内，汇报文件顶多 60 页，Ken 叹了一口气："菲比先把文件发打印社吧，方案评审文本可以厚一点，汇报文本我这边来做，泰山肯定还是要看的。"看着 Ken 一副视死如归的表情，菲比知道今晚他已经做好了通宵的准备。她定了定神，先熟练地查找好下午的航班，发邮件给主管要求审批并抄送给 FCM[①]，然后迅速检查了评审文本的内容，确认无误并排除了 bug 以后，准备发给沈妙，请她转给已经在西安待命的打印店（毕竟在北京打印来不及了，几十公斤的托运也受不了）。就在要导出文件的关口，InDesign[②]显示 failed！ Shit！文件

① 一个帮外企订酒店机票等的第三方服务机构，从 6 点以后收加班费，工作效率堪忧，有着他们的甲方们望尘莫及的朝九晚五的规律作息。

② Adobe 的一款排版软件。

出 bug 了，好几个文件合在一起就会出现这样的问题，现在已经是中午12 点了，菲比只能用最笨的办法，一页一页排查，然后删掉有 bug[①] 的页面再排一次版，终于成功导出了 PDF 文件，此时已是中午 1 点。她和沈妙的航班是下午 3 点，来不及吃饭，检查好拷贝的文件，拿上临时在公司存放的化妆包和楼下干洗店正好洗好的西服套装（感谢上天还有一套西装没来得及取），菲比下楼时，沈妙已经在楼下订好的车里等她了。她心心念念要品尝的焦糖曲奇拿铁一口没动，早已凉透，下午 4 点保洁阿姨将会无情地将它收进巨大的黑色垃圾袋。

在从国贸到机场的路上，菲比和沈妙也是捏了一把汗，谁知道北京的鬼交通会出现什么状况，两人在手机上用航旅纵横办理了登机，下车后以最快的速度冲过安检，顺利到达登机口。这趟旅程，还没到开会地点两人就已经感觉到筋疲力尽，不过 Ken 更惨，他有别的项目开会，得坐红眼航班到西安，而且开会前泰山哥还要拉着他改汇报文件呢！菲比再次感叹，电视里都是骗人的，CBD 白领哪有光鲜精致的生活，都是疲于奔命讨生活而已。

菲比的这个项目是西安大唐新区金融中心站的规划，建筑和景观设计，是一个当下火热的 TOD[②] 项目，通俗点讲就是把地铁和其他站点和地下商业以及周边地块通过商业通廊和景观的设计无缝连接在一起，以达到最好品质的步行体验，使商业店铺的价值最大化，并打造现代的城市公共空间作为城市形象代表。去过日本或中国香港的朋友们都会有所体验，地铁从出闸机开始，就有连绵不断的商业店铺，一直延续到每个

---

① 漏洞。

② transit-oriented development 的简称，意为以交通枢纽为导向的开发。

地铁站口，和大型商场的 B1 层联动，形成没有界限的商业网络。而大陆的地铁站，多为地铁站厅仅仅是走廊，只起到和周边商业的连接作用而没有商业价值和公共空间，大唐的这个项目让安睿看到了创新的可能性，作为地方政府的业主也是寄予厚望，希望为新区打造现代国际化的城市形象，招商引资。

　　这个项目是由菲比所在的国际知名外企安睿和首都建筑设计研究院联合设计的，在业内这属于一个典型单位联合体，国际化的概念和方案设计通常由行业头部外企完成，而本地设计院负责施工图和后期对接。这种配置可谓强强联手，两家单位各自发挥强项，为飞速发展的中国市场提供国际品质的基建项目。当然，这是在双方相互欣赏，愿意维护良好合作的基础上的理想工作关系。在大多数情况下，双方并没有相互信任，半路把项目截和的情况时有发生，把对方踢走独吞设计费。就好像一对心怀鬼胎的夫妻，不得不在人前装出和睦美满的假象一起讨生活。

　　不幸的是菲比的项目的合作双方就是这种关系。这次的方案评审会非常正式和隆重，地点在比邻机场的国际会议中心最大的宴会厅，由院士担任评委会主席，十几位国内著名专家将对项目的可实施性、规划、建筑、景观、消防和市政做全方位的评审，业主也是非常重视这次的评审会，所有的程序配置和参会单位都做到了最高规格。

　　然而如此高规格的评审会，作为主创团队的安睿是最后知道的，而派来参会的人员数量，也是首建院的一半都不到。在首建院领导眼里，是安睿抢了他们概念和方案设计的活儿，自然对安睿异常冷漠。同时他们派专人驻场大唐项目，日夜贴身服务业主，早和业主的项目管理人员打成一片了。而安睿和大多数外企一样，设计师和项目经理都身兼多个项目，根本没有时间精力搞贴身服务，市场部的美女们也是在黄金年代call in①的项目都接不过来，才不会屈尊来工地驻场，这样的工作模式也难怪得不到业主的最新消息啦。以上种种，导致安睿在评审会前一天才收到会议通知，并且业主要求由陈泰山直接向院士汇报方案。

陈泰山，中文名陈世勋，由于他剑走偏锋起了个非常规的英文名Tarzan（泰山），大家都叫他泰山哥。他可谓业界的风云人物，在人才辈出的"宇宙第一大外企"安睿也是石破天惊（惊世骇俗）的存在。泰山是中国的宝岛台湾人，有美国留学背景，仪表堂堂，在房地产和城市化建设开始火热的千禧年来到大陆发展。作为水利工程本科的红绿色盲，从一个景观设计师到副总裁仅仅用了十年的时间。不但他的专业成绩斐然，而且他的私生活也是公司里最热的八卦谈资，拥有同性伴侣，却与神秘女子生了双胞胎，年会上曾请自己TVB小明星男友献唱引起轰动，可谓"特殊群体的灯塔式人物"。

回到当下，此时此刻菲比就在焦急等待陈泰山的大驾光临，可谓皇帝不急急死太监，昨天沈妙已经向泰山哥汇报了今天评审会的重要性，可他还是订了今早而不是昨晚的航班。领导任性，下属遭殃，沈妙派菲比找会展中心要了一辆室内摆渡车，开到接机口门口恭候他，一旦他出来，上摆渡车五分钟即可到达评审会场！

终于，那个熟悉的身影出现了，菲比松了一口气。他今天的dress code②是business casual③，白衬衫，藏蓝色西装，一双鞋头优雅的皮鞋，

---

① 直译为"打电话进来"，多指客户主动上门。
② 着装规则，一般在不同场合需要符合场合的着装。
③ 商务便装，介于正式和休闲之间，一般男士要穿衬衫和皮鞋，不一定需要领带和西装外套。

收起了他平时花里胡哨不系扣子的衬衫和毛茸茸带图案的毛衣，完全是一副令人信服的外企精英领导的形象。至于泰山哥为什么要在这么重要的评审会来得这么晚，也许是他项目太多日理万机，也许是他任性地头天晚上安排了约会也未曾可知。

总之，他来了！快！菲比赶紧招呼电瓶车司机开过来："陈总，您好，时间紧迫请上车！"泰山哥看到接机如此有仪式感非常满意："哎呀你们还准备了车呀！不用那么麻烦了啦，走几步就到了啦。"话虽如此，作为一个狮子座的霸道总裁，他还是非常受用这种排场的。这次真的给老板长面子了，沈妙出的这招好，马屁拍在点子上。

菲比浅松了一口气，接到领导了，今天第一个挑战完成了！事不宜迟让司机赶紧出发，汇报要马上开始！

像这种被大家寄予厚望的 TOD 项目，关系到未来的城市形象和招商引资，还有这届领导班子的政绩，同时又涉及众多专业如地铁、市政、能源、规划、经济、招商、建筑、景观和结构工程等的协作，甭管评审会是不是专业或是走过场，项目对各专业的技术水平还是有很高要求的，所以业主自己也很紧张。评审顺利通过的前提是整体的规划设计要够大牌，理念要够先进，照业主的话说那是要"世界级"的，这样的设计理念通常都是安睿这样的国际一线外企的强项，而陈泰山，是个一流的讲故事高手。

泰山哥进入宴会厅的外场，Ken 和沈妙已恭候多时，业主负责对接的领导李部长也赶来热情迎接，泰山哥的第一句话是对着规划副总监 Ken 说的："我要改一下 PPT。"Ken 不愧是追随泰山多年的下属，笔记本电脑他就拿在手里，PPT早就打开以备领导过目。李部长说："安睿的整体概念方案汇报预计十分钟后开始。"菲比真为Ken捏一把汗，但Ken本人还是比较淡定的，毕竟被大佬摩擦了好多年，汇报前临时改图，云淡风轻。

安睿一行四人进场落座到汇报席时还引发了小范围轰动，当时市政院正在汇报综合管线内容乏善可陈，观众昏昏欲睡。而安睿四位设计师入场确实让人眼前一亮，泰山的气场就不用说了，Ken虽然白胖白胖的，但胜在气质，他也穿了黑色羊毛西装配衬衫，玳瑁花纹的复古圆眼镜衬托出设计师的书卷气，菲比则身着藏蓝色西服套装，身材修长，显得专业而知性，四人中身高最矮的沈妙也身着黑色真丝衬衫和羊毛西裤。四人从气质装扮上和城建院不太修边幅的工程师们形成了鲜明的对比，照业主的话说"看着就洋气大牌"，倍儿长面子，这设计费花得值。

一切就绪，在院士的主持下，"请安睿介绍大唐金融区中央公园及地下空间项目的设计方案"，泰山哥从容不迫地拿着话筒站到6米高的大屏幕前，首先屏幕上投放了一段制作精良的3D动画，用最直观的方式将设计呈现在观众面前，再配合上陈泰山别开生面的讲述，迅速提起了昏昏欲睡的观众们的兴致，大家听得津津有味。

对于TOD项目的汇报，用动画影片辅助汇报非常讨巧，因为TOD项目通常涉及多层地上地下建筑和综合立体的交通体系，其复杂程度是平面图和效果图很难表达清晰的，汇报往往面对的是非设计专业的业主领导们和工程专家们，需要在短短几十分钟内让他们充分了解设计理念和空间效果，最好的办法就是制作3D动画了。毕竟，谁不愿意看动画片，而去啃300页的文本呢？和现在人们沉迷于看视频的现象是一样的。整场评审会安排了好几个小时的议程，冗长又枯燥，只有这不到十分钟的影片吸引了全部观众的注意力，随着镜头翱翔在项目炫酷的设计空间和美好的愿景里，菲比看着院士展开了紧锁的眉头，满意地点着头，并饶有兴致地和泰山哥提了几个更细致的问题，心想：稳了！

剩下的行程里没有什么drama^①了，方案评审通过，皆大欢喜。首建院的领导看着也没什么机会挖坑，就没再掀起什么风浪。

菲比到达首都机场时已经是深夜12点，一路上大家都疲惫不堪，并没有再聊天（太好了）。当她来到机场出租车上车点，彻底感受到回到了北京：每次无论多晚落地，都有这么多打工人在深夜排队，而且一排就是四十分钟起步，还好她家在北五环，如果住在城南，估计半夜2点钟前到家就已是万幸。

随着出租车开进小区，菲比看到一片片树丛和暖黄色的灯光，心里终于感觉踏实了，打开她的小loft的大门，一股阳光味道扑鼻而来，真是金窝银窝不如自己的小窝，什么五星级酒店那房间里工业化的香精味真是让人受不了！

猫咪骂骂咧咧地来打招呼了，一天一夜未归，猫咪显然是担心菲比外出打猎遭遇不测，得，赶紧开个罐头安慰一下主子！喂完猫，菲比去洗了个澡，躺在床上撸着呼噜呼噜的主子，吸了吸猫肚子，慢慢进入梦乡。

---

① 戏剧桥段，音译为"抓马"，多指生活中鸡飞狗跳的事件。

"你不要过来啊啊啊啊
啊啊啊啊！！！！！"

啊啊啊啊啊啊
啊啊啊！！！！
！！

"再见了这个世界……"

— The End —

2. 在家小公主，公司累成狗

也许是旅途过于奔波，菲比睡得很不踏实，她总听到有好几个声音在呼唤她，一会儿是泰山哥，一会儿是沈妙，似乎他们都对她发号施令，但空荡的回声让她听不清这些指令是什么。

然后她感觉自己突然变矮了，周围的高大人影纷纷向她压迫而来。低头一看，自己穿上了小学校服，脖子上还系着红领巾。正在不知所措之时，抬头看到一个修长干练的身影缓缓走来，仔细一看是自己小时候的偶像——《鉴证实录》里的聂宝言，聂医生弯下腰，看着菲比的眼睛，坚定地说："都市丽人是不能睡懒觉的，现在都几点了？！该起床了！"

叮咚叮咚叮咚。

人和猫被手机刺耳的闹钟吵醒了，菲比又再次高估了自己的体能，以为2点半入睡也能在8点钟元气满满地醒来，实际上是意识逐渐清醒，身体和眼皮却不听使唤，整个人被某种神秘力量封印在床上。

到了8点40分，总算能睁开双眼了，她缓慢地翻了个身，够到床头柜上的手机，打开一看，白姐姐给她发来了五条五十九秒的"死亡语音"。为何称为死亡语音？一是长，二是啰唆，三是无法让接收者直观看到信息的全貌，从而归纳总结出待办事项的重点。如果在工作上对同级发很多条死亡语音，那是非常不专业和不礼貌的。如果是上级发给下级的嘛……虽然可以给老板找补说领导天天日理万机，但是这种做法多少还是带着那么点傲慢和不走心。

菲比选择性忽略领导的怠慢，毕竟升职决定权还掌握在白姐姐手里呢！

听完语音，都是些不太重要的琐碎事情："啊菲比你的项目分享PPT准备得怎么样了？下周三我得去北大做一个演讲，你能不能和广州办公

谁的少女
时代，

没有
一个都市
丽人梦呢？

室的同事商量一下，把分享会的时间改在周四？因为我得给这个系列的分享会开场……

"……你不在这几天，春暮里项目的方案改得怎么样了？我知道大唐很重要，但是春暮里你也要多盯着呀……现在谁在改模型呢？我觉得我们有必要做一个设计调整的review^①，你问问香港办公室的Daniel有没有时间，也请他帮我们把把关啦！"

菲比出差只走了一天半，而且走之前已经把春暮里的修改草图画好了，也安排小朋友做了，不知怎么在她眼里就变成"没怎么管"。她这看似无厘头地安排工作，实际上传达的信息很清晰："你要记住谁是你的领导。"这是一波刷存在感的操作啊！

菲比把手机扔在枕头上，老娘累了，吃了早餐再说吧！她先给猫咪换了新粮和水，然后开始做早餐。白姐姐的死亡语音成功唤起了她的逆反心理，我偏要做个费时间的早饭！来个最爱的法式吐司吧，报复性地多放一点黄油，再干了两份意式浓缩。

喝完咖啡她在沙发上发了五分钟呆，温暖的阳光从朝南的巨型落地窗洒进室内，这是她的小loft里最让人治愈的空间。自从拥有了自己的小窝，菲比在家居软装上花的钱几乎掏空了她并不是很鼓的荷包，她的家居布置风格并不统一，原因是一开始她喜欢法式复古风，后来又喜欢北欧中古家具和东南亚度假风，最后受网络博主的影响对现代工业风产生了浓厚的兴趣，于是她家变成了一种mix&match^②的风格，虽然物品有些杂乱，但不妨碍它成为每个都市丽人都期望的那种避风港，书架和

① 在设计项目上一般指项目回顾、检查和总结。
② 混搭，一般形容着装和室内风格。

柜子上放置着各种淘来或自己创作的摆件和画，时髦的椅子和桌子，二楼全套亚麻床品的小床和一个小小的衣帽间。每次回到家都有被自己喜爱物品包围的幸福感和安全感。当然，其实这种感觉是被消费主义潜移默化洗脑而来的也未曾可知。

得，吃完饭赶快去上班吧，毕竟白姐姐还唠叨呢！9月了，天气渐凉，菲比化了一个淡妆，拿出干洗好的廓形风衣，北京每年只有三个星期的气温可以穿风衣，珍惜！

今日北京大风，有些秋高气爽的感觉，菲比在出租车上补了一觉，一睁眼车已经开到金贸中心的内部道路了。安睿北京办公室位于国贸东四环边上的金贸中心，紧邻全球销售额最高的百货公司SKP，背后还有两座超五星级酒店和高级公寓，一进入金贸大楼的内部，就会感觉到扑面而来的精英气息，由全球顶级建筑公司精心雕琢的外立面，在帝都CBD林立的高楼里也是鹤立鸡群的存在，室外景观是当年安睿刚进入中国时最著名的主创亲自操刀完成，经过将近二十年的使用，地面的石材依然光洁如新，林荫大道的法国梧桐整齐划一，路边的绿篱和花园永远有人精心修剪，就连广场上摆放的不锈钢花钵里的花草也是常换常新，人行道边的巨型广告永远是Gucci、Celine等国际大牌的最新设计，由金钱堆砌出的美好环境就是这么直观和有冲击力。

从落客区下车，进入转门立刻进入了洒满阳光四季如春的大堂，室内泉水的潺潺水声和挺拔的真竹子装饰让每一个人感受到庭院的惬意，不过来这里的白领们没有时间欣赏这些精巧的细节，大家都不动声色地快速刷二维码过闸机，井然有序地等电梯，心早已飞到电脑前面了。不过菲比在等电梯的时候会偶尔转一转她想象力丰富的小脑瓜儿，心想这不就是小时候看杂志向往的场景吗，我好像也成了杂志里的都市丽人呢。

菲比来到 29 层，直奔工位，打开电脑迅速浏览了一下未读邮件，还好只有 20 封也没啥紧急的。看完邮件，她准备去找小行知看春暮里的模型修改，今天周三了，周五晚上要交图了，还得渲染效果图和排文本呢！

小行知是景观组新招来的助理设计师，大名陆行知，据她说父母希望她知行合一。为啥要在她名字前加一个"小"呢？一是她刚毕业，年纪是全组最小的，二是她长得小，身材娇小，鼓鼓的小脸婴儿肥还没有褪去，衣着打扮也是带着卡通图案的卫衣帽衫和超短裙之类的，再配上个挂满小玩偶的粉嫩书包，堆堆袜和球鞋，和初中女生没什么区别。菲比每次看到她，都觉得她长得好像楼下 Gelato^① 店的 logo——一只可爱的小企鹅。菲比来到小行知的工位，她正在兴高采烈地和旁边的实习生讨论她的墙头呢！

"行知，我们一起看看你改的模型吧。"

小行知这才回过头："好呀！"

第三个原因叫她小行知，是因为她的专业能力真的不太行，完全是实习生小朋友的水平，必须全程 baby sitting^②，还需要每天检查她的progress^③。虽然菲比没期待她能完成多少，但打开模型后发现做好的东西比她想象中更少，菲比的表情逐渐变成"裂开"表情包。

---

① 意式冰激凌。
② 直译是照顾婴儿，这里指的是保姆式指导。
③ 进展。

菲比出差前，留下的手稿有五张，一张是平面图的修改，两张是儿童游乐场的构筑物透视草图，还有一张种植平面图和一张廊架的立面图。这次她们修改的场地是一座大型商场一角的代征绿地，一般都是属于政府但由开发商代建，本来项目公司并不重视这块的广场和绿地，但集团的董事长看完后执意要在这个广场上放一个儿童游乐场，说那才体现了春暮里"吸引年轻家庭，社区互动和表达生活美学"的经营理念。在上次的方案评审会上，董事长还悠悠地带过一句 comment^①："这个广场的设计还可以再琢磨一下，现在看起来像潍坊设计院做的。"这句话大大刺激了菲比作为国际化设计师的 ego^②，当然领导只是表达了这个地方的设计过于平庸，潍坊设计院无辜躺枪。从此以后"潍坊设计院"在项目组里成了一个梗，如果哪位设计师的出图审美不够高级，抑或设计不走心，大家都会搬出"潍坊设计院"这个梗，激励一下设计师再优化出一稿。这个调侃其实并没有不尊重本地设计院的意思，只是代表了一种设计标准的差异，这种差异在各行各业比比皆是，暂且不表。

回到小行知的电脑屏幕，平面图的确是在 CAD^③里描完了，但这些矢量化的曲线失去了手稿里的灵动流畅，比例也不太对了，再看模型，单体模型她只建好了一个小滑梯，流线型的坐墙和沙坑里的游戏设施都还没有开始做，总之她只做完工作量的 20% 不到，而且看起来还不太能用，现在还有一天半的时间，有些许紧迫了。

"行知，这个平面图不太行，你看手稿的曲线很流畅，但这个 CAD

<hr/>

① 评价。
② 自尊，也可以是自大，总之是设计师的命根子。
③ 一款设计工程类绘图软件。

的线条磕磕巴巴，很不好看。"

小行知："哦。"

"平面图里的小绿岛，是类似小山包一样的草坡，给小朋友爬上爬下玩的，你的绿岛画得太小了，到时在模型里种植物你就会发现场地很空，你应该结合另外一张植物设计图去理解这个空间……"

小行知："哦。"

菲比："现在你做的能用的是这个滑梯，可是咱们进展太慢了，其他的构筑物啊坐墙啊还没开始，你赶紧开始做这些单体的模型吧！CAD平面我来改，我们两个小时以后再对一下进度！"

一顿输出后小行知的反馈还是比较消极，一点儿也不着急，菲比有些不耐烦了，讲解那么多是希望她能学到设计基本的逻辑和方法，尽快在工作上 on track[1]，可看起来孩子并不是那么领情。

小行知说："好的。"

已经快中午12点了，菲比开始改 CAD 平面，最后不得不自己重新画了一遍，还是得 senior[2] 来画平面啊！她叹了一口气，中午没什么人找她，她就集中精力画图，边画还会有一些新想法，又在图上加了些细节设计，到了下午1点30分，平面图差不多了，终于可以休息一下去吃顿饭了，办公室里空荡荡的，她一扭头看见小行知还在座位上，抠她的模型呢！

"行知，你还没吃饭呢？"

小行知无辜地转过头："菲比你不是说两个小时以后要看模型吗？"

---

① 在正确的轨道上，指工作方向正确。
② 资源人士，职场老人。

菲比觉得她的表情既可怜又好笑："先去吃饭吧，吃完再继续。""好的！！！"小行知一溜烟跑了。

小行知下到金贸商业街的 B1，几个刚入职的小朋友早已在南京大排档占好位置等她呢！

"陆行知，这里！你怎么下来得这么晚啊？"一个女生招呼小行知到座位。

"别提了，我的小领导又给我提了好多意见，烦死了！！！"小行知喝了口水，大声吐槽。

"好像她的项目都不好做，她是不是老加班呀？"

"是啊！而且要求特别细，老让我改图，差不多就得了，谁看得出来呢！"小行知继续吐苦水。

"那你只能忍着，你不是试用期快到期了吗？好好听话忍过试用期吧！"女生安慰小行知，突然又说，"你那个小领导是不是特别卷啊？我好几次看见她吃饭时间去健身房，然后再回来加班，也太拼了吧！"

"嗬，不但老去健身房还天天吃轻食，跟修仙似的！还不是照样没有男朋友！"小行知一脸不屑，嘴巴开始不厚道了。

"对啊，你知道吗？有女生这么练，最后大姨妈都不来了，还是像我们这种 chill① 一点好，生命在于静止，练这么拼干吗啊？"旁边另一个女生也加入了讨论，"不过，你的小领导确实身材挺好的，她穿什么都显得很时髦……还是得瘦。"

"嗬，每天打扮得这么高级还不是对着电脑画图？"小行知变本加

---

① 松弛，都市丽人追求的生活状态。

厉，"你知道吗，这样的女生反而拒人千里之外，没人追的！你看我就不一样啦，乖巧可爱，我男朋友对我可好啦！"小行知说到男朋友，可是增加了很多心理优势。

"这倒是，不过啊，人家可能想把自己包装好了，找一个精英男朋友呢！"旁边的女生用自己有限的认知又做了一番推理。

"不过，我现在总结出一套偷懒秘籍！"小行知嘿嘿坏笑了两声，"有时候她让我改图，我就装傻，随便改改，她不敢冲我发脾气，三次还没改出来她就受不了了，然后她自己拿去改了，我就可以下班啦！"

"真有你的陆行知，你还学会向上管理啦！"几个女生笑成一片。

一帮小女生"蛐蛐"小领导的样子，像极了初中时候"蛐蛐"班里那个什么都争第一的学习委员。没办法，这个世界就是被一小部分卷王搞乱的，所以卷王不得不承担这样的舆论压力。

菲比的钝感力让她没有察觉到任何背部发凉，或者是要打喷嚏的迹象，她脑子里想的都是项目。

后来菲比自己下楼去找饭吃了，她没有选择金贸的 B1，那里过于人声鼎沸，现在的她还没从出差的疲惫里缓过来神经比较脆弱，需要找个安静一点的地方。她来到三楼新开的 The Woods，点了一个烤鸡肉三明治和一杯鲜榨的羽衣甘蓝苹果汁（去去火），面包松软配上新鲜的烤鸡肉和杞果，暂且抚慰了内心的疲惫，但再看看将近一百元的小票，菲比心里又是一凉。在 CBD 一切品质都是按价格划分的，想要安静优美的环境，街景和自然采光，新鲜的蔬果汁，笑容可掬的服务生？只要对比地下一层瑞幸贵三倍且味道乏善可陈的咖啡没有异议就好。

吃完饭回到公司，在下午 3 点的时候菲比和小行知 review 了一下模型，孩子的工作效率明显提高，这两个小时的进展比前两天还要显著，果然有 baby sitter^① 就是不一样啊！

平面图也修改完毕，菲比安排小行知按照平面去做场地的模型了，她自己打开 SketchUp^② 开始建休憩廊架的模型，没办法时间来不及了自己上吧！下午 5 点，正当她在纠结廊顶部架木格栅的比例时，白姐姐的死亡语音又发过来了："哎呀菲比别忘了和广州同事确认分享会的事情，再拖就不礼貌了呀。还有你和 Daniel 确认时间了吗？尽快吧，我下周安排很多的哦，只有周二下午和周四下午有时间了……"

菲比叹了一口气，不得不同时在 Teams^③ 和微信上分别找到这两位，和他们沟通确认了时间，订好会议室并邮件发送了线上会议链接。一看表，已经下午 6 点了！模型还没做完呢！

菲比没有吃晚饭，每次加班都没有什么胃口，晚上 9 点 30 分，她和小行知终于把模型改完了，树和灌木也都在模型里摆放得当，整体效果还算令人满意，师徒俩不约而同地伸了个懒腰："行知辛苦了，打车回去吧！9 点以后可以报销。""好的，我男朋友在楼下等我呢！"孩子一溜烟儿似的不见了。

菲比，中文名冷羽菲，32 岁，土生土长的北京女孩，墨尔本大学建筑系毕业，毕业后在香港的艺术机构和设计公司工作，两年前回京加入

---

① 保姆，一般带刚毕业的小朋友都需要一段时间的保姆式指导。
② 一款设计工程类 3D 建模软件。
③ 微软的办公聊天软件。

了安睿北京办公室。从小没受"鸡娃"教育，跟着爸妈吃喝玩乐学习艺术，进入社会后才开始遭受毒打，加入安睿后用家里的资助首付了个小loft，父母还给她留了一个珍贵的车牌挂在一辆二手 mini cooper 上，在北京也勉强算是有房有车生活无忧。

菲比在公司的 title① 是 senior designer②，入职两年，每年的 review 评分都是 excellent③，属于"上有老，下有小"的公司中层，上老是她的"70后"总监，大量的技术创新的活儿都落在她的身上，而她的总监白姐姐就评评图即可。菲比时不时还要充当白姐姐的秘书，帮她订餐厅订和项目不相关的会议甚至帮她女儿买书。下小是她的"95后"小下属，他们可不是"80后"被规训的"乖孩子"了，不但得手把手教，不高兴了可能随时甩脸子不干了（毕竟他们没有房贷和孩子），必须照顾小朋友们的工作情绪。菲比这小中层本来没家没室可以活得潇洒，却在公司伺候老小，还时不时感受一下夹板气。

在外人看来，菲比已经生活小康可以躺平了，蹭蹭爸妈的好处，找份朝九晚五的安稳工作，小日子能过得有滋有味。但她偏偏不要，来到竞争激烈加班甚多的世界 500 强外企，成为奔波忙碌的大望路白领大军中的一员。

那是因为菲比有个"都市丽人"梦。

也不知到底是 TVB 职业剧给年幼的菲比洗脑过度，还是时尚杂志上的成功事业女性给她的印象过于深刻，总之成为一个"大女主"的梦

---

① 头衔。
② 资深设计师。
③ 卓越。

都市丽人的梦想

都市丽人的现实

想在她中学时期就深深植入在意识里了。在 SKP 商场开业的那年，还没有高考的菲比穿着校服偷偷跑来逛街，在香奈儿旗舰店门口华贵明亮的中庭，菲比感觉踏入了另一个世界，穿梭在高奢店铺间的大望路都市丽人们，踩着优雅的尖头高跟鞋和入时的西服套装，目中无人高高在上，衬托得菲比自惭形秽，对她幼小的心灵是一次强有力的冲击。小时候崇拜的女性形象活生生出现在面前，她立志也要成为大望路都市丽人中的一员。

按照菲比想象中都市丽人的生活状态和物质标准，菲比给自己做了一份精准的规划，她掐指一算似乎年薪要到达七十万元才能勉强符合都市丽人的生活标准，那么在设计咨询这个传统行业中，对标的职位是总监，也正是她上司白姐姐的职位。

菲比距离这个职位还差三级，她决定加倍努力，如果能一年跳一级的话，她在三十五岁时可以实现自己的都市丽人梦。

边准备在手机上打车的她，边暗自复盘着这个计划，感觉前路漫漫，仍需努力。

3. 周五的 Happy Hour（欢乐时光）

周五清晨，菲比第一个出现在办公室，非常期待今天按时处理完工作，她和小行知可以早点下班，毕竟忙了一周，人已经是强弩之末。上班路上好友萌萌发来邀请："亲爱的，今晚要不要国贸见？开了一家新酒吧，老板超帅的！"这使得她准时下班的动力更强了。小行知也知趣地早早坐在电脑前，开始打开渲染软件调试参数了。

　　通常一个项目设计的修改，都需要给业主准备一份更新的设计文本，里面需要图文并茂地表现设计的理念、空间形式和能直观看出建成效果的渲染图。讲究一点的项目团队还会追求排版的设计，根据项目的特色设计版面，或优雅含蓄，或张扬酷炫，考究到字体、字号、版面颜色和概念插画等。好在春暮里已经汇报过多次，排版形式已经不用改了，只需要把新的设计图纸和设计说明在 InDesign 文件里替换即可。

　　菲比的如意算盘是：这次修改完图纸，请业主高抬贵手给项目组打一个五星好评，作为优秀服务的记录，在公司的系统里存档，为自己争取年底的升职积累一点筹码。目前看来似乎万事俱备，菲比的心已经飞到了萌萌说的那家新酒吧。

　　突然电话响了，一看是春暮里的甲方对接人吴小姐，菲比胸有成竹地接起电话："您好，吴工，我们修改的文本快好了，预计傍晚 6 点前发您……"

　　"冷工啊，计划有变。"吴小姐用略带严肃的江苏普通话回答，"我们董事长要下周四在苏州整体听一下春暮里的建筑、景观和室内三家单位的方案设计，总经理不太放心现在的调整，为以防万一，总经理请你们周一到苏州现场改图，直到周四给董事长汇报……"

　　"您的意思是我们要驻场做设计？"菲比吃惊，"我司还没有现场改图的先例……"

"建筑和室内单位都已经同意了，你们也开个先例吧！"吴小姐的口气毋庸置疑。

菲比无奈，她只得先说马上请示一下领导再答复，随即拨通了白姐姐的电话。电话那头很嘈杂，似乎在工地，白姐姐却并不意外："刚才苏州的总经理韩总也打电话给我了，让我们派设计师去画三天图，确保设计的修改万无一失，周四给董事长的汇报一次性通过。"

领导都这么说了，看来已没有回旋的余地，之前的工作似乎也要推翻重来，菲比的心情一下子跌入谷底，沉默着。"哎呀这也是没有办法的事！"白姐姐自我宽慰道，"现在这市场情况大家都这么卷，这次就辛苦羽菲出一次差了，我周四会到汇报现场，你有什么问题随时打给我，我随时 stand by①。"电话那头传来了一阵刺耳的钻头声音。

"羽菲啊，如果没其他的事情我先挂了！"白姐姐似乎行程紧张。

菲比突然想到了什么："白总！我需要一个 Junior② 跟我一起出差，估计要调整的设计比较多，需要一个做模型的人支持。"

"陆行知跟你去可以吗？她不是一直帮你做春暮里的模型？"

"行知做模型的速度有点慢，恐怕跟不上这种驻场改图的节奏……"菲比也不想揭小行知的短，但是她的专业水平带去出差大概率要翻车的。

正说着呢，沈妙过来喊人了："来来，到大会议室开会，我们要讨论

---

① 白姐姐承诺随时在线。
② 初级设计师，俗称"小朋友"。

下周的 schedule①。"白姐姐在电话那头也听见了，安抚道："不是马上要开会讨论下周的人力分配了吗？会上我说一下，看看组里还有什么其他人手可以来春暮里帮忙。"随即挂掉了电话。

菲比叹了一口气，现在 12 点 20 分了，还没看小行知的图呢，她一边答应着一边发微信给小行知："下午 2 点 30 分一定要看一下过程稿，小行知先去吃饭吧！"小行知秒回了一个小鸭子表情包表示 OK。不过菲比更担忧的是谁来支援她的苏州之旅。

沈妙是北京办公室景观组的 studio manager②，个子不高，身材微胖，一头短短的自来卷发，带着教导主任般不怒自威的气场，背地里被小朋友们叫"妙姨"。她主要负责查看组里的财务数字并掌管人力分配，偶尔也会担任一些重要项目的项目经理。沈妙汇报给赵仙帝，北京办公室的运营副总裁，景观组的两位总监在妙姨面前也得敬三分。据说妙姨城府极深，手段毒辣，菲比刚来公司的时候就领教过她给的下马威，平时她尽量对妙姨敬而远之。

一进入会议室，发现人已经坐了大半，排 schedule 是每周的例行公事，景观部门的两位总监、若干项目经理和资深设计师会一起参加，美其名曰是每周同步一下项目进展、财务状况和资源分配，实际上是"抢人大战"，重点是组内六十多号人的分配。以两位总监为首，带着各自的项目经理和主创，都希望把工作效率高、好合作的同事抢到自己项目里，而把不那么得力的人塞到对方团队里去。

首先开腔的是徐总，徐阳"70 后"，北京一所二流大学本科毕业，

---

① 人力分配表。
② 业务线经理。

赶上了地产和基建腾飞的好时候，稳坐总监位置差不多十年了，他平时不在办公室，据说他和运营副总裁赵仙帝的关系非常好。"哎我们下周有四个项目要提交成果，这周出来帮别的项目的主创都得回去了，而且每个项目至少得有三个小朋友在上面，具体的可以问……"刘畅是徐总的项目经理，赶紧"对对对"使劲应和。线上参加的白姐姐坐不住了："徐总啊，我们团队也有三个项目要汇报，还有两个项目需要资深设计师，这周都没推进啊，因为他们都在你的项目上啊……下周他们必须进项目了……"

"……有吗？我们的项目都是固定的人在上面啊？而且你们有两个项目还是从我们项目组借的人啊？"徐阳装傻充愣，毫不让步。

两位总监正 battle[1] 呢，有人突然插嘴了："厦门滨海公园的扩初图纸下周又要修改，我这边需要三个 Mid level[2] 来配合。"众人目光一转，原来是爱丽丝姐姐，她是白姐姐下面的 Associate[3]，跟着白姐姐有七八年了，她有着自认为"高人一等"的英国国籍和与德国人比肩的一根筋性格，总是不合时宜地打断领导的对话，并浑然不觉。"等等，爱丽丝，你的事情等等……"沈妙眉头紧锁打断了她，然后接过了两位总监的话，对着屏幕上的 Excel 表格开始填写每个设计师下周负责的项目，最后看起来表上的人力分配还算合理，一碗水端平了，实际上最能干的人差不多都放到了徐总的项目上，哪位总监的地位更高，一目了然。

---

① 战斗，这里指打嘴仗争夺人力。

② 中级设计师。

③ Associate 这个职称在很多行业都有，而代表的级别各有不同，在菲比的规划咨询类行业称为"主任设计师"，一般有 7~10 年的工作经验。而菲比的好友萌萌在金融行业工作，工作第一年就是 Associate，第二年就荣升 VP（副总裁）了。

快填完 Excel 表格时，白姐姐的声音又从电脑传出："哎呀沈妙啊，春暮里的项目下周需要驻场几天，我们的 Senior 需要配一个 Junior 设计师，需要建模比较强的……"

沈妙显得有点不耐烦："陆行知不行吗？她不是一直在春暮里的项目上。"她对每个项目的人力了如指掌。

"哎呀，行知刚毕业没多久，她恐怕还有点跟不上快节奏的改图……而且这次汇报是直接给董事长汇报，项目上的总经理很紧张，万一没通过会影响我们收款啊……"白姐姐吧啦吧啦啰唆了一堆，最后一句话终于说到妙姨心坎上了，收款大过天。

"现在组里项目太多，每个人都掰成好几瓣使了，再抽一个人恐怕有困难，不过我们会看看下周能不能进个新人。"妙姨不置可否。

没人问菲比的意见，她做的项目上分配的都是刚毕业的小朋友，每次叫她来开会，就是给抢人大战捧个人场，在合适的时候佐证一下领导的需求而已。现在援军还没着落，她无奈地叹了口气，出来一看表已经下午 1 点 30 分，还没吃饭又要到上班时间了。

快速到楼下 Food Bowl① 买了一份轻食在电脑前吃完，菲比给自己打了一杯公司的咖啡，用够苦够提神的免费咖啡换来一丝清醒。端着咖啡来到小行知的电脑前，孩子已经自觉打开选好的角度和渲染软件了。还好，所有选好角度的模型都已完成，就是在种植上还缺一些层次，"行知你还是得放一些灌木素材在旱溪上，配几块置石，要不这几张图的近景干巴巴的……""哦，我还没来得及放，把人放进模型里以后我的电

---

① 一家轻食连锁店。

脑巨慢，一直在卡 bug……""那在画面近处的位置放几组吧，远景的植物我们 P 上去。""好，我试试！"小行知打开了素材库，选了几种花草和观赏草放进模型，然后转了一下角度，突然电脑画面静止了，随即出现了表现电脑在运算的小圆圈，"完了，卡 bug 了……"师徒俩异口同声。"唉！"小行知瘫倒在椅子上，"我上午就卡了二十分钟，然后闪退了，做了两个小时的东西没存上，嘤嘤嘤！！！"菲比觉得又可怜又好笑："下次记住了，随时存一下模型，最好十分钟存一次。"

两人又盯着电脑看了五分钟，小圆圈还在转，突然菲比又发现了一个 bug："行知啊，你这个角度怎么用了这么多一样的人啊？"小行知为了省事，从素材库里调出来一个素材疯狂复制，导致这画面里有五个一模一样的拿着相机的老头，以同样的角度，均匀地分布在这个画面的前后左右，使得这张图看起来诡异又滑稽（俗称"鬼畜"）。"行知啊，这个画面看起来多假啊？你怎么能犯这么低级的错误呢？"菲比声调高了八度，开始生气了。"哦哦，这还没弄完，我马上改！"小行知一认错，菲比就没脾气了："好好检查一下其他角度吧，这种错误可不能再犯了。""OK 了！"又等了五分钟，小圆圈还是在转转转，只得让小行知关掉了软件，也放弃在模型里放 3D 素材了。"等渲好图出来 P 吧！现在是下午 3 点，我 P 6 张，小行知 P 4 张，4 点做完还是有希望的。"菲比心里盘算着。

菲比的计划是，带着已经做好的儿童游乐场成果去苏州，万一总经理觉得还不够好不能给董事长看，她就和援军一起现场改图，关键就是这个援军在哪里呢？她画着图看似平静，实际上心里翻江倒海急得像热锅上的蚂蚁。

小行知的工作在晚上 7 点完成了，菲比把图纸整理好后就开始准备出差的琐事：申请差旅，发邮件订高铁票，最后从桌子底下掏出公司发的直男程序员才会背的双肩包，把她巨大的、重量可以砸死人的工作站笔记本电脑塞进了书包。

　　微信弹出一张图片，一个昏暗的吧台前，一只粉嫩小手拿着一杯鸡尾酒，褐色的液体上漂浮着白色泡沫，杯中有一颗巨大的冰球，杯顶放了一串类似迷你糖葫芦一样的小零食，非常故弄玄虚，萌萌接着发了一条微信："这杯鸡尾酒叫国贸'楂'男。"菲比回："我今天恐怕见不到国贸'楂'男了。"外加三个"哭泣"表情包。

　　正在这时，微信出现了一个新的群，是沈妙建的，群里有白姐姐，还有一个她不认识的人，那个人的微信头像是《猫和老鼠》里的杰瑞。

国贸
"楂"男

我不是花心，
我只是心碎成了很多片
每一片都♥上了不同的人

朝阳
交际花

我行我素，
能甜能咸
不仅很傻
还动性必改

如果没有遇到过国贸"渣男"，
可以来一杯国贸"楂"男来庆祝你的幸运。

4. 阳春白雪 CP

周六中午，菲比终于醒了，她隐约记得早上喂了一次猫，猫吃完饭跳上床和她一起睡回笼觉。菲比的猫是一只田园大橘。是某次菲比在国贸高奢珠宝店的橱窗前踌躇时，一个小毛球钻到了她的腿边，定睛一看是一只小奶猫，每每回忆和大橘邂逅的场景，菲比都觉得和《蒂凡尼的早餐》中奥黛丽·赫本捡猫有异曲同工之妙。

虽不是品种猫，但身体倍儿棒、冰雪聪明的大橘很快俘获了菲比的芳心，前些年养猫人群中还有品种猫鄙视田园猫的现象，作为一个有品位的都市丽人，菲比在生活中不断寻找证明大橘基因优越性的证据，《惊奇队长》里的噬元兽也是大橘！更别提《流浪猫鲍勃》了，大橘 bravo①！

大橘很快从少年感的小毛球长成了眼神轻蔑的猫猫卡车，肥硕的身体里藏着一位智慧长者的大脑。大橘渐渐发现自己的铲屎官看起来并不是很聪明，每天早出晚归去打猎，但鲜少带回来猎物。她为数不多在家的日子，行为也不是十分正常。

比如，今天的铲屎官赖床赖到中午，但她像神经病一样在床上又捶又打滚儿，嘴里念念有词，似乎很痛苦的样子。

其实菲比在仰天长叹："周日中午就得出发去苏州！呜呜呜呜我为什么这么命苦！"一边拼命捶打着枕头泄愤。

当然，都市丽人都是以结果为导向的，毕竟出差也是为了给自己的升职大计添砖加瓦。一通发泄过后她恢复了平静，从床头柜抽屉里翻出了她的手账本，揪出一页长长的图文并茂的笔记，在心烦意乱时拿出来稳定自己的内核，这是菲比在年初就准备好的"升职路线图"。

---

① 喝彩声，意为精彩绝伦。这里赞美大橘太棒了。

在菲比的升职路线蓝图中，她的目标职位是 Associate，比她现在的 Senior Designer 高一级。虽说只高一级，但从 Associate 开始，职称上就不再带 Designer 了，从 Associate 再往上升，职级就是 Associate Director[①] 以及 Director[②]。Associate 这个职位，标志着从技术人员到管理层的转变。

除了把项目做好，获得公司内部和业主对她专业技能的认可外。她需要获得直属总监白雪（白姐姐）的推荐，然后由总监将升职的人选上报运营副总裁赵仙帝，一般从 Senior 到 Associate 不需要副总裁级别参与决策，只要总监批复，就可以顺利升职。

这升职之路上的 bug 在于，景观组总监除了白姐姐还有徐阳，虽然徐阳和白姐姐的职位都是总监，看似平起平坐，但在汇报线上白姐姐需要汇报给徐阳，实际上徐阳才是掌握景观组大权的人。徐阳和白姐姐在业务上还存在竞争关系，于是就出现了每周"抢人大战"的场景。徐阳和白姐姐不但抢人，还抢项目，可想而知升职名额的资源也是要争抢的，就算菲比获得了白姐姐的首肯，如果徐阳不同意，依然是竹篮打水一场空。

共事两年，菲比对直属领导争抢资源的能力很是没有信心，于是她只能另辟蹊径，寻求获得更高层领导认可的机会。于是在菲比的路线图上，还多了一个"秘密武器"环节，上面画了一个泰山哥的头像，如果能获得泰山哥的认可和支持，让他为菲比的升职背书，那么徐阳也不敢过多阻挠，毕竟泰山哥是中国区名震四方的大 VP[③]，北京的运营副总裁

① 副总监。
② 总监。
③ 副总裁。

仙帝姐姐都得看他的脸色呢。

然而伴君如伴虎，与泰山哥绝佳的业务能力相伴的是喜怒无常的脾气和极为苛刻的专业要求，很多老设计师都绕着他的项目走，美其名曰"身体受不了"。菲比两年前刚入职的时候就领略过泰山的行事作风，当时有一个商业项目泰山炒掉了上一任设计师，菲比被沈妙安排过去救火，当时沈妙的如意算盘就是万一菲比做不好泰山的项目，就不给她过试用期了，没想到在菲比的硬磕下项目不但顺利通过，还获得了业主的五星好评。当然，代价是菲比花了整整一周时间调休，整个人瘦了一圈，可见工作强度之大。

正因为有了上次项目的基础，当菲比鼓起勇气找泰山毛遂自荐时，泰山很快把大唐项目的主创位置给了菲比，他在北上广深各大办公室里都有主创级别的"小跟班"（徒弟），他们渴望得到泰山的点拨，能咬牙忍受泰山的"虐待"，为的就是在专业上获得最大的成长，为未来的飞黄腾达铺平道路。安睿内部管这群人叫"泰门"信徒（所谓麦当劳有麦门，泰山有泰门）。

成功地踏入泰门后，万里长征才刚刚开始。菲比如果做得好，那在泰山高兴的时候提点一下将起到四两拨千斤的作用，但如果做得不好，或者不小心得罪了泰山，那么就可能被打入十八层地狱，以前的努力不但白费，升职也将万劫不复。毕竟，泰山是个非常记仇的领导。

在没有更好的大腿可抱的情况下，菲比只得走上这条机会和危险并存的道路。刚刚在大唐项目上让泰山满意，白姐姐的项目又出状况。想到这里，菲比叹了一口气，道路崎岖，同志仍须努力。她把升职路线图小心翼翼地叠好收回手账，放回抽屉，开始盘算要带什么行李出差了。

— 菲比的升职路线图 —

话说这年头流行"嗑CP"，忙里偷闲的吃瓜群众每天会组合成不同的CP，在一地鸡毛的生活中围观身居高位群体的笑料获得心理慰藉。安睿的同事们也是这样，大家时不时把目光从遥远的娱乐圈转移到公司，看看领导里有没有什么邪门CP可调侃，让贫瘠的牛马生活多一些戏谑的谈资。

于是景观组就出现了"阳春白雪"CP，说是CP，其实也不是，因为大家调侃中没有一丝丝桃色新闻。两位领导在大家眼中好似一对活宝，笑点频出，由于二人在争夺资源上竞争激烈，他们你来我往地过招让喜剧效果加倍。

徐阳和白雪都是"70后"，年龄只差两岁。前面提到徐阳学历一般，但赶上大发展的好时候入职安睿，熬资历熬成了总监，徐阳深知自己的专业能力是短板，于是在人际关系上大做文章，上面伺候好仙帝姐姐一众运营大佬，下面经常请财务啊人事啊吃饭消费，关系搞得极为丝滑，在项目审批和分配资源的各项事宜上占得先机。白雪也是吃到了时代红利，凭借父亲著名规划专家的光环，白雪在安睿的职业道路也是颇为顺畅，再加上她20世纪90年代留美研究生的学历，自认为是走在时代前端的技术精英，颇为自恋。也许是幼年成长的经历鲜少坎坷，白姐姐的神经格外大条，和老谋深算的徐阳比起来尤为明显。

比如在两人争锋初期，白姐姐是颇有优势的，她曾经一度力压徐阳成为景观组的Studio Leader①。结果一上任白姐姐就膨胀了，要求大家和她一样"自律"，必须9点到办公室开晨会，搞得习惯松散生活的设计

———————

① 业务线负责人。

师们怨声载道。徐阳就借机会做小伏低，在白姐姐面前一个劲儿夸赞她的管理政策，这个捧杀策略十分有效，让白姐姐的自信再次膨胀，推出来一系列全英文的项目分享，要求设计师们在 global[1] 老大面前汇报项目，还搞了很多学习讲座，而设计师们只想赶快干完活儿早早回家，被这些增加的自我提升项目搞得苦不堪言。徐阳同时又搞起体恤基层的路线，经常用项目经费请全组设计师吃饭团建，抚慰大家的心情。在和仙帝姐姐开运营大会的时候，白姐姐也由于自视甚高，经常以项目忙为由缺席或提前离场，丝毫没有注意到仙帝姐姐翻出的巨大白眼，而徐阳可是清楚地看在眼里的，他常常在白姐姐离场后假装为她说好话："哎，白总业务繁忙，是抽不出时间来听我们讨论运营数字的，可以理解，可以理解！毕竟她也是为了项目。"而仙帝姐姐的白眼翻得更大了，还得表扬一下徐阳："还是徐总宽宏大量，脾气好的人就是容易被欺负啊！"

经过徐阳的一番精心布局的捧杀，最后在大家一致地讨伐下，白姐姐下台，徐阳上位。白姐姐心有戚戚焉，依然不明白自己是怎么被踢下王位的。

转眼阳春白雪 CP 都步入四十大几岁，传说中的中年危机纷至沓来。一是房地产市场似乎没有那么繁荣了，项目要求越来越高，而设计费却连年缩水，阳春白雪的高薪不知道能维持到何时。二是长江后浪推前浪，"90 后"和"95 后"设计师们有着更光鲜的学历背景、更高的见识、更好的体力和更低的薪水，阳春白雪都怕自己被后浪拍在沙滩上。

对于中年危机，二位有着不同的应对方法。徐阳采用韬光养晦的策

---

① 全球。

略，他低调为人，鲜少冲在技术一线，把设计和汇报工作都下发给设计师们，自己用心经营向上管理，遇到油水丰厚的项目先下手为强，让仙帝姐姐批给自己的团队。他再通过运营系统和公司奖金体系的"漏洞"，多捞取一些项目奖金，毕竟财务的关系早已打通。徐阳每天下午4点就下班，美其名曰接孩子。实际利用多出来的时间经营业主关系，拉拉私活，再私下收取一些供应商的好处，外快颇丰。

而白姐姐心里没有这些弯弯绕，她一心想提升自己的技术能力，往"设计大师"方向冲刺一下，奈何白姐姐虽有着扎实的理论知识，但天赋实在有限，从她单调贫瘠的思维惯性中很难产出有竞争力的创意。内心的焦虑难以平复，于是白姐姐走上了疯狂自我提升的路线，不停地参加各种专业论坛，拿着自己积累的项目到处演讲，把自己的行程安排得极满，似乎一天疲惫又徒劳无功的努力可以缓解职业瓶颈的压力，实际上是聊以自慰罢了。

两位总监的现状也造就了他们不同的用人策略。其实第一次面试菲比的是徐阳，他瞟了一眼菲比精致的美甲和赫然放在桌上的香奈儿包包，再结合国际化的中英文双语简历，徐阳就感觉此女不一般，他并没有理由不录取菲比，于是顺势把菲比直接推给了白姐姐。因为徐阳的用人标准和找媳妇如出一辙：好掌控。尤其是资深设计师这个层级的，不威胁到领导才是最重要的品质。而白姐姐则是求贤若渴，因为有才华的小设计师都被徐阳抢走了，白姐姐团队里尽是平庸的资深设计师加上不给力的小朋友，她急于找一个能干的人补缺，虽然觉得菲比有可能成为后浪威胁到她的地位，但暂且用她解燃眉之急。

阳春白雪的薪资是菲比可望而不可即的梦，徐阳年薪直逼百万，白姐姐也有差不多七八十万，但是两人都没过上菲比理想中的优质生活。徐阳住在国贸南边的芒果社区，老婆不上班，两个女儿还没上小学，每日骑共享单车上班，中午吃轻食套餐。也许是城府过深算计过度，他的头发已全白，在客户面前尽显专业资深，但是到幼儿园接女儿，却被女儿的同学叫"爷爷"。白姐姐家一对双胞胎男孩，在和老公拿高薪的时代里却没有投资眼光，没买房也没申请车牌，目前还过着租房的日子，而白姐姐还为了"鸡娃"从朝阳搬到了海淀，儿子在学校成绩却是吊车尾，压力很大。

想到领导们的无姿无彩的生活，菲比叹了口气，暗自决心一定不能那样老去。

当她收拾好行李的时候已至黄昏，那个新的微信群里传来了信息，一看是沈妙艾特了菲比和杰瑞头像："这是我们下周一入职的新员工小吴，他会提前上班，明天和你一起去苏州。"

― 大橘的故事 ―

大橘和《蒂凡尼的早餐》里Cat的相似程度90%

大橘和噬元兽的相似程度60%

大橘和四郎的相似程度99.9%

5. 和颜如玉的关禁闭之旅

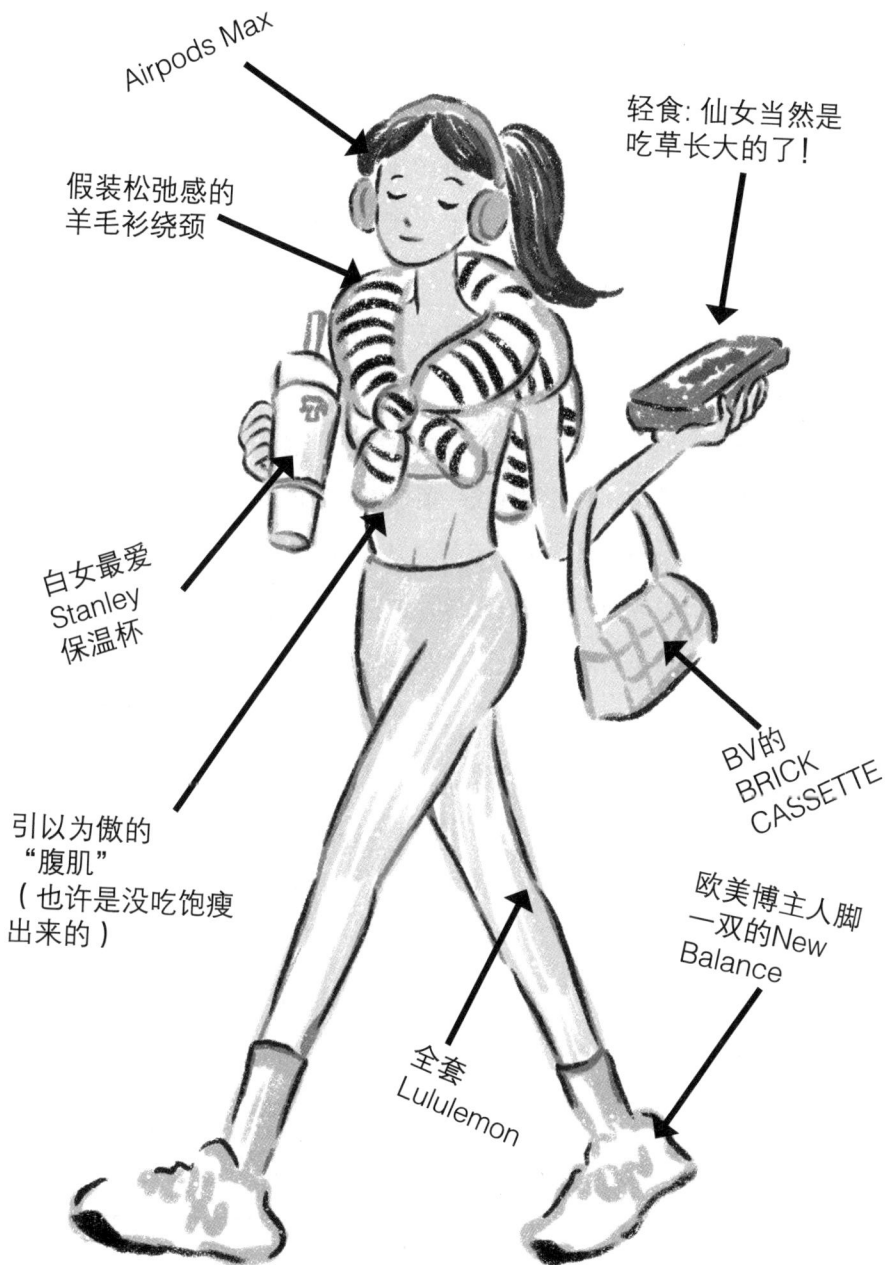

— 都市丽人健身刻板印象 —

Airpods Max

假装松弛感的
羊毛衫绕颈

轻食: 仙女当然是
吃草长大的了!

白女最爱
Stanley
保温杯

引以为傲的
"腹肌"
(也许是没吃饱瘦
出来的)

BV的
BRICK
CASSETTE

欧美博主人脚
一双的New
Balance

全套
Lululemon

菲比仔细研究了一下杰瑞的头像，杰瑞穿着古典乐指挥的燕尾服，憨态可掬，似乎比现在流行的"让领导失去沟通欲望的头像"看起来聪明一点。杰瑞的微信名为"NG"，菲比想了半天恍然大悟，这应该是粤语吴姓的拼法。在沈妙介绍后群里就变得静悄悄的，这位小吴既没有在群里打招呼，沈妙和白姐姐也没介绍他的学历背景，菲比一头雾水之余感觉到些许轻慢，显然人给找到了，剩下的事情就是菲比的了。

也许这新人还不如小行知呢，毕竟小行知的脾气秉性菲比已经了解，沟通成本会少很多。她宽慰自己车到山前必有路，暂且不去烦恼这件事情，把剩下的周末过好吧。

于是她在周日起了个大早，打车去城里的健身房上了一节团课。都市丽人再辛苦繁忙，身材管理这一项也绝不能落下。也许面部护肤还可以借助高科技，身材还得靠自己练。从保持身材到掌握各种运动技能，"爱运动"已经成为一种衡量生活方式的指标，上升到精神追求，个人品位，甚至是意志品质的高度了。现在的女孩们似乎不再欣赏"弱柳扶风"或"珠圆玉润"的古典审美，她们信奉增加肌肉能让自己多活几年，追求紧致的手臂，马甲线和翘臀已是标配，获得六块腹肌的女孩也大有人在。随着这股潮流的到来，各式各样的健身方式和工作室也是百花齐放，让都市丽人们纷纷买单，把辛苦加班挣来的血汗钱花在周末流汗和各式各样的健康餐上。

菲比就是健身大军中的一员，仗着身高腿长的先天优势，她稍微练一练就能有训练痕迹，是一个看起来还行但实际上很菜的"样子货"，为了像小红书的博主一样拍出婀娜多姿的照片，她立志再瘦三斤。一周忙工作没有锻炼，菲比感觉瘦身大计有了倒退的风险，于是在出差前决定再自律一下。到了健身房，菲比脱下了风衣，有点小傲娇地展示着她白色 Lululemon 运动 bra[①] 和瑜伽裤，要知道白色显胖，studio 里没有一个女生敢这么穿的，看着镜子里的自己菲比觉得还算满意。健身房早已成为漂亮女孩们秀身材的舞台，当然也无形中贩卖着焦虑。菲比刚美滋滋地转头，就发现另一位美女，比菲比高半头之多，有着近乎完美的蜜桃臀和一双笔直的大长腿，菲比如痴汉般目视着美女走出自己的视线，然后开始自惭形秽，真可谓人比人气死人。

上完课，心脏都要跳出喉咙，出了一身大汗，分泌的内啡肽暂时缓解了身材焦虑。菲比套上风衣，溜达到 Wagas[②]，点了一份鸡胸肉沙拉和一杯冰美式，店员看着她风衣里的健身服和若隐若现的马甲线，感觉自己入职培训时学的客户画像从 PPT 里走出来了。

就这样，度过了还算充实的上午，菲比恋恋不舍地回家了，她的心情像小时候周一上幼儿园一般惆怅。周末提前结束，关禁闭之旅即将开始。

周日下午的北京南站依然人声鼎沸，菲比环顾四周有些许茫然，群里的杰瑞依然没有消息，就在她要加杰瑞微信的时候，杰瑞先她一步发来了好友申请。

"您好，我是新入职的小吴！"通过申请后杰瑞发来了微信，"抱歉我这周刚刚回国，没有及时回复群里的信息，我已经到 10 号检票口了。"

---

① 背心。
② 一家轻食餐厅。

菲比连忙往 10 号口走，转了半天也没看见新同事，正在她左顾右盼之时她发现远处有个人似乎和她一样在原地三百六十度旋转找人，于是菲比过去一探究竟。

走近对方发现是一位眉目清秀的高个子少年，皮肤白皙吹弹可破，他身着一件立领衬衫，背着一个最新款 Prada 双肩尼龙包，十分清爽得体。

二人互相看了半分钟，都不敢相认，最后菲比说："你……是那个群里的……杰瑞吗……？"少年仿佛找到了组织，如释重负："领导好！我是群里的小吴！"菲比说："可算见到真人了！快走吧！"正要转头，少年拉住了菲比快要从肩膀上掉下来的书包带："我帮你拿书包吧，看起来挺沉的。"菲比躲了一下，把肩带背好，说："不用，我自己能行。"然后转身往检票口走去，背影看起来很是顶天立地。

其实菲比心里有点自惭形秽，她今天的出差装备十分不修边幅，带着京沪线上都是牛马的刻板印象，她认为这趟高铁不值得保持形象，一切以舒适实用为主，结果看到新同事形象甚佳，使得她这个小领导显得有失颜面。

杰瑞一边跟着菲比，一边观察着这位小领导。菲比和他想象的大为不同，他以为领导会是雷厉风行，身穿西服套装干练果敢的中年女性，结果是一位戴着黑框眼镜，头发有些许凌乱的小姐姐。这位小领导的衣着尤为特别，她在一件黑色西装里套了三件衬衫，三个尖尖的衣领叠在一起，让人产生"热不热啊？"的疑惑，她的下装是一件扎腿运动裤，并穿了一双球鞋。她背上背着一个巨大的看起来程序员才会买的双肩包，没有拉杆箱，手上提着一只有不少使用痕迹的 LV neverfull 大号手提袋。杰瑞好奇地时不时瞟菲比一眼，尤其是那三件叠穿的衬衫，当菲比发现他的目光他就立刻闪躲，杰瑞虽然第一天上班，但他知道：可不好随意评价女生的着装，更不好质疑她们的时尚品位。

其实菲比今天出差用了一个非常实用的叠穿大法，她提前把未来三天要穿的衬衫熨好了，叠穿在一起可以最大限度地减轻褶皱（以防去住的酒店没有熨斗，也最大限度地减少她的熨烫工作），并且减少了随身行李的体积。不是十级"社畜"恐怕无法理解她叠穿大法的精妙。

上车后，菲比靠窗坐，杰瑞坐在她旁边，眼睁睁看着她变魔术似的从 neverfull 里掏出来一个脖枕戴上，拿出小小的酒精喷雾和湿纸巾给小桌板消了毒，并从双肩包里掏出巨大的电脑，可怜的小桌板感觉要被压塌了，菲比浑然不觉地打开电脑连上热点，开始办公。杰瑞把这一套流程看在眼里，心想这就是出差的仪式感吗？然后不慌不忙地从包里掏出来一本泰戈尔的诗集读起来。

Teams 上的信息都回复完了，Outlook^①里积攒的邮件也回复完了，菲比有些许尴尬，她也不知道还能做点什么显得自己很忙。突然她想起一件事："对了，杰瑞，你带电脑了吗？""公司跟我说电脑要到了公司才能配，让我自己先带个设备……"说着他从书包里掏出来一个巨大的iPad，补充道："我的电脑还在海运集装箱上，我先带了个 iPad 来。"菲比双手扶额，做流汗状，iPad 也不能建模渲图啊！

---

① 微软的邮件软件。

9 月的苏州，秋雨绵绵，湿润的空气里弥漫着桂花香气。菲比这次订了一家平江路边上的酒店，既然出差一周就善待一下自己，这家酒店古色古香，有一座幽深的苏式园林庭院，步行不到五分钟就是平江路的小桥流水。房间的床头柜上放着介绍苏州风物的散文，书香气十足，很对菲比的胃口，也算犒劳一下自己吧。

Check in① 后，菲比转头对杰瑞说："今晚就好好休息一下吧，明早 8 点在楼下早餐厅会合，点外卖或吃饭的话记得开发票。"然后不容分说地转头刷卡进了房间，感觉终于能甩下这个小拖油瓶了，留下杰瑞还在走廊发呆。

遗憾的是，事情并没有结束，在菲比准备躺在一米八大床上美美地点一个外卖时，她悲催地发现，她没有带换洗的内衣。

现在她有两个选择，一是找一个大商场买几套新的；二是使用酒店吹风机，在内衣和吹风机之间保持礼貌距离，每天吹干内衣，熬过这四天差旅。菲比看看窗外淅淅沥沥的小雨，心想方案二实在不可行，于是忍痛从床上爬起来，开始搜索最近的优衣库在哪儿。

半小时后，优衣库近在咫尺。菲比心想大功告成，买完内衣后还可以在商场吃个饭，出门跑一趟也不算浪费。正要进门的时候，菲比看到一个熟悉的身影，挡在她和女装区之间，是杰瑞。只见杰瑞捧着一杯奶茶，有些惊喜地认出了她："领导，你怎么也来这儿逛了？"

菲比支支吾吾："我……来逛逛……你怎么在这儿？"杰瑞举了举手里的奶茶，笑了："留子回国，就想念这一口啊！"然后二人陷入一阵

---

① 办理入住。

沉默，菲比在琢磨如何脱身时，杰瑞说："你吃饭了吗？要不要一起吃饭？"还没等菲比回绝，他接着说："因为我还不知道怎么开发票……"一副弱小可怜又无助的样子。

于是菲比和杰瑞坐到了一家比萨店，按理说人在苏州应该品尝一些当地特色，但菲比怕点的菜不合新同事胃口，还不如安全起见，毕竟，小孩子都是爱吃比萨的！她看着杰瑞不紧不慢地研究着菜单，心里暗暗着急，想着什么时候才能买到内衣。

结果这家餐厅上菜还贼慢，饭吃到一半，已经快晚上9点30分了。于是菲比借故去卫生间，偷偷跑到前台买了单，然后溜走去了优衣库。杰瑞左等右等不见人回来，忽然手机响了，一看是菲比发的："我已经买好单开好发票啦，有事先走了，明早见！"

杰瑞有些摸不着头脑，是自己哪儿做得不对得罪领导了吗？这顿饭他吃得也蛮辛苦，虽然在加州生活多年，但他是妥妥的中国胃，最害怕芝士一类的食物，吃得都快哕了还得在领导面前强颜欢笑，假装很喜欢的样子。不过杰瑞已经下定决心，一定要让领导刮目相看，为了今后的自由，他一定要通过安睿的试用期，成为正式员工。

6. 糖衣炮弹和苦肉计

周一清晨的平江路，昨夜淅淅沥沥的小雨打湿了石板，空气中弥漫着各种草木混合的清香。杰瑞深呼吸了一口空气，想着上周还在美国打包行李，这周就跑来苏州出差，有一种恍如隔世的感觉。

　　手机振动了一下，把他从思绪中拉回现实："我打到车了，你在哪儿？要出发了。"原来是小领导催他上班了，他低头看看手表：8点，"社畜"的第一天要开始啦。

　　跑回酒店门口，菲比在一辆出租车上跟他招手，杰瑞知趣地坐到了副驾驶的座位，把后排留给小领导，也让两人多一点自处的空间（毕竟并排坐也不知道该聊什么啊）。不过好奇的杰瑞还是偷偷往后瞄了几眼，试图猜测小领导今天的心情如何，他发现她正在聚精会神地化妆，拿着粉饼反复在眼睛下方按压，似乎要遮掩什么（黑眼圈）。

　　菲比见到杰瑞坐到前排松了一口气，因为起晚了要在车上化妆，如果杰瑞不识趣地坐到旁边那该多尴尬，看来这位小朋友情商还蛮高的。

　　出租车开出老城区，沿着高架桥，景色越来越荒凉。最后到了一片工地，工地上拔地而起一座华丽的售楼处，看起来业主项目部办公室也在售楼处内部。下车后杰瑞终于看清了小领导的全貌，她似乎变了个人，黑框眼镜不见了，有妆容加持看起来成熟了一些，黑色西装搭配了吸烟裤，运动鞋不见了，换成一双乳白色的羊皮小猫跟鞋。不知是不是苏州潮湿空气的加持，头发也比昨日柔顺了很多，耳朵上戴着一副别致的金色耳环。

　　进入售楼处，菲比和一位工作人员接上了头，她就是春暮里的景观对接人吴小姐，吴小姐差不多三十五岁的年纪，穿着一件松垮的印花针织衫和一条牛仔裤，劳保鞋上还带着些许工地的泥污。吴小姐最大的特点是在嘴巴上方有个巨大的黑色痦子，菲比每次见她，都看着这个痦子出神三秒钟，心想这痦子一定起到什么风水的作用，吴小姐才不舍得把它点掉。吴小姐用懒洋洋的声音说道："你们可算来了，建筑和室内设计单位8点半就来了。"菲比感到对方情绪不佳："哎不好意思吴小姐，今早堵车有点厉害，多多包涵……"吴小姐的目光停留在菲比一尘不染的半皮鞋和LV包包上，然后很不忿地翻了个白眼，慢悠悠地说："总经理9点半来开会，你们准备一下！"菲比也不知道吴小姐哪里看她不顺眼，但还是礼貌回应："好的！谢谢您！"

会议室已经快坐满了，菲比带着杰瑞坐到了大会议桌角落的两个空位上，离主座近的位置已经被建筑和室内设计单位占领了。菲比和杰瑞偷偷环顾了其他乙方顾问，建筑单位是一家德国公司，三位男士菲比之前都已见过，今天三人比往日更加正式一些，身着成套西装但都没有系领带（这对于建筑师已经是非常正式的着装了）。室内设计单位是一家日本公司，菲比早已耳闻董事长特别喜欢室内设计的概念。室内设计单位的老板是一位大叔，梳着一个大背头，复古的金边眼镜和胡子加持，让他看起来像一个昭和时期的黑帮老大。跟随来的三位员工就是典型的"社畜"装扮，眼神中透出疲惫，不知是跨国旅行舟车劳顿还是日日加班导致的。菲比注意到随行的唯一一位女生在为其他三位男同事倒水，并提供翻译，恭敬备至。菲比和杰瑞蜷缩在角落，人少势微，显得格外不起眼。

正在这时，春暮里项目的总经理匆匆到场，见大家都到齐了就开门见山："各位啊，这次请大家来是因为我们董事长非常重视苏州的这个项目，所以希望大家共同努力，把没落实的问题落实好！各个专业的对接人每天都会和大家紧密沟通，确保周四的汇报一次通过！"然后他环顾四周，先和建筑的总监打了招呼："哎张总啊！感谢贵司的配合，方案里得铺率的问题务必要解决！还有顶楼电影院的外立面，一定要在控制成本的前提下达到最佳的设计效果！"几位建筑师毕恭毕敬，纷纷附和，保证一定完成任务。然后他转头向室内单位："您好，您好，佐佐木先生！哎呀你们的方案董事长看了是非常喜欢啊！尤其是你们那个'室内丛林'的概念，董事长天天挂在嘴边说好！这次拜托一定要解决深化中的痛点、难点！更上一层楼！"佐佐木先生听完随行女生的翻译，也站起来和总经理握手，不过他是大牌设计师，并没有给总经理一个传统的日式鞠躬（估计那是留给董事长的）。

随后，总经理在人群中寻找安睿的身影，终于发现了坐在角落里的菲比："冷工啊，你们景观设计还得加把劲，尤其是那个儿童游乐场，上次董事长还评价说是'潍坊设计院'水平，这不行啊，这两天请你们多出几个方案，我亲自把关，一定要通过……"菲比连忙答应着。"还有你们白总，还是要重视这个项目啊！有必要还是要早点来现场把把关！"菲比连忙强调白总非常重视这个项目，每天都在给设计意见。俗话说事实胜于雄辩，别家公司的领导都在，偏偏安睿的不在，更显得菲比的解释苍白无力了。

杰瑞虽然第一次出差，不过他已经明显感觉到形势似乎对安睿不是很有利，但也无能为力只能听小领导的。菲比把自己的电脑给杰瑞，让他照着画出的草图改模型，她一边画草图，一边动着脑筋：看来总经理对我们并不满意，项目不会节外生枝吧？吴小姐也不给我透点口风啊？她怎么老是看我不顺眼的样子呢？

为了打探消息，中午大家去甲方食堂吃饭的时候，她趁机把事先买好的星巴克外卖咖啡给建筑团队送去，并锁定了和自己最熟的建筑师作为突破口："李工啊，这次业主怎么阵势这么大？你们张总也能百忙之中抽出三天时间做工作营啊？"李工客气了一下就接过了外卖袋子，然后环顾四周，小声跟菲比透露："听说这次业主集团的压力比较大，一直在强调降本增效，听说建筑景观和室内都找了备选的设计单位！"菲比大惊："意思是我们随时可能被换掉？！""嘘，不一定！"李工再次环顾四周，语重心长，"毕竟我们外企的设计能力还在这里的，但为了保证万无一失，这次汇报必须让董事长满意，听说总经理已经开始接洽面试备选的设计单位了！"菲比心头一紧："这么着急？"李工悄悄说："毕竟找本地的设计单位，很多事情就好操作了……"说着他拿手比画了一个数钱的动作，菲比心领神会，不能再聊下去了，谢过了李工她就回到座位上发呆。看着小领导忧心忡忡，眼前的饭菜也没有动，杰瑞都不好意思吃饭了。

　　原来是总经理算计着收设计单位的回扣，想把我们这些外企换掉！菲比越想越觉得事态严重，这次出差，非但设计认可函拿不到，还有可能被炒鱿鱼！并且发生在自己出差汇报的时候，到时候被客户炒鱿鱼的屎盆子扣到自己身上，真是跳进黄河也洗不清了！

　　她马上打电话给出差在外的白姐姐汇报了情况，白姐姐这次听到这个消息大为震惊，公司有着非常严格的反腐败条款，肯定是给不了总经理好处的，唯一的解决方案就是让董事长认可安睿的设计，这样下面的人便不敢再造次，菲比觉得肩上的担子更重了。

　　白姐姐时常遇事则乱，在挂掉电话后的几个小时里，给菲比发了好几十张设计意象图，当作重新设计调整的灵感，然而这些参考图各式各样没有逻辑，经过这番头脑风暴，让菲比和杰瑞的脑子更是乱成一锅糨糊。

晚上9点，杰瑞终于躺在酒店的床上，大脑一片空白，感觉像被人揍了一顿浑身疼痛，也许这就是年轻人步入社会开始的第一顿毒打吧？刚想闭目养神一会，手机响了："你到我房间来一下。"——是小领导。他从床上惊坐起，心想，这么晚了找我有什么事儿？

当杰瑞小心翼翼地走进菲比的房间，被房间里的景象惊呆了。只见菲比把今天做的方案都打印了出来，铺满了整个地毯，像笼子里的熊一样踱来踱去，盯着这些图纸口中念念有词。杰瑞不由笑出了声，一是笑这小领导工作真够拼的，二是自嘲想太多了。

"你看看，这些方案里我们得选出三个最有特点的让董事长选。"菲比聚精会神地看着方案，"咱们今天做了十几个方案，必须拿出最有特点的深化，不然一点儿重点都没有。"她抬头看看杰瑞，"你说句话啊，我已经看麻木了，你觉得哪个最好呢？"杰瑞蹲下来，翻了翻角落的几张纸，说："这个方案挺特别的。"

他选的方案是一个雕塑感很强的滑梯，说："这个是照着野口勇设计的滑梯做的，我觉得特别有艺术感。""艺术感……"菲比念叨着，然后来了灵感，"也许能发展出一个像户外美术馆一样的儿童游乐场！""对，就是那种小孩大人都能玩，还能拍照打卡的游乐场。""Good idea[1]! 那这

---

[1] 好主意。

些游乐设施我们都做成很像雕塑的感觉，这个滑梯也得改，不能和野口勇的设计一样，我们可以说是以大师作品为灵感的！""可行，可行。"杰瑞同意。

"那其他的方案我们就选一个出差前做好的这个，这个深化的最完善功能最齐全。然后我们再深化一下白总建议的，从苏州园林演化来的游乐场，主打传承传统文化。这样我们就有了三个完全不同的方案啦！"菲比喜笑颜开，"你明天深化两个模型，没问题吧？""没问题！"杰瑞拍拍胸脯。

夜深人静，菲比还是辗转难眠，一个心结未解：吴小姐看我不顺眼怎么办呢？其实菲比一点儿也不喜欢这个吴小姐，吴小姐的工作习惯极差，经常问菲比反复要同一个文件，从来不存档。不但传达上级的指示不及时，还时常让菲比做一些设计总结 PPT，把甲方自己内部的工作推给乙方做。在吃过几次亏后，菲比觉得吴小姐爱贪小便宜又懒惰，烦人得很。

但现在一定要和吴小姐搞好关系，一是能打探出一些总经理的动向，二是如果方案通过了，给办理付款流程和打五星好评的工作还是得靠吴小姐。突然有个方法涌入脑海，可以一试。

第二天清晨在酒店餐厅里，杰瑞发现了坐在角落的小领导，然而她和前两天又有所不同。今天的菲比头发凌乱，又戴回了黑框眼镜，面色苍白，上身穿了一件皱巴巴的衬衫（到酒店的时候明明是平整的），下身穿上了高铁上的运动裤和球鞋，不过这么看，她这身装扮和身边程序员双肩包还挺搭配的。菲比一边聚精会神地拿着眼影盘往脸上涂抹着什么，一边招呼杰瑞："你快去拿吃的，咱们今天一定得比建筑和室内的人到得早！"

杰瑞拿了早餐坐到她对面，才发现她不是在画上眼皮的眼影，而是一直在描绘下眼睑，并且没有画眉毛显得脑门儿空荡荡的。菲比发现杰瑞在观察她，停下来："哎，你快点儿吃饭，一会儿来不及了。"天真看着她吃了一半的馄饨，心想你不是也没吃呢吗。菲比有些小得意地说："今天我们要显得惨一点，让业主觉得我们熬了大夜！一会儿你也得化一下。"杰瑞恍然大悟，原来小领导是在画黑眼圈，并不是什么时下新流行的妆容。

于是师徒二人顶着大黑眼圈在8点半就到达了业主的办公室，在前台狐疑的目光下进入了会议室。坐定后，菲比嘱咐："一会儿你帮我去取个快递……估计两个小时以后到。""哦。"杰瑞不知道她葫芦里卖的是什么药。

早上9点吴小姐来了公司，特意跑来会议室"视察"乙方工作，一进门就注意到菲比狼狈的样子："哎哟，冷工你不要这么拼的啦，怎么看着这么憔悴呢！"菲比赶忙做痛苦状："吴小姐，您不知道，为了推敲出董事长满意的方案，我们可是干到快天亮……""你们这些外企高级白领也加班的吗？""不瞒您说，现在加班越来越严重了，北京话讲我们都是'驴粪蛋儿，外面光'，其实是钱少活儿多……在北京都只住得起合租的单间……""哎呀哪里有这么夸张啦，你们不得人均国贸大平层呀！""哎，吴小姐，那是十年前的外企了，现在，咳，生活质量可比您差远了……"菲比欲言又止，做出一副有苦说不出的委屈样，忽闪两下大眼睛感觉眼泪都要掉下来了。现在轮到吴小姐开始同情了：

"哎哟我们哪里有你们想的那么好，这两年苏州物价那么高，不比当年啦！"吴小姐貌似安慰菲比，但上扬的嘴角都压不住了，叮嘱了菲比要好好推敲设计，就迈着欢快的步子走了。

"合着你这是演苦肉计啊？"杰瑞看明白了，菲比有点得意地说："那是，你看吴小姐今天心情好多了，以后问她点儿领导的动向啊，请她办付款手续啊，都能好说点儿话。"她又跟杰瑞卖关子，"一会儿还有秘密武器呢！"

秘密武器是一个高级的西式点心盒，杰瑞取到的时候瞟到订单，竟然是从上海送来的，亏她想得出来！午休时间，菲比找了个人少的空当悄悄把点心盒拿到了吴小姐的工位，吴小姐搓弄着精致的包装爱不释手，却口是心非："哎哟冷工你太客气了啦！我们怎么好收这种礼物？""吴小姐，项目上这么辛苦，还事事为我们操心！这是今早订的店家给配送过来的，我一直听说这家的点心好，特意为您买的，号称饼干届的爱马仕！""哎哟！爱马仕嘞！以后不要这么破费了啦！"吴小姐喜笑颜开，菲比继续说："您看，这都是独立小包装的，特别适合下午累的时候当下午茶。"吴小姐打开盒子，看到各式各样的点心活色生香，更高兴了。

于是菲比顺势坐到她旁边，认真端详了一会吴小姐，她尽量不去看吴小姐脸上那颗痦子，而是努力发掘她的优点。正当吴小姐拆开一个点心包装时，菲比突然赞叹道："吴小姐，我以前怎么没发现，您的皮肤怎么这么好？又白又嫩！"菲比的眼神极其真诚恳切，很难让人怀疑她在拍马屁："您是怎么保养的，求保养秘籍！"吴小姐摸摸自己的脸，有点猝不及防："哎哟我就是比较白而已啦，现在哪有时间保养啊？还老去工地……"菲比眼睛都要冒星星了："不保养都这么好！让我们这些干得卡秃噜皮的北方人情何以堪！"这句话把吴小姐逗得心花怒放，打开了话匣子："我跟你说哦，冷工，这皮肤好跟水质有很大关系，你看看，我们苏州的水多好！这洗完脸嘛，就滑嫩嫩的……"

就这样，吴小姐和菲比聊了半个小时护肤心得，二人也熟络了起来。吴小姐心里可是有点小得意的，没想到北京的高级白领这么羡慕自己，本以为一地鸡毛的生活竟然是别人的理想，她的虚荣心获得了极大的满足。

看着午休时间要过去了，菲比准备退出这个话题："吴小姐啊，我也该回去画图了，不打扰您工作了，就是……我还想跟您了解一下，总经理私下对设计提出什么具体意见吗？"

"哎哟总经理呀？我跟你讲，刘总他是工程出身，他不管设计的，董事长通过了设计他就 OK 的！"

"那董事长这段时间有说倾向什么设计方向吗？"

"好像……没有……？"吴小姐平时专业不精，属于当一天和尚撞一天钟，她想了一会儿说，"好像上个月开大会，说什么要展现年轻力……什么契合 Z 世代的需求……我也不太懂……"

菲比看到了希望："谢谢您，我明白了，您要是再想起来别的意见拜托告诉我们啊！"

回到会议室，菲比和杰瑞说："我们可以做艺术感的儿童游乐场，就取名 Gen Z Paradise（Z 世代乐园）！""哦？啊？"杰瑞还没反应过来，菲比拍了他肩膀一下，好像拿着小鞭子抽小毛驴："快干活儿，你不是 Gen Z 嘛！好好想想你们需要什么样的游乐场！"

晚上回酒店的路上，师徒二人疲惫不堪，菲比坐在出租车后座闭目养神，就在杰瑞也要睡着的时候，菲比突然开口说话了，好像自言自语，又好像说给杰瑞听的："今天收获比较大，我感觉吴小姐不是总经理的人，总经理想换设计单位的计划她应该不知道……"

"何以见得？"

"吴小姐业务不精，就想朝九晚五过好小日子，其实她还挺单纯的，估计总经理不会让她当心腹吧……"

"你就不怕她扮猪吃老虎？"

"可能性不大，每次总经理来开会吴小姐都坐得离他最远……他俩也没啥交流，感觉她也是被边缘化的人……再说，建筑和室内的设计费比我们高多了，要拿回扣他们才是大头……咱们就算被换了，他拿的回扣也是苍蝇腿……"

"也许苍蝇腿他也不想放过……"

"总之，吴小姐今天高兴了，我们再搞定董事长，收款和五星好评就稳了……"菲比边闭目养神边总结道。

"就这么搞定吴小姐了？就拿一盒糖衣炮弹点心吗？"杰瑞很好奇，还回头看了一眼菲比。

"我那盒糖衣炮弹很贵的好不好！"菲比抗议，心想这笔开销恐怕是报销不了了，心疼得流血，然后她拿出说至理名言的口吻，"让姐姐教教你，讨一个女孩子开心很容易的，两件事做好就差不多了，一是给她吃好吃的，二是夸她漂亮。记住了吗？"

"拿小本本记下来了。"杰瑞笑着说。

漫长的一天竟然还没有结束。

话说刚刚回到酒店房间，陆行知就哭着给菲比打来了电话，她边哭边支支吾吾地说不清楚。菲比无奈，只得微信告诉杰瑞她不出去吃饭了，让杰瑞自己安排，然后再打给小行知，终于搞清楚了前因后果。

原来小行知的试用期到下周就要结束了，平时白姐姐和沈妙不直接监督她的工作，都是让菲比全权代理，理论上讲菲比替白姐姐填好小行知的绩效评估表就能通过试用期了。然而好巧不巧，菲比正好出差了，那小行知的评估就落到了白姐姐头上，白姐姐叫小行知拿出了这几个月的工作成果，结果她拿出来的都是半成品，因为最终成果都是菲比帮她改的，并且小行知根本不知道最终成果存在哪。白姐姐一气之下，批评了小行知并且告诉她试用期是否通过尚且存疑，最后一周要严格考核一下。

这下小行知慌了，她以为试用期就是走个过场，没想到有可能过不了，简直是晴天霹雳。一想到她好不容易能留在北京，和男朋友在一起，这下有可能被遣散回成都，她更加慌乱了，情急之下无人投靠，只能打给菲比。

"行知啊，别慌，白总给你安排什么任务了吗？"菲比感觉白姐姐肯定是要试试小行知的专业技能了。

"她，她给我安排出一个售楼处十张效果图，说明天早上就要，要，要拿去汇报……呜呜呜呜呜，菲菲总，我怎么做得完啊呜呜呜呜呜呜……"孩子又在电话那头痛哭流涕了。

菲比觉得哭笑不得，她有时候真的挺烦小行知的，觉得她不够努力爱偷懒，但是孩子一哭她又觉得心软，从好的方面想小行知其实挺聪明，好好用功的话并非朽木不可雕也。

"行知啊，现在时间不多了，我给你提供指导，你这次好好把这十张效果图做出来，一定要认真做，可以吗？"菲比开始循循善诱。

"可以！！！"菲比虽然看不到小行知，但感觉孩子头点得像鸡啄米。

于是菲比和小行知连上了 Teams 的共享屏幕，她从选模型角度、打光、摆放各种材质和调整色调一步一步细细地指导小行知，等到 P 完这套图，已经差不多凌晨 2 点。菲比和小行知都有点睁不开眼了，小行知说："菲菲总，这可以了吗？我眼珠子都要掉出来了。"

菲比说："差不多了，你把这十张图和 PSD[①] 文件都存在项目盘吧，明早到了公司就把链接发给白总。""好。"小行知第一次这么听话。

第二天早上，小行知打开项目盘的链接，发现这十张效果图变得十分精美，仔细看好多细节和色调都又被调整过，她纳闷儿地看了一下保存时间：4：25am。

原来在她下班后，菲比又帮她调了一遍这些效果图。

---

① Photoshop 的工作文件。

7. 平江路上的歌声

清晨 5 点，窗外传来了叽叽喳喳的鸟叫声，伴随着轻微的雨点和落叶的声音。平江路上没有机动车，可以听到早起者走动的声音，似乎在用吴语打招呼。空气中弥漫着桂花和雨水混合的香气，窸窸窣窣的开店的声音响起，飘来一些食物的味道，新的一天就要开始了。

　　天还没亮杰瑞就醒了，他的睡眠一直很轻，也许是因为听觉过于敏感，从第一声鸟叫开始他就便恢复了意识，但他并没有起床，只是静静地躺在床上试图吸收所有能听到的声响。这是苏州独有的声音，他的手指开始拨动，想象自己按下琴键，脑海中传来一段从未出现过的旋律。

　　忽然不知哪里啪的一声关门，打断了脑海里的旋律，把思绪拉回现实。他还记得周六临时通知他要提前上班，收拾东西的时候母亲大人没少发表意见："这外企怎么回事儿？入职手续还没办就让人上班？到底正不正规啊？"他什么话茬儿都没接，心想千万不能被老妈留下话柄，这工作甭管好坏是自己选的，一定要过试用期，这是实现自由的第一步。

　　然后他翻了个身打开手机，看了一下工作群，发现有一百多条信息未读，原来是小领导把昨天所有方案的模型截图和草图都发到群里给领导过目。后来又是小领导和大领导讨论了很久，一看最后的聊天时间是凌晨 3 点 10 分，他放下手机，手指掐了一下眉心叹了口气，这些女人可真够拼的。

　　这个小领导如此与众不同，刚开始看微信头像，是一张站在卢浮宫花园前的背影，典型的文艺女青年的头像并无特别之处。微信名就是"冷羽菲"，是典型的打工人微信名（没带公司后缀是菲比最后的倔强）。不过冷这个姓氏过于稀少，刚开始他以为是个艺名，直到业主一直叫她"冷工"才发现是真名，不禁感叹百家姓的包罗万象。

冷工名如其人，瘦瘦高高，时常一副比较严肃的表情。也许是工作压力比较大，她没有网上流行的松弛感，对于业主的一举一动和每个意见都很紧张，杰瑞觉得她可以另辟蹊径在小红书做"紧绷感"博主。但她的紧绷感又时常破功，比如竟然把行李都穿在身上，还扮丑画黑眼圈，有一些当代年轻人欣赏的"疯癫感"，让杰瑞感觉甚是有趣。

让杰瑞感到无奈的是，这新工作一开始，他立刻成为一个没有名字的工具人。他是群里的"小吴"，没有人完整介绍他的姓名和背景，也没有人给他介绍领导的姓名和背景，就直接开始打工了，完全没有他想象的入职的"仪式感"。还好他不是个拘泥于形式的人，毕竟小时候的生日都没有怎么庆祝过。那天小领导突然脱口而出叫他杰瑞，他一时没反应过来，但马上欣然接受了，感觉比叫"小吴"或者"NG"强一点。

工作的内容就是听从指挥建模，没有什么发挥自己创意的空间，还好小领导偶尔会问问自己，或是抛来几个需要动脑子的小任务，少许缓解了当工具人的无力感。

明天就是传说中给董事长汇报的日子了，今天应该就是渲染图纸做做后期了吧？杰瑞暗自祈祷方案不要再出什么幺蛾子，他不想加班。

貌似事情进展得还算顺利，今天小领导虽然还是皱巴巴衬衫加运动裤的穿搭，但并没有画黑眼圈了，吴小姐看起来也和蔼可亲了一些。杰瑞的任务依然是做模型，而小领导拿着已经做好的成果去找总经理汇报了，虽然总经理对设计没兴趣，但也得做做样子为董事长"把把关"。

"总经理有什么意见呢？"杰瑞问道，冷工放下手上的一沓图纸，坐下叹了口气："很纠结，总经理说那个艺术方向的游乐场太高冷了，得通俗一点……比如加点色彩之类的……""艺术本来就是高冷的啊，怎么通俗……"杰瑞不解，"其实我更担心的是，总经理如果故意把我们带到沟里怎么办？""带沟里？""是啊，如果他反着说董事长的喜好，误导我们，汇报翻车了他不正好把他的关系户引进来？""那怎么办？"杰瑞心想我这模型快做好了，还等着出图呢。冷工双手按压着太阳穴，闭着眼睛说："再给我十分钟考虑一下……"

半个小时过去了，她还在闭目按压太阳穴，一动不动。

杰瑞小心翼翼地戳了戳她肩膀："怎么样？要不要出图了？"

冷工咬着牙说："不改了，我们坚持这个设计的方向吧，准备出图。"

"OK。"

"如果我们把这些雕塑改成花花绿绿的，就和方案一有点像了，三个方案比选还是需要特色鲜明一点。"

"OK。"

傍晚6点下班时图已经出完，可以准时下班了，杰瑞松了一口气，他把电脑收进包里替领导背着走出了会议室，正遇见吴小姐，她热情多了："哎哟，冷工啊，这两天辛苦你们了！明天给董事长汇报好好表现啊！"说着她笑嘻嘻地拿着电瓶车头盔下班了。

不过回酒店的路上冷工却没怎么说话，杰瑞察觉到气氛不对，完了，她又开始变得紧绷了。他想说点儿什么又不知道该说什么，空气似乎凝固起来，两人下车后，冷工说："我们把包放回房间，然后到平江路上溜达溜达找个地方吃饭吧。"杰瑞连忙自告奋勇把包都送回了房间，然后二人顺着石板路走到了平江路上。

小雨淅沥，由于不是周末，平江路上的人并不多，小小河道两侧白墙上的窗户亮起温暖的灯光，温馨可爱，驳岸上和建筑墙边生长着各种植物，很是诗情画意。杰瑞心想要是真的是来旅游的就好了，而冷工依然闷闷不乐，眼睛对着美景发呆，似乎心已经飞到远方。

这时两人听到小奶猫的喵喵叫，循着声音看去是在一个不起眼儿的院子门口的杂物堆边有个笼子，里面有一只还不到半岁的小花猫，笼子放在室外不能遮风挡雨，小猫已经淋湿了背毛却无处可躲，无助地在笼子里寻找出口，叫声颇为凄厉。冷工看了看，一个箭步上去要开笼子的门，杰瑞赶紧上去拉开她："哎，这可使不得，不能放了别人的猫啊！"他四下张望，真怕院子里冲出猫主人来揍人。"可是小猫在淋雨。"冷工像个委屈的小孩，杰瑞推着她的肩膀，把她转了一百八十度，说："一会儿就有人把笼子收进去了，咱们去……去吃蟹黄面！"把她哄骗走了。

饭桌上热气腾腾的蟹黄面也没转移冷工多少注意力，她依然无法释怀："这么养猫的人，不配拥有小猫！小猫感冒了会死的。"杰瑞看她吃不下饭的样子，只能继续宽慰："那你快点儿吃，吃完我去找块塑料布，把笼子盖上，这样小猫就不用淋雨了。"

这招奏效了，她果然加速了吃饭进程，吃完饭，两人又回到院子门口，发现笼子不见了，杰瑞挺起胸脯说："看我说得没错吧！小猫被接回家了。"冷工看起来松了一口气，不过依然十分不满："笼养小猫就是不好，不能这样养猫！"

杰瑞一看表，现在才晚上 7 点多，难得能休息一下可是小领导太紧张了，他灵机一动提议道："要不咱们去喝一杯吧？""啊？""反正也没事儿，回酒店也是躺着，如何？"其实菲比紧绷的心情已经到顶点，她脑子里总是忍不住想明天的汇报要是搞砸了怎么办，患得患失，倒不如去喝一杯调整一下心态，于是她说："有道理！走！去喝一杯！豁出去了！哼！"

两人找到一家看起来有些年头的音乐酒吧，木质的窗户对着街面全部打开着，仿佛在向路人发出邀请，酒吧里的客人不多，但不妨碍乐队在小小的舞台上忘我演唱，好像这酒吧像是为了唱歌而不是卖酒而开的。冷工选择坐到离舞台远一点的小角落，她想安静一会，杰瑞也跟了过去，他看着舞台，眼睛一直没有离开主唱手上的吉他。

乐队唱了几首就下台休息了，乐手们坐在吧台边和看起来像是老板的 bar tender① 聊天，冷工依然没有说话，她在独自边喝酒边排解心事。杰瑞觉得自己坐不住了，他的手指都不受控制地开始拨空气弦，想想他的吉他还在海运的集装箱里在大洋上漂泊，可是他已按捺不住，想立刻唱一首歌。

于是他走到吧台和主唱耳语了几句，得到主唱的首肯后，就走上了舞台拿起了吉他，摆好姿势，弹了一声吊起了观众胃口，大家的目光随即都聚焦到舞台上。

然后杰瑞对着话筒清了清嗓子，开始了他的弹唱：

> 命运就算颠沛流离，
>
> 命运就算曲折离奇，
>
> 命运就算恐吓着你，
>
> 做人没趣味，

---

① 调酒师。

别流泪心酸，

更不应舍弃，

我愿能一生陪伴你。

刚刚开场，这首选曲就吸引了大家的注意，观众的热情开始升温了，本以为是个小孩上去玩儿票，没想到歌唱得这么好，而且杰瑞的台风很稳，酒吧一下子热闹起来。

彷徨时，

我也试过独坐一角，

像是没协助，

在某年，

幼小的我跌倒过，

几多几多落泪，

在雨夜滂沱。

气氛愈演愈烈，乐手们也被带动起来，纷纷上台给杰瑞伴奏，于是杰瑞边唱边在小小的舞台上跑动，对着观众招手，他做出夸张的肢体语言，好像自己成了万人体育场的大明星，逗得观众哈哈大笑。不但观众和乐队燃起来了，路人也纷纷好奇探头看他的表演，最后竟然给酒吧带来了好几桌生意。

让晚风轻轻吹过，

伴送着清幽花香，

像是在祝福你我，

让晚星轻轻闪过，

闪出每个希冀如浪花。

……

曲终，掌声雷动，杰瑞对着观众像百老汇演员一样谢幕，乐手们也很享受这次表演，纷纷和他击掌握手，酒吧老板也赶紧塞了张名片给杰瑞，意思小伙子要不要考虑来店里驻唱啊？杰瑞谢过了大家走向了他和冷工坐的角落。

只见那个冷脸女孩不见了，坐在那里的人眼睛亮亮，笑颜如花，她惊喜地赞赏道："你竟然还会唱粤语歌，不出道可惜了！你确定要干设计吗？现在去《偶像练习生》还来得及！"杰瑞笑答："不了不了，我社恐。"冷工一脸狐疑："我倒是一点儿看不出你社恐！"

她没有告诉他的是，下午的会上总经理可不是提意见那么简单，而是单独劈头盖脸把她痛骂了一顿，虽然冷静思考后她分析总经理就是想混淆视听，影响安睿的工作节奏，但那些负能量和压力她都默默承受下来，并不轻松，可以说快要被压垮了。而他无心插柳的一首歌，竟让她感觉到有人在说："没事的，不用担心。"

两人沉默了一会，冷工又开了口："这两天工作太忙……我都没有找到机会问，你的英文名是杰瑞吗？如果叫错了的话我很抱歉……"

"杰瑞是我最喜欢的动画人物，我没有英文名，我叫吴天真。"

"你好，吴天真。"

8. 八卦姐妹团

《红楼梦》对女孩子们的描述可谓一针见血："女孩儿未出嫁，是颗无价之宝珠，出了嫁，不知怎么就变出许多不好的毛病来，虽是颗珠子，却没有光彩宝色，是颗死珠了；再老了，更变的不是珠子，竟是鱼眼睛了。"

名著的描述对于现代社会的都市丽人们同样适用，在见识了无数前车之鉴后，为了避免成为鱼眼珠子，菲比决定主攻事业，等经济水平和社会地位到了一定水准再考虑终身大事，她相信"我的福气在后头"。

一觉醒来，已经是周六下午了，这周的禁闭之旅过于劳累，菲比周五夜里到家后就昏迷在床上。大橘对她非常不满，好几天不在家拿自动喂食器对付就算了，回来了竟然也不开个罐头。不过明事理的大橘在检查完菲比的行李后断定，主人这次打猎又失败了，什么猎物也没带回来，没有关系，活着就好。

菲比打开了床头柜的音箱，又放了一遍《红日》来回味一下天真的表演，她那个时候感到疲惫无助，这首无心插柳的歌给了她很大慰藉，听歌的时候她还偷偷抹了眼泪。

作为一名专业人士，菲比还在反思自己的抗压能力，她太担心项目会出事故，无形中背负了过多心理压力，反而容易把事情搞砸。她告诫自己一定要把心修炼得大一些，内耗少一些，毕竟将来要做总监，总要做到"宰相肚里能撑船"吧。周四的汇报进行得很顺利，董事长满意地选了艺术风格的游乐场，还评价这次的修改让他"耳目一新"，总经理看换乙方的计划没有机会得逞，也顺着董事长夸了安睿几句。白姐姐认为汇报很成功，并对天真渲染的图纸大加赞赏，夸他"真是年轻才俊"，总之结局皆大欢喜（只有总经理受伤的世界达成了）。

小行知的事情也得到了解决，据说白姐姐对那十张效果图比较满意，加上菲比拍着胸脯跟白姐姐保证，一定指导好小行知，不再让她掉链子，白姐姐也就不再反对小行知通过试用期了。

Outlook 显示菲比收到了几封新邮件，她拿出电脑开始一一查看。看到了一封由香港总部 HR 发来的邮件，通知她通过了公司项目经理系统的考试，正式成为项目经理了，并 attach[①] 了她的 PM Certificate[②]，并在公司财务系统里为她开设了相应的权限。菲比看了并没有多么兴奋，反而感到一丝丝愁苦，从此以后，不但需要做设计，还要在财务系统里建项目，准备各种审批文件，看数字，工作量翻倍。

再点开另一封名为"三里屯更新"的邮件，是市场部同事发来的，还抄送给了白姐姐、沈妙和规划部的钱尔森。似乎这个项目是钱尔森靠他自己的社会关系拉来的，菲比早就知道他来头不小，但不知道他的资源这么好。她仔细阅读着邮件的内容，并且感觉越来越兴奋！

这个项目是顶级开发商盛誉集团的项目，位置就在北京最潮的地段三里屯，盛誉集团准备在三里屯核心区东侧将一栋旧楼进行更新改造，使其成为盛誉三里屯商圈的延伸，旧楼前的停车场和周边的街道也会进行更新改造。项目地块比较小，看起来合同额不大，然而这是和一流业主合作的机会，同时也是在北京最核心的商业地段，建成后的知名度也是不言而喻，对于设计师来说是不可多得的机会！

虽然这个项目还是在 proposal[③] 阶段，但菲比已经燃了起来，她想象

① 附上。
② 项目经理证书。
③ 意向书。

力丰富的小脑瓜儿里又开始脑补出建成开业时的盛况，那是设计师梦想成真的时刻！还能为菲比的升职大计添砖加瓦！一石二鸟！

带着对新项目的憧憬，菲比在周一9点半就坐到了办公桌前，开始研究盛誉地产之前的项目。"呦——菲菲今天怎么来得这么早呢——"一个拖长音的女生说道，菲比抬头一看，原来是坐在斜对面的吉娜。吉娜留着浓密的齐腰自来卷发，周一特意化了全妆遮了遮脸上的痘痘，本来就浓密的睫毛刷了几层睫毛膏后有点像苍蝇腿，她还涂了最近流行的枫叶红唇膏，原来都是为了搭配她刚刚买的LV邮差包，她把包包放在显眼的位置想跟菲比炫耀一下，未承想菲比光顾着看资料没有注意，而吉娜则注意到菲比放在角落的香奈儿包包，巨大的双C logo刺痛了她，感觉被压了一头颇有不爽。

"听说你们组来了个大帅哥？上周跟你出差去了？"虽然没有炫耀成包包，吉娜还是改不了八卦的心："快说说！是真的很帅吗?！"菲比惊讶公司八卦流传的速度之快，也决定逗逗吉娜："一般般吧，就是沉鱼落雁、闭月羞花那个级别的。""啊——这还一般般啊？"吉娜做了个夸张的惊讶表情，"让要求这么高的菲菲做出这种评价，肯定不是一般人！"吉娜总是这样，她说的话好像夸奖，实际上是明夸暗损，菲比正忙着不想搭理她，一会儿等吉娜的小姐妹来了，这片工位就会像母鸡开大会，不得安宁。菲比对面除了吉娜，还有另外两个女生，这三姐妹在一起活灵活现地演绎了什么叫三个女人一台戏，菲比偷偷给她们起名叫"八卦姐妹团"。

八卦姐妹团真真是鱼眼珠子！菲比刚到安睿北京办公室，就是坐在八卦姐妹团对面，当时受到了姐妹们不少"礼遇"。刚开始姐妹们还假装热情和她寒暄了起来，后来发现菲比不但是海外留学，北京土著，吃穿用度上还颇有讲究，言谈举止中时不时就会提到香港的生活，姐妹们就不太舒服了。曾经当着菲比的面说："我觉得吧，那些在香港工作的女孩儿都可装了。"看着菲比每天上班都是仔细熨烫过的衬衫啊西装啊，穿着休闲服超短裤松弛惯了的姐妹们又开始："她的衣服都是性冷淡风！"菲比说准备去草莓音乐节，姐妹们说："你有不是职业装的衣服吗？"有一次公司请摄影师帮大家拍用在简历上的职业照，拍完后女孩们挤在屏幕前看照片，翻过每个人都是一顿点评和彩虹屁，看到菲比的照片姐妹们选择了集体沉默，直到有个小妹悄悄说了一句公道话："我觉得冷羽菲那套拍得好。"

姐妹们排斥菲比很正常，姐妹们努力考大学，努力工作落户都是为了留在北京，菲比的起点是姐妹们努力追求的终点，姐妹们对她有点意见那也是情有可原。只是菲比当时不知就里，无法感同身受，自然也是看八卦姐妹团极不顺眼。

菲比不喜欢八卦姐妹的理由可不仅仅是她们阴阳怪气，首先她们有些行为太粗俗了，你可以说菲比矫情，但如果是专心工作的时候甚至在和业主开会的时候，你对面的姐妹在大声讲荤段子哄堂大笑，你能忍受吗？更有甚者，一位姐妹曾自曝家丑，说她的公公有一次手机死机要找姐妹修手机，发现她公公是在浏览桃色网站！菲比听到这个故事都要裂开了，她为同事家族的素质之低感到惊愕，同时又无比心疼自己的耳朵为何要受此污染。其次是姐妹们太贪小便宜，一位姐妹有一次和菲比同逛 SKP 商场楼下的高级超市，给自己的小孩买了一块比较贵的牛肉，竟然要求店员把肉切成小块后每块用保鲜膜包好，只是多花了一点钱，却如此大费周章过度包装和麻烦店员，让菲比觉得实在没有必要。再次是姐妹团其实也是三十几岁的女生，却每天倚老卖老铺陈一些陈旧的观念，比如"我都这把年纪了，还学什么 Rhino[①]，学不会了！"好像这个岁数就半截身子进黄土，不需要再自我提升了。

最惨的一次是吉娜非要搭菲比的顺风车，当时菲比刚拿驾照不久，虽然不想绕路送人却不好意思拒绝。吉娜上了菲比的小 Mini Cooper 就开始疯狂自拍，然而就在那次送吉娜回家的路上可怜的 Mini 被违章电瓶车撞了，右侧的车灯稀碎，在事故还没处理完的时候吉娜就先溜之大吉，连一句关心的话都没有，假装无事发生。菲比只得吞下苦果，并且对驾驶有了巨大的心理阴影。综上所述，她对姐妹团不胜鄙夷，敬而远之。

好嘛，反正双方都相互看不顺眼，井水不犯河水也是相安无事。

反正菲比在公司有自己的小姐妹和饭搭子。一位是娜娜，是规划组 Ken 的下属，娜娜比菲比还高，大骨架和一头丰盈的大卷发，有 20 世纪 90 年代港风美女的气质，娜娜身体极好，极能熬夜，修长的手指恨不得二十四小时不停，熟练地敲着键盘完成一个又一个规划文案。另一位是昕宇，是徐阳组的小设计师，像是高个子文艺版的石原里美，每次看到菲比都是"师父师父叫个不停"，菲比其实没和昕宇一起做过项目，但是妹妹就是喜欢她，她想起了武侠剧里只有女子的那些帮派，也许她就是一位新女侠的师父呢。

IT 同事打断了菲比的遐想，带着天真走过来："冷工，这是你们的新同事，他坐你旁边的座位。"天真和菲比已经熟了，打了个招呼就站

---

① 一个 3D 建模软件。

在一旁等 IT 帮他 set up① 电脑。菲比看见三位八卦姐妹瞪圆了双眼，从眼睛里冒出小心心和小星星，觉得非常有喜剧效果。

正在这时，小行知不知道从 B 站哪儿翻出来的一个视频发给菲比："菲比快看太帅了啊啊啊啊啊啊啊！"并连续发来五个夸张的表情包，菲比心想如果一种肢体语言能表达小行知现在的心情，那一定是满地打滚。点开视频，是一段手机拍摄的吉他弹唱，昏暗的舞台上表演者一头长发，挡住大半张脸，只能看到眉骨和挺拔的鼻子，歌曲是一首没听过的民谣。"你怎么确定是咱们的同事呢？""我有个同学认识他，他在北美留学圈可火啦，外号加州刘昊然。"菲比笑了，是哦，确实有点儿像刘昊然！

菲比来到小行知座位安排工作，孩子已经打开模型，乖乖地坐在电脑前等任务了："领导早，今天需要我做什么啊？""今天把大唐的平面图收拾一下吧，方案评审会之前做得太匆忙了，好多细节都没有，树的比例也不太对，你今天在 Photoshop 里把平面图优化一下，明天我们再把分析图 Polish② 一下——""好的！遵命！"孩子今天格外活力四射。

还没等菲比起身，小行知把她强按在座位上："菲菲总，那个大帅哥以后就坐在你旁边了吗？他是不是会一直做我们组的项目啊？"看着她一脸花痴的样子，菲比哭笑不得："你这么快忘了你的墙头了？还有你男朋友呢！每天惦记别的帅哥男朋友会吃醋的！""帅哥多多益善，每天看看多养眼，延年益寿哈哈哈哈哈哈哈哈哈！"小行知满不在乎，菲比觉得这样没心没肺的女孩甚是可爱，其实她也很想这样放飞自我，只

---

① 设置。
② 精修。

是当了小领导，不好表现得那么幼稚了。

单身和未婚的妹妹们都属于含蓄"追星"，时不时有几个女孩会绕道过来看看新同事。而已婚的姐妹们就没有那么矜持了，等菲比回到座位上，发现天真已被八卦姐妹团团围住，问东问西，场面堪比追星现场。最后连行政经理雪莉姐姐也闻风而来，她可不藏着掖着，大大方方地问道："你们的新人都声名远扬了，在哪里呀？也让我们见见吧？"

还没等大家回，雪莉姐姐直奔主题："有人给我发了他参加唱歌比赛的视频，唱得太好了！今年年会一定要让他上台啊！我们年会组委会预订了！"这才九月份，雪莉姐姐已经为年会摩拳擦掌了。如果说财务报表是运营的 KPI，建成项目是项目组的 KPI，而年会便是行政的 KPI。每年安睿各个办公室都会安排盛大的年会，而老板们像路演一样参加每个城市的年会，眼花缭乱的主题和炫目的舞台效果是标配，各个办公室在老板们面前争奇斗艳，就是为了给领导们留下深刻的印象。行政部门兢兢业业一整年，做的也不过是后勤工作，组织年会是唯一能展示给领导的机会，每个办公室的行政经理会联合 HR，挖掘一切资源（设计师们的才艺和颜值）来最大化舞台效果。恨不得面试的时候就请 HR 问：你有什么才艺吗？

菲比看着八卦姐妹们对待帅哥的态度，竟生出了些许同情，可能她们的生活已经变得一成不变再无惊喜吧，看完帅哥回去再看或秃头或发福的老公是什么感觉？这个念头闪过时菲比觉得自己是不是太 mean[①]了，但想想吉娜蹭她顺风车还把她留在车祸现场的前科，她觉得自己

---

① 刻薄。

mean 一点也不为过，哼！！！

菲比的小心眼儿也会随着成长而消失，有天她也将学会和八卦姐妹团和解，设身处地地体会一个女孩经历职场、婚姻和生育的各种磨难，她开始明白也许是残酷的社会现实把她们从一颗颗珍珠变成了鱼眼睛，谁结婚前还不是个小公主呢？珍珠的养分源源不断贡献给了家庭、孩子、社会……而妈妈们得到了什么呢？

与此同时，当菲比心里暗讽姐妹们的时候，八卦姐妹团也对她毫不留情，拉着天真悄悄说："你知道吗？你那个小领导，不婚不育不恋爱，她肯定是个'拉拉'！"

虽然菲比依然是八卦姐妹们茶余饭后的谈资，但有一个人不再"蛐蛐"她了，那就是她的好徒弟小行知。菲比周一刚回到公司，就收获了小行知送来的盖着厚厚芝士奶盖的奶茶，菲比爽快地喝下了孩子送来的谢礼，并默默地计算了一下卡路里，想着是晚上少吃一点，还是再去健身房跑半个小时。

孩子没想这么多，就是想把自己最喜欢的送给小领导，小行知怯生生地问："菲菲总，我没少给你添麻烦，你还在关键时刻指导我，真是谢谢你了。"

菲比假装诧异："你给我添啥麻烦了？我们小行知只要好好干，没有干不好的事儿！"小行知不禁夸，开始扬扬自得起来："那是！以后保证优质高效地完成领导交给的任务！"

菲比笑而不语，小行知让她想到刚毕业时的自己，也是笨手笨脚事事被人嫌弃，她永远记得有个好前辈耐心指导了她，帮她渡过难关。现在，轮到她来帮别人啦。

9. 金贸男子图鉴

话说也不能怪女生们见到天真如此大惊小怪，虽说安睿男女比例基本相当，鼎盛时期北京办公室就有三百号人，愣是难以找出一位赏心悦目的男性，物以稀为贵，天真所受的礼遇实属正常。

安睿全球业务庞大，在海外有着广阔的基建市场，而在华业务主要是设计咨询，包括建筑、规划、景观、经济、交通、结构、机电和造价等几大设计板块，主要服务的对象是各大地产开发商、政府以及一些小型业主，其中规划和景观是知名度最高、市场占有额最大的专业，建筑专业在业内知名度虽不是最高，但有赖于安睿的名声也是不愁项目。而交通、经济等专业也会和三个热门专业打包在一起进行市场拓展，拿到稳定的客户资源和项目。

在地产大爆发的年代，安睿就进驻了帝都最贵的写字楼金贸中心，来安睿工作的男性们也属于高学历的外企高级白领，早年各个团队也有不乏风度翩翩的领导，但随着市场环境变化日渐稀少。基层员工中，各个部门男士的形象虽有降级趋势，特点还是很鲜明的。

结构机电等按部就班专业的男士们形象略为沉闷，也许是菲比的刻板印象，他们通常面无表情，身着和潮流无关的格子衬衫、毛背心和老式夹克，中午带饭，兢兢业业地上班，傍晚6点准时下班，在午会上的节目也通常缺乏创意，乏善可陈。

建筑作为理工科里"技术含量最高，且兼具技术与艺术的专业"，建筑师自带大师光环，其社会地位似乎在男性设计师鄙视链的顶端（主要他们自己是这么认为的）。毕竟有和电影明星约会，三十几岁就进入顶级事务所的明星建筑师[①]作为无比光鲜的成功案例，每位进入建筑行

---

① 比如当年通过香港影后打通中国市场的欧洲明星建筑师。

业的男性都有一个大师梦。建筑组的男性以直男为主，他们通常穿着基础款 T 恤（黑、白）搭配牛仔裤或黑色裤子，一般穿简约款式的球鞋，常备一件黑色西装外套外出开会，也有担任项目经理的男生会勤勉地每日穿着熨烫妥帖的衬衫，搭配得体的欧洲皮鞋，体现自己的专业和认真。建筑男们看似低调的装扮实际上也是精心策划过的，他们不能显得自己过度打扮，以免看起来像花孔雀而不是知识渊博的大师，他们可能会花大价钱购置一副手工眼镜，或是非常小众的球鞋，以求在细节上和庸俗的大众区别开来。建筑男工作时间极长，通常他们没有时间锻炼，每日的糖分和咖啡因摄入严重超标，能长年留在行业里高强度工作的同事恐怕是基因优势，天赋异禀。他们大部分人有黑眼圈，入行几年便有了未老先衰的迹象，发福和脱发是常规路径，个别爱惜外形和健康的新人可能会早早跑路。

规划专业的男士们思路开阔，资深设计师往往口才极好，是汇报征服（忽悠）业主的一把好手，他们的工作强度仅次于建筑师，大多数人没有建筑师的偶像包袱，反而颜值高、个子高的男生比建筑部门多，其中还不乏健身爱好者，经常有规划部门的男生骄傲地昂首挺胸在办公室游走，可谓前凸后翘赏心悦目。后来 HR 的姐姐道破天机，原来规划部门的老大是要在面试的时候考核颜值的，当然这考核标准仅仅针对年轻人。能干活的 Ken 和能拉资源的钱尔森是不需要考核颜值的。

景观部门因为专业规范没有建筑和规划那么严格，工作强度比建筑和规划都轻一点（就一点点！），明显出现了女儿国的情况，女生多，男性"姐妹"也多，五个男士里有三个要属于特殊群体，导致景观部门传播八卦的速度都更快一些。这些人思维活跃、创意多、审美好，通常负责前期（投标、概念到方案）的工作，而后期设计（方案到扩初图纸）直男相对较多，他们普遍和其他工科专业的男士一样，衣着朴素，兢兢业业，存在感低。

随着地产开发市场的萎缩，行业中热门专业的薪酬增幅也逐渐放缓，建筑师和规划师的光环也逐渐退去，行业中的男性比例越来越少，毕竟男性们在赚钱上普遍承担着比女性更多的压力，基数小了，形象不错的男性更少了，菲比常和姐妹们开玩笑，北京办公室身材保养最好的男士是已过六十退休返聘回来的 VP。

安睿不行，但金贸的其他公司的男士也许能代表都市精英呢？毕竟除了夕阳行业的大外企，还有证券公司、金融公司、电车巨头、出版翘楚和大律师事务所呢。

菲比曾经在电梯里见到两位男士吐槽自己相亲的女孩子："要求这么高，自我感觉良好，不就是北大毕业的吗，眼睛长脑门儿上了。""在村里传传她的谣言，以后就没人找她相亲了。"二人身着化纤面料的西装三件套，看起来不是很整洁的样子，肚子快从马甲里腆出来了，大摇大摆地走出电梯进了一家国际知名律师事务所。

好巧不巧，金贸的物业为了增加租户们的黏性和参与感，曾经组织过"精英社交聚会"的活动（其实就是变相的相亲局），帮助日理万机的都市白领们认识每天擦肩而过的他或她。菲比和规划组的娜娜因为好奇去参加过，结果就遇到了那家律师事务所的一位IPO律师[1]。这位律师没有电梯里那两位这么油腻，个子较高，为加深了解邀请菲比去爬山，

———————————

[1] 专门做上市的律师。

菲比也没有理由拒绝，想着就算不对眼也强身健体就参加了。爬山过程中二人开始聊一些爱好之类的，菲比提到爱好艺术，在香港的时候常去拍卖行欣赏大师作品，律师不知道受了什么刺激，开始了辩论，不能理解收藏艺术品吧啦吧啦，又不能吃又不能喝，最后自己得出结论："名酒还是有收藏价值的，可以喝，打仗可以换钱好流通。"菲比本想反驳艺术品是永恒的，只要不被销毁你可以一直看着它，后来想想不必争辩，本来就是鸡同鸭讲，律师根本没理解她的意思，或许根本不想去理解。后来菲比不知道脑子搭错哪根神经，竟然邀请了这位律师听一个艺术讲座，律师欣然前往，开场半小时后才姗姗来迟，说自己打羽毛球去了，球拍往座位边一扔，全程边抖腿边玩手机，结束后还特地发微信说讲座很精彩获益匪浅，菲比被这种没教养的态度噎到无言以对，随即删掉了律师微信。后来听说这位律师离过婚，菲比心想他一定是受了什么刺激，出来报复社会，我不幸成为他无差别攻击的其中一人罢了。

那么金融行业的高收入男性会好点吗？有一次好友萌萌又在喜凤楼有聚会，菲比到的时候有一大桌子人了，桌上一位比女孩们稍大的男士（也许是加班过度长得老）在夸夸其谈，仔细听了内容原来是在讲如何用好几张信用卡倒钱，可以永远欠银行好几万的招数，没想到日进斗金的金融人士也会对这种不入流的蝇头小利如数家珍呢。后经介绍，菲比发现大哥供职于金贸某顶级投行，而大哥发现菲比也在金贸上班后对菲比高看一眼，又是从事设计咨询这个大哥不了解的行业，大哥突然对菲比殷勤起来，第二天便送了一盆体面淡雅的蝴蝶兰到菲比办公室（家庭地址不敢这么快打听），后来萌萌说，那天吃饭一整桌的女生大哥都送过花，套路，满满的套路，估计大哥心里还暗自得意，以为某个女生会上钩呢。

　　产业新贵科技公司的男士会更优秀吗？恰巧菲比的发小供职于电车巨头，两人经常中午约饭，吃饭间的主要活动就是吐槽各自的同事，发小说她公司的一把手是沈阳某三流大学毕业的，现在规定招聘新员工的标准之一是毕业院校不能比他的好，菲比惊呆："那你们公司的学历天花板也太低了吧！"发小："可不是嘛，老板的英语还不好，不知道那位传奇的美国老大来中国他怎么接待，呵呵。"发小是纽约大学硕士毕业，在公司谨小慎微受了不少排挤，估计没有晋升的希望了。

　　看完一圈，菲比觉得，自己办公室的男同事顺眼多了，至少端庄得体，宜室宜家。真的是好不好全靠同性衬托。

　　所谓精英，大抵都是人设。红男绿女们在 CBD 戴上自己精心描绘的面具，在外人面前扮起自己都未曾见过的模样，都是演技，不必当真。

10. 资本的游戏规则

菲比原以为天真会和小行知一样，会一直在她负责的项目上画图。未承想到在白姐姐的一通表扬后，天真成了小朋友里的香饽饽，别的Senior开始跑来向菲比借人了。

　　第一个来的是汪富龙，他是白姐姐的多年手下，Associate级别，操着一口东北口音："冷羽菲，你这儿的新人如果不忙可以借我们用用吗？"他看着天真："终于多了个弟兄。"然后就示意天真把电脑搬到他座位旁边去，菲比看着这哥俩的背影，不禁感叹"75后"和"95后"的巨大差异。富龙的身高也就到天真的肩膀，皮肤黝黑，衣着朴素，你可以相信外企还有人穿着白袜子配皮凉鞋，除了楼下GQ杂志的编辑会这样搭配，就是汪富龙了，当然，人家是土到极致就是潮，而汪富龙呢，是纯土。菲比不得不再次感叹，富龙老哥可是赶上好时候了，如果他现在求职，以他的学历和形象恐怕连安睿的面试都进不了。

　　"羽菲啊，我们去大会议室讨论一下盛誉集团的项目吧？"白姐姐突然出现了，脖子上的花围巾还没摘下来，穿着一双略显笨拙的坡跟靴子突突突地小跑过来。白姐姐个子不高，对于像菲比这样的年轻下属，她总是一边仰着脖子发号施令，一边感叹现在的小孩营养太好，她要赶紧督促自己的双胞胎儿子多喝牛奶。吩咐完菲比，白姐姐拿着她的小电脑风风火火朝大会议室冲去。

　　来到大会议室，相关人员差不多都到齐了，钱尔森作为拉来项目的大功臣大摇大摆地坐在会议室中央，在人才济济的安睿，钱尔森也通过他鲜明的个人形象和职业标签让人印象深刻，他人脉深厚，交际广泛，据说他去美国读Master时的推荐信都是某global总裁亲自写的。钱尔森的形象也是辨识度极高，他是个身高一米九身形肥大的巨人，年纪不大发量却已极其稀疏，虽然形象备受岁月的摧残但他对穿衣有着非常独特的品位，努力在嬉皮和 City Boy[①] 的风格之间找着平衡点。他的时尚单品有鸭舌帽，手工制作的精致银质戒指，复古牛津鞋和工装背带裤。钱尔森对生活也是十分讲究，经常打卡米其林黑珍珠榜上的餐厅，也对京城酒吧了如指掌。一看就是对时尚和美食有着严苛要求的潮流人士。当然，在美食和时尚他选择都要的同时，放弃了最困难的身材管理。

"这次是盛誉集团直接找的我们，大概率是委托不用做投标。"钱尔森开门见山地说，"盛誉的总经理直接找的我，正好我是朝阳区的责任规划师，他们认为这个项目不大，需要一家能和政府部门沟通的单位。规划配合前期的定位，主要的任务还是景观方案和配合业主落地。"

"商务拓展这边，我们已经拟好服务建议书的初稿，稍后我会邮件发给各位，请钱尔森和菲比尽快确定规划和景观各阶段的服务内容，团队成员名单和最终的报价我会和白总确认。"商务的同事补充道。

"哎呀，报价能不能再高一点，现在的价格太低了，没法做嘛，钱尔森再和业主去谈谈吧！"白姐姐张口就来。

钱尔森翻了一个巨大的白眼，心说我一个规划部门的，帮你的景观团队拉活儿，你还给我提要求呢？你怎么不去找业主谈呢？但钱尔森还是给了白姐姐些许面子，压着不耐烦说："我再找盛誉聊聊。""菲比已经拿到了项目经理的权限，恭喜啦，就请菲比担任这个项目的 DPM[②]

① City Boy 一词最初由日本潮流杂志 *Popeye* 提出，融合了日系休闲和美式街头的混搭风格。
② 项目副经理。

吧！沈妙做PM①，你有什么问题可以直接问沈妙。"白姐姐转向菲比，露出一个大大的微笑。菲比对白姐姐表示了感谢，并且表达了一定会把项目做好的决心。

商务同事看到大家都同步了信息，就再次强调了今天建议书要定稿的相关内容。菲比都看得出来，这个项目是通过钱尔森的社会关系得来的，但他是规划组的设计师，业主需要的服务主要是景观的落地方案，合同只能签在景观组，于是白姐姐成了最大受益者，啥都没做就得了一个优质项目，简直是天上掉馅儿饼啊！

这个项目让菲比做，白姐姐和沈妙也是各自打了小算盘的。盛誉对设计的要求极高，需要一个擅长做商业项目了解最新潮流的设计师，而白姐姐这两年自己其实已经感觉到力不从心，跟不上潮流了。与其露怯不如推给菲比冲在一线做设计，自己躲在后面评图即可，而且菲比的人力成本低，省下来的人力成本可以cover②白姐姐的更多工时，可谓一石二鸟。白姐姐平时看起来大大咧咧像个傻大姐，这些小算盘算得都可精明呢！

对于沈妙来说，项目虽好，但由于在市中心地块的面积太小，怎么报价合同额都不会高，能承担的人力成本有限，从财务的角度评估业绩增长的可能性不大，沈妙才不稀得去当这个项目经理，让新手项目经理做省去不少麻烦。她和白姐姐商量让菲比做项目经理的工作，但在系统里挂名DPM，她自己挂名PM，万一项目做好了系统里的PM还是她，做砸了就可以甩锅给DPM。

---

① 项目经理。
② 这里指承担。

菲比对领导的心思看得很清楚，预算少、难度大的活儿永远是派给她的，钱多、好做的项目一贯是分配给领导的老跟班们的。盛誉地产这个项目设计和项目管理都需要她负责，虽然项目不大但工作量却是翻倍。但菲比决定往长远打算，为了充实自己的经验和简历，吃点苦也是很划算的。

作为全球最大的设计咨询集团之一的安睿，有着完善的项目管理系统以保证这艘设计航母可以平稳行驶。最重要的设置就是将核心技术人员分为两类：设计师和项目经理。设计师负责输出设计方案，项目经理负责管理财务和客户关系。

安睿一般对工作三到五年的 mid level 技术人员（规划师、设计师等）进行筛选，推荐技术能力和沟通能力较强的同事进行项目经理培训，这里参加培训的同事也会自主选择，是一直做技术成为创新大军中的一员，还是走上项目管理和运营的职业发展路径。通常创新能力不是非常强，但沟通和协调能力优秀的同事，会选择项目经理这条道路。并且，和运营系统以及财务挂钩后，项目经理会获得很多权力，这也是有发展野心的同事极其看重的。当然，项目经理的权力是"双刃剑"，是为公司和团队带来更多利益，还是为自己个人牟利，就要看个人的职业素养和格局了。

菲比后来领悟到资本家才是最精明的，项目经理不做设计久而久之便失去创新和生产能力，而有设计能力的技术团队则没有业主资源，这样无论是设计师或项目经理跳槽，都抢不走老板的生意。

安睿的成本计算方式里藏着公司盈利的逻辑，今天的菲比就坐在电脑前，开始准备做三里屯改造项目的成本预算，每个设计师的时薪都会填入系统，再由系统换算出成本。换算出的成本往往是设计师薪水的数倍，类似各大设计院让设计师"背产值"的绩效方式。这样的计算方式会使得工资越高的人需要越大的项目金额支撑，驱使他们要想尽办法获得更多、更大合同额的项目。然而如此换算下来，业主花一百万元的设计费，满打满算不到四分之一是付给设计师（主要的生产力）的工资，那成本的四分之三去哪里了？也许是高昂的写字楼租金，也许是非生产部门的人力成本，也许是高昂的系统和IT费用，但也不至于这么高吧？徐阳曾经说漏嘴过，说公司的成本没有那么高。那么如此高的成本是不是隐形利润呢？

成本预算还有一个作用，就是约束项目上的工作人员按照预算填写工单，安睿的工单每两周填一次，每位员工每个小时在什么项目上都要填写清楚，并由财务录入系统。在项目充裕的黄金岁月，大家对工单填多填少并没有那么斤斤计较。但当设计费开始缩水，大家对工单变得愈加敏感，恨不得用最小的成本干完最多的活儿，"牛马"们的生活更加苦不堪言。

手握监督工单的大权，项目经理可以很容易操控设计师，在预算吃紧的情况下，曾出现项目经理让设计师赶图却不给工单的情况，或是在系统里把项目关掉，让同事们无法报销。项目经理掌握的权力本应是帮助公司合理控制成本，但也可能成为霸凌和剥削的手段。

本是同根生，相煎何太急。当项目经理们为了达到财务目标克扣了设计师的工单时，当总监们为了保住自己的工单裁掉资深设计师拿便宜的小朋友代替时，当两个合作团队为了如何分合同中的工单大打出手时，无论是总裁还是助理，都是在这游戏规则下生存的蝼蚁罢了。

"羽菲啊，你的成本预算做好了吗？今天我要发给仙帝总审批了——"白姐姐的声音传来，把菲比从沉思中惊醒，继续工作吧，既然在这个游戏规则里，就好好玩。

11. 新鞋磨的泡和压扁的三明治

菲比在公司的系统里走项目的合同审批就走了整整三天，这三天里小行知和天真在快乐放羊。现在已到周四，小行知一直在吭哧吭哧优化大唐项目的平面图，在 Photoshop 里一会儿调大树的素材，一会又把它调小，然后在草坪上增加了一个图层，加上一些灌木和花草的素材，素材本身没问题，但灌木和草坪的边界小行知就拿橡皮擦工具擦了擦，放大看不出，缩小看整张图，灌木的形状像狗啃了一样。总之，小行知没有了"菲比妈妈"的监督，像没头苍蝇一样，三天白干。菲比以为小行知通过春暮里的锻炼自学能力能提高一些，目前看她是过于乐观了。

　　天真也没好哪儿去，之前菲比给他布置的任务是尽量多收集优秀的城市更新的案例，尤其是国外的比较先锋的。天真把几个专业网站和大师事务所的网站都翻烂了，找了三十几个案例，菲比一看能借鉴的几乎没有，ArchDaily^①上的城市更新的案例，不是欧洲的地标建筑改造，就是街道的公益性改造，都是用学术性和社会性来衡量的，很少有成熟的商业项目入选，找到的图片也是偏清冷挂而不是业主乐于买账的那种喧闹夺目的氛围，甚至有的项目本身就是美术馆根本没有商铺。在大师事务所找的案例，也都太偏向建筑单体了，没有关于景观和街道更新的设计，而且大多个性过于鲜明，气质冷峻且造价昂贵，恐怕也不符合业主的预期。"要不我们换个方向找案例吧？"菲比打开微信，在上面搜索了"商业街区升级"，马上跳出来一大堆标题，"上海十大火爆商业街区""伦敦百年街区焕发生机"等等，天真在美国上学的时候可没用过这个功能，直接被这些浮夸的标题惊呆了，菲比非常理解他的心情："我

---

① 　一个报道建筑、景观、室内等专业最新项目和信息的网站。

刚回来工作的时候也觉得这些微信文章特俗气，但里面分析整理的一些信息对研究项目还是有用的，毕竟我们这是个商业项目，怎样向业主说明设计投入能带来经济回报是非常重要的。"天真似懂非懂，在努力理解菲比的话，菲比把几篇看起来还有用的微信文章发给天真："这里面提到的所有项目你好好找一下，包括平面图、效果图和建成照片，还有文字描述，中午以前要。""OK。"

就在师徒俩讨论的工夫，一个男生把电脑搬到了天真右边的空位上，此人身材高大，介于"胖"和"很胖"之间，略长的头发用一个发卡别到后面成了一个大背头，他还没坐定，对面八卦姐妹团的吉娜就一眼认出来："哎呀闪电你怎么来北京了？成都待得还不够安逸吗？""咳，这不是泰山有个着急的项目吗？正好回北京几个月见见老朋友嘛！"其他姐妹也反应过来了："这不是我们的闪电吗？瘦啦变帅啦都认不出来了！""你们三个一点都没变啊，还是这么年轻漂亮！"闪电和三姐妹开始了商业互吹彩虹屁环节。菲比也恍然大悟为啥大家都叫他闪电，他的眉毛和眼睛都是微微下垂的，大双眼皮配上下垂的眼角总有一种呆萌的感觉，再配上一个庞大且微微驼背的身躯，像极了《疯狂动物城》里的 Flash[①]。

闪电还没整理完，沈妙就来了，寒暄了几句后向菲比和天真几个不认识他的同事介绍了一下，原来他已在安睿任职五年，在菲比来之前调到了成都办公室，和菲比同级是资深设计师。从沈妙和他说话的"亲切"语气和三句不离泰山的话题，可以感觉到闪电不是一般设计师，后来打

---

① 闪电，迪士尼电影《疯狂动物城》里最出圈的角色之一。

听得知其深得泰山哥赏识，这次调来北京也是专门来做泰山哥的一个新项目的。

大家寒暄完回归工作，菲比接到了盛誉集团对接人黄小姐的电话："冷工你好，服务建议书已经定稿了，合同方面在推进，我们总经理明天正好有空，准备开一个项目启动会，交通顾问H所也会参加，你们白总和钱尔森的时间都OK吧？"

"我马上问一下，尽快回复您。"菲比挂了电话心里没底，工作还没开始，要开启动会不能空手去吧？

白姐姐出差了，钱尔森也不在公司，菲比先分别给两位打了电话，确认周五下午他们可以出席，再请业主确定下午开会的具体时间："明日三里屯项目的启动会定在下午3点到5点，届时有盛誉商业总经理、商运团队和BD团队参加，交通顾问H所也会参加并汇报成果。"菲比把编辑好的信息发给白姐姐和钱尔森，不久就得到了"OK"的回复。

会议的时间定了，但是启动会的汇报文件还八字没一撇，通常在项目启动会上，设计团队会向业主展示对项目地块的初步理解，以及几个设计方向的草图和案例分析，启动会的文件不需要做很多，但对项目的理解要够深入，展望的愿景要最好能超越业主的预期。第一印象非常重要，如果设计团队表现出色双方会很快建立信任关系，反之亦然，表现欠佳业主有可能直接把团队换掉（毕竟正式合同还在走流程呢）。

突如其来的会议让菲比倍感压力，直接打给了白姐姐："白总，明天启动会不能空手去，而且业主的总经理要参加，我们可能得加班加点搞出一版项目理解文件。""是啊！我正想问你这件事呢，我在烟台出差要明天上午才能回来，规划那边能安排点工作吗，按照任务书规划应该先提出一些大的方向？""钱尔森也说他在外面开会，回不来，现在也不接电话了。"白姐姐沉默了几秒钟，两人心知肚明，工作是要菲比和景观的小朋友做了，钱尔森是拉项目的大功臣，他的待遇可不能像普通同事，万万不会临时加班的。

"你先安排一下人力，我觉得还是要到场地梳理一下现状问题，然后加上案例分析。我现在找几个公司以前做过的街区更新的文本发你，你看一下，人力如果不够的话找沈妙吧！"白姐姐那边异常嘈杂，工地刺耳的噪声夹杂着呼呼的大风声，吵得人头疼。菲比慌的不是缺画图的人手，慌的是该画什么图，挂掉电话没多久白姐姐就微信发来好几个超大的 PDF 文件，附带一条语音："哎菲比这是从上海办公室要来的几个街区更新还有商业景观的文本，你看一下，香港办公室以前也做过类似的，他们的老大还没回我……"白姐姐平时唠叨，但关键时刻还是给力的，至少菲比得到了一些分析场地的方向。

"天真，你准备一下，我们中午去三里屯看现场并且再梳理一下场地的问题，你的案例研究上午一定要找好，今天要做好加班的准备。"菲比一边全神贯注地读着白姐姐给的设计文本，一边给天真下了指令。她也在 Teams 上通知了小行知也需要做好加班的准备。中午 12 点，菲比检查了一下天真的案例研究，每个案例都放在相应的文件夹里，再分类成 Word 文档和图片两个文件，找的图片质量也比较高，可以看出天真是个有条理有审美的小朋友。

看完文档，菲比派天真到地下一层的面包店买两个三明治，并叮嘱他要开发票，等天真买好三明治，菲比已经在一楼落客区的出租车上等他了，天真一上车她就把发票要走了并微信转账给了天真，叮嘱他赶快吃完三明治，而她自己头也没抬聚精会神地在手机上研究以前的项目文本。这一番操作如行云流水，不愧是训练有素的专业"社畜"。

车子很快抵达了三里屯，虽然已经快到国庆，但今天的太阳格外大，两人站在空旷的街道上面面相觑，有种热锅上蚂蚁般的焦躁。站了半分钟，天真绷不住发问："我们现在该怎么办？"他一手拿着上周打印出来的已经快被揉烂的场地卫星图，另一只手拿着菲比没吃的三明治。菲比还是没有抬头："我现在有些想法了，你看看这个文本。"天真弯腰凑近手机屏幕，里面是中关村大街的场地分析，第一页是排成阵列的现场照片，后面有研究范围的平面图分析和每条街道的轴测图分析，分析图都是黑白线，用简洁的色彩鲜明的线条 highlight① 相应的街道并用艺术字体标注了每条街道的定位和功能。"这些 graphic② 你都能做吗？""能做，我们要做几条街道啊？"天真发问。

"这是个好问题，你看我们景观设计的地块其实就是旁边这个建筑的广场、东西两条街和后面的小街道。"天真抬头看着建筑，就是个破旧的八层方盒子，过去似乎是个小商品市场，现在商铺都早已搬空，一楼侧面的汉堡王只留了个牌子还没拆，在艳阳高照下显得无限萧索。"虽然景观设计的面积不大，但是未来的空间和功能要和整个三里屯商业匹配，就必须研究更大的范围了，设计任务书里的规划研究范围北到亮马河，南到工体。""啊？这么大我们俩走不完啊！"

"对，我俩走不完，而且规划的内容我们做也不专业，还是得等钱

① 视觉强化。
② 平面设计。

117

尔森回来再做。我们先从熟悉的领域和业主最需要的地方开始分析，然后再扩大范围，把地块周边业主的商业再调查一遍，看看有什么问题和需要提升的地方。""那就是我们先把这栋楼四周看一圈，然后再往外扩几条街调查？""对，你负责拍照。"

菲比心里没底的原因是她还没做过改造商业类的项目，一是从她入行开始就是商业地产疯狂发展的时期，一般都是拿到白纸一样的新地皮做设计，限制条件没有这么多；二是她做的街区改造类的项目也比较少，觉得把握不了哪里优化哪里改造，以及如何保持街道整体风貌的协调。不过她对边学边干这种工作模式很有觉悟，谁又天生就会做项目呢？每个设计师都是现学现卖，拼的就是谁学得快，理解深入，能尽快找到项目的切入点。

二人先绕着场地走了一圈，建筑改造的图纸还没有收到，也没法讨论景观和建筑的交接关系，只能把现状不符合商业逻辑和对行人不友好的设施意义整理出来。建筑南侧对着主干道外面是一个大广场，被停车场占满，没有林荫树和座椅，很是萧条，广场东南角有一个陈旧的报亭和一棵看起来很老、枝干崎岖的杨树。天真跑来跑去，对着广场从不同角度咔咔一通拍，引来了报亭旁边保安的注目。

然后两人到了东边的街道，街道很窄，是双行车道，靠近场地的一侧是坑坑洼洼 1.5 米宽的人行道，停满了电瓶车，然后是四五步台阶，上了台阶有一个差不多 4 米宽的平台，连接着建筑的入口。"天真把这些台阶拍一下吧，这台阶将来对商业还是挺有影响的……一般商业的入口都是要求做平的，出现几步台阶会影响客流……不过看这个建筑的顶板高度肯定是改不了了……""这条街虽然破旧，但是树长得好！差不多间隔5米就有一棵大树！"菲比迈开长腿，蹦蹦跳跳地丈量每个树池的间距，一边指挥天真拍哪里，一边解释为什么要关注，也算是传授知识给新徒弟吧。

天真则体会到强烈的割裂感，一边是他拍摄的乱糟糟的街道，而对面就是风格各异的精致咖啡馆和潮牌店，以后街道这边也会变成那样吗？他还想象不出来。三里屯是一个很神奇的地方，说它洋气吧，它确实有好多使馆在周围，是北京最国际化的地方，但稍微转头就能看见典型的红砖房老旧小区，装修时髦的精品店和报摊卖饮料的小铺同时出现在视线里。觉得它土吧，一边看着大爷大妈坐在路边晒太阳，以及戴着红袖章的街道阿姨（著名的朝阳群众），还一边能看见戴着墨镜的外国人坐在街上喝咖啡很chill。更别提夜晚的三里屯了，一边是奢侈大牌精品店林立的林荫道，另一边是开在像临时建筑一样的平房里的花哨灯光的酒吧，一边是时尚的男女或享受或躲避街拍老法师的镜头，一边是遛弯儿大爷聚精会神欣赏酒吧聚光灯里的钢管舞女郎。三里屯似乎传承了北京气质中的一些精华，乱糟糟的，接地气和高大上混合在一起，让你在高奢纸醉金迷的橱窗里感到刺激和欲望，也让你在夕阳西下时闻到老房窗户里飘出来的炒菜味道感觉格外安心。

后来两人分别往东、西、北走访了总共七八条小街道，发现周围的城市功能极度复合。做的设计多了，菲比感觉新建的街区都是一个block①一个功能，办公、住宅、商业、绿地，大大小小的方块通过不同的逻辑排列组合罢了。但在老城区，总是有极其丰富的城市功能混合在

---

① 地块，被市政道路分割出来的完整用地一般叫block。

一起，老居民区的一楼临街房里可能出现一家只在窗户上贴了招牌的酒吧，社区幼儿园的外墙上开出一个德国餐厅，街角不起眼的小超市卖着希腊酸奶、俄罗斯雪糕和非洲小米，或者在外形普通的老旧办公楼里发现某小国的大使馆，这些意外的组合让人们的步行体验充满了惊喜和趣味，也让人感受到了城市生活的包容和丰富，再加上常常看到有爱的店家或是居民自己为街道添加的"软装"：花盆里根据主人的喜好种植着或是花或是菜，店铺延伸到室外的小桌椅，还有车站旁或阳光好的位置会有一排各家捐出来的形态各异的旧沙发，供等车和想晒太阳的老人使用。这些鲜活的城市元素特别打动菲比，在她读书的时候教授把它们定义成 informal design[①]，让她感受到社区的人情味和个性。然而作为一个商业设计师，大多数时候参与的项目都是铲除这些非标准化的元素，然后加上充满套路的流行的设计，让街道变得高端、大气、精致和昂贵，在 gentrification[②] 的同时，也丧失了独一无二的生活气息和社区灵魂。有时候菲比不禁想，我做的设计真的是让世界变得更好吗？

拍完照片，菲比心里也盘点出该画什么图，对开会的 PPT 有点数了，刚放下心，就突然感觉脚后跟一阵钻心地疼，原来是她新买的船鞋在摩擦了脚后跟三个小时后，终于把她的泡磨破了，她停下脚步试着慢一点走但又是钻心地疼，天真已经浑然不觉地大步走出很远了。"天真！你等一下。"天真回头看着菲比用着极小的步子艰难挪动，可怜巴巴地说，"麻烦你帮我去小卖部买个创口贴。"

---

① 非正式设计。

② 绅士化。多指一个社区因改造房价上涨或是吸引了高收入群体迁入后，导致原有低收入居民被迫迁离的社会现象。

师徒二人终于坐上了回程出租车，已经下午 4 点了，今晚还要做出一稿汇报文件来，正盘算画什么图时她那不争气的肚子突然不争气地响了起来，似乎在抱怨没有按时投喂。明显车里的人都听见了，场面非常尴尬。天真突然想起来菲比的三明治是他拿着的，赶紧找了半天发现放在他裤兜里已经被压扁了，天真掏出来举着可怜的三明治说："对不起，一会儿我给你买个新的。"菲比饿得委屈，说："你一会儿给我到 The Woods[①] 买个最贵的三明治！记得开发票！"

　　回到公司，吃上了烤箱加热过的高级三明治，菲比的表情看起来放松了很多，天真又双手奉上了一杯 Blue glass 酸奶，菲比更加受用了。天真心想这女生都是要靠哄啊！不过中午没吃饭脚又破了确实挺难受的，而且晚上还不知道加班到几点呢！

　　小行知看见天真和菲比回来了急忙跑过来领任务，孩子已经严阵以待了。菲比安排行知整理 CAD 底图，整理好以后做街区建筑体块的 3D 模型，同时让天真先把案例研究按照一个统一模板排进文本里，等小行知的模型完成以后开始画分析图。天真问："我们用 InDesign 排版还是 PPT？分析图需要进 Illustrator[②] 吗？"这是个好问题，Illustrator 做分析图肯定是最好看的，用 InDesign 排版也是最考究的，然而 PPT 既可以排版也可以画图而且允许多人同时工作，时间极为有限的情况下，菲比不得不对图面质量做一些妥协："用 PPT 吧。"

　　两位小徒弟的工作安排完毕，菲比开始归纳整理现状问题的部分，

---

① 一家开在商务区的西餐简餐连锁店。
② Adobe 的一款矢量绘图软件。

将商场周边连接业主现有商业的地段和商区辐射街道的现状照片，按照改造力度从大到小分成三类，改造力度大的做详细分析，比如停车场问题、路缘石问题和行道树问题都一一列举分析，投资力度小的周边街道就用总结性的几句话和图片说明现场的问题。然后拿着草图给商业区周边的几条街道作出一个初步的定位，比如建筑西侧紧邻业主现有商业街的街道被定义成"潮玩大街"，西侧一边是商业一边是居民区的街道被定义成"惬意生活街道"，每条小街道都根据其功能和未来可能的业态起了响亮的名字，文案中用了不少最近商业的流行语比如"chilled""city walk""主理人店铺"等。

晚上 10 点，第一稿文本的内容差不多妥当了，菲比把 PPT 转成 PDF 格式发给了白姐姐："白总，请您看一下第一稿文本，主要做了现状分析、周边街道定位和案例研究。"白姐姐很快给了回复，而且这次不是死亡语音："分析基本是到位的，但是这个文本没有对规划政策的解读和大的 vision[①]，恐怕像盛誉这样的业主没法买账，我现在打电话给钱尔森请他务必整理一下这两部分，明天上午我回公司大家一起再优化一下。"谢天谢地白姐姐这次作出了正确判断，规划的内容还是得规划去做，菲比松了一口气。

一回头，看见天真和小行知还等着看有什么要修改的呢。"今天就到这里了，辛苦大家了，明天还得早点来，上午还要修改一下文件。"菲比给脚后跟换了个新的创口贴，心想早知道今天如此奔波肯定穿球鞋上班了。

---

① 设计愿景。

12. 专业汇报

周五一早，就发现白姐姐单独建了一个微信群，有她、钱尔森和菲比。差不多 8 点白姐姐就好声好气地在群里提醒钱尔森，今天盛誉集团开会之前要交作业，如果能早点交上来给大家更多时间合文本那就更好了。"OK。"钱尔森回复，但没有回复什么时间给出研究成果。

9 点半，白姐姐和菲比找了个会议室过了一遍汇报文本，"哎呀昨天一整天和甲方跑工地，还不小心在工地摔了一跤！结果误了晚上 6 点的飞机，不得不改签成红眼航班回来！"白姐姐经常无意识地诉苦，把自己的狼狈事儿全盘说给下属听，也是相当心大。白姐姐芳名白雪，却肤色黑黄，个子不到一米六，长着颧骨高耸的菱形脸和细长的眼睛，酷似刘玉玲，不过二者气质相去甚远，刘玉玲的气质是大杀四方的 ABC[①]霹雳娇娃，白姐姐的气质是朴实的顶起半边天的东方女强人（褒义）。今日白姐姐素面朝天，看起来有些许憔悴："文本现在除了等钱尔森做的那部分，后面的内容我没有大意见，但是在开头我们应该加一页设计目标，例如'提升商业空间品质''增强社区多元化和凝聚力'之类，这样业主可以在汇报的一开始就知道重点是什么，然后我们再去讲细节……"菲比边点头同意，边飞速地增加了这一页 PPT。"后面的案例研究把 Santana Row[②] 加进去吧，我上次去加州的时候特意去看了，街道的尺度和三里屯非常像，还平衡了社区绿地和商业经营空间的占比，氛围非常好……"白姐姐说着说着心就飞到了她在加州的悠闲假期……

做设计就是这样，除课本上的专业知识和实践中锻炼的画图功夫外，设计师的生活体验和对空间感受的解析能力非常重要，他们需要不

① American Borned Chinese，在美国出生的中国人。
② 加州的一个商业街。

断地在优秀的建成项目中去生活和思考，才能站在"巨人"的肩膀上再做进一步的创新。当然，大多数时候可能在有意无意地"借鉴"前辈们的作品。设计师的生活体验往往不是旅游踩点看项目，尤其是对于街道设计，它不像大师设计的建筑和公园有着鲜明的形式和视觉冲击力，而是在日常的使用中发现设计创造的便利、舒适，并且应该对所有人是公平和包容的。

白姐姐和菲比讨论完，钱尔森也没有出现在办公室，菲比只能回座位继续优化PPT，她和天真说："我们除了Santana Row，再加一个香港的Fashion Walk①的案例吧，它在铜锣湾……""是不是维多利亚公园旁边的那个街区？""是啊，你也去过那儿？去旅游吗？""我在那儿住过几个月……"天真似乎有些难以启齿，菲比倒是没在意，依然专注在项目的特色上："这个街区也是新旧建筑混合，里面有好多改造，有很多餐厅的外摆做得很好，你要多找一些图片，还有它步行街的空间尺度和地面的铺装……"天真拿本子记下来，然后去找资料了。

中午，钱尔森终于现身，来到菲比的座位跟她说："PPT差不多了，再等我半小时，一会儿微信发你。"（大家都不用公司官方推荐使用的Teams传东西，因为，太！慢！了！）天真急得不行："他怎么回事儿，下午马上要汇报了，这人怎么这么不负责任。"菲比淡定："没事，钱尔森见过大世面了，他知道怎么做，不会翻车的。"

半小时后，菲比把钱尔森的PPT转发给天真，在天真的电脑上合文件。师徒二人打开PPT惊呆了，PPT只有3页，而且每一页上面的文字

---

① 名店坊，位于香港铜锣湾。

不超过 20 个。3 页 PPT 的衬底图片都是黑白的三里屯的卫星地图，上面的文字用了巨大无比的（好像是 108 号）加粗黄色字体，图面格式和后面的文本风格南辕北辙。第一页写着"首都进入存量经济时代"，第二页是"购物中心到街区式商业的演变"，第三页写了"24 小时夜经济"。天真又翻了翻 PPT，先看看是不是后面还有："菲总你是不是没发全？"菲比感到一阵绝望："没有，这就是他发我的全部。"而后又感觉到一阵悲愤，总监不管，规划不管，我忙前忙后最后就拿这 3 页 PPT 搪塞我！这悲愤持续了半分钟后她看开了，毁灭吧！无所谓了，大不了被业主 fire[①] 掉！一旦有了摆烂的心态，心情顿时轻松多了。

下午 2 点，菲比和钱尔森准备就绪，在大堂等待白姐姐，钱尔森一副胸有成竹的样子让菲比不用担心汇报。出租车师傅给菲比打了电话说门口保安不让停车，到底还要多久上车。菲比心想马上要出发了白姐姐这是去哪儿了？说时迟那时快，见到白姐姐风风火火冲出了闸机，菲比和钱尔森一下子被白姐姐的造型抓住了眼球，二人目瞪口呆地看着她。

只见白姐姐一改早上的针织衫，换上了一件紧身但皱巴巴的白衬衣，外面套了一件灰色羊毛外套，袖口的起球和下摆的线头诉说了这件衣服的历史，脚下也从运动鞋换成了布满划痕的粗跟皮靴让她的身高突破了一米六，也许这身行头只是款式过时并没有好好打理，但白姐姐为之精心搭配的妆容更加匪夷所思：她的单眼皮上方涂了嫩绿色的珠光眼影，嘴唇是粉嫩嫩的果冻质地唇彩，这一番彩色攻击使得她的面色更显灰黄，为了凸显这妆容她特意搭配了湖蓝色串珠小耳环，让菲比想起国

---

① 被炒鱿鱼。

外嬉皮市集上环保主义者热衷购买的打着巴厘岛某村落妇女群体制作标签的手工饰品。最后的点睛之笔是一条嫩绿色丝巾，上面有类似水墨的图案，她按照早年《瑞丽》^①杂志的教程在颈间打了一个蝴蝶结。

钱尔森差点吐了，本来他就看不上白姐姐，现在心想：完了！今天跟着她这样的人去见盛誉地产总经理，丢人丢大了。菲比则是面无表情，实则憋笑已经快憋出内伤。

白姐姐审美的缺失和她生活的年代有关，虽然她的父亲是规划专家，但在物资匮乏的童年鲜少获得美育，更别提参透日新月异的时尚潮流了。

三人提前十分钟到达了三里屯，业主的物业办公室就在商场的三楼，底商店铺是 Loewe，巨大的 logo 和纯净的店面展陈吸引了菲比的目光，这是她默默在网上欣赏却一直没有去逛的店呀，菲比暗下决心，等老娘有钱了一定逛它个痛快！"我们直接上去吧！"钱尔森打断了菲比的小小白日梦。上到三楼，向前台通报了来意，三人被引导到一间会议室等候。

会议室中已经有一位中年男士在等候了，他身着格子衬衫，戴着无框眼镜，灰白的头发整齐地梳在耳后，简直是专业技术乙方的刻板印象。三人坐定后一寒暄，发现对方是盛誉集团请的交通顾问 H 司，于是两个乙方例行公事交换了名片，白姐姐尤其热情，看到男士的 title 是 ED^②之后，更是谄媚地和对方聊起来："哎呀卢总啊，三里屯的交通问题真是得改善改善……我之前在北大的讲座上就谈到了这个问题……"吧

---

① Z 世代不知道的一本杂志。
② executive director，执行总监。

128

当你不懂时尚的领导准备去见客户时......

啦吧啦说个不停。菲比和钱尔森都略感尴尬，H司在交通顾问界确实是数一数二的顾问，但安睿也是世界500强，在规划景观领域的旗舰企业，乙方和乙方之间实在没有必要如此巴结，还不如给对方留一个高冷专业的形象，为以后的竞争（毕竟安睿也有交通组）或合作留些交往的回旋余地。菲比和钱尔森都懂的道理，白姐姐却不太懂。

没过几分钟，业主和其他参会人员陆续到场，先进门的是项目的对接人黄玲玲，紧随其后的是三里屯商业的总经理谭总，最后跟来几位穿着体制内夹克的人士是街道的工作人员以及市政院的交通顾问。谭总是香港人，是最早一批北漂的香港地产人，在大陆摸爬滚打十年有余。虽然深谙大陆世事，谭总还是保留了香港职业经理人的穿衣风格，讲究的三件套羊毛西装，熨烫妥帖的衬衫但不打领带（很多场合没必要太正式），体面的名牌手表，油光锃亮的发型和定期去理发店修容让他在职场 dress code① 极度 casual② 的北京鹤立鸡群，成为帝都商业地产圈带有明星光环的人物。黄小姐虽不是香港人，也在港企文化的浸淫下格外注重职业形象，她身着修身米色西装，脚踩锃亮的漆皮 Roger Vivier 方扣小高跟鞋。港企人是格外懂得先敬罗衣再敬人的道理的。

谭总是第一次见到安睿的三位设计师，看到白姐姐他也不由微皱了一下眉头，心说安睿是不是落魄了，怎么总监看起来这么土，两位跟班倒是蛮有腔调，男生看起来喜欢重工服饰和复古单品，皮鞋看起来也是定制款，而女生身着剪裁别致的藏蓝色纯羊毛套装，戴着卡地亚 clash

---

① 着装风格。
② 休闲，北京人民的着装在精致的香港和上海人民眼中恐怕不是"休闲"而是"不修边幅"，但对于有"潮流恐惧症"的人来说，北京的着装氛围十分亲切友好。

戒指，看起来是三里屯北区的"潜在"客户。

在黄玲玲简短介绍了在座的各位和会议 aganda[①] 后，交通顾问率先进行汇报，随后是安睿。显然交通顾问已经工作了一段时间，工作量已经相当大，卢总打开了一个将近 150 页的 PPT，里面对三里屯各个地段的交通流量、现场监测及改善措施做了介绍。卢总用并不十分流利的港普和平实的 PPT 文件为大家汇报了方案，分析和推导工作做得极为详尽，现场非专业的参会人员也完全看明白了他们的方案。菲比极力避免使用的 PPT，却是卢总最便捷有效的汇报工具，他用最朴素的排版，最理性的逻辑，获得了最佳的汇报效果：问题解决，业主听懂，其他合作方听懂，十分顺利地将项目推进到决策阶段。虽然听起来不可思议，如今很多汇报连让在场的各方听明白都困难，更别说做决策和推进项目了。

交通顾问汇报完毕，黄小姐问了谭总的意见，是先讨论交通的部分？还是把安睿的现场研究也讲了然后一起讨论？谭总示意可以先请安睿汇报，然后规划、景观和交通的问题一起讨论。菲比瞬时紧张起来，汗毛竖起手心冒汗，但依然面不改色坐到屏幕前的电脑，打开了事先拷给黄小姐的 PPT，并且和钱尔森对视了一下，钱尔森起身走来，眼神里充满从容自信：I got this.

菲比已经尽力美化这个 PPT 文件了，比如字体和图片大小都调整了一遍，尽量做到"高级感"。要是时间够她一定会用 InDesign 来做汇报文本，这也是创意型设计和技术型设计的区别，比如卢总作为交通顾问

---

① 议程。

对他们的设计和分析都是基于客观数字和理性推导做出来的，业主期待的是解决一个技术问题而不是审美问题，不需要他的汇报中有审美附加值。而景观、建筑、室内设计是创意和技术的结合，业主会期待设计师有很高的审美，不仅仅是设计本身高级好看，排版、字体、意向图甚至是设计师本身的形象都是审美附加值的一部分，哪里没有做足功课就有可能在业主心中被减了分数。

但是她没有动钱尔森的那三页PPT，开场就是那赫然扎眼的黄色粗体108号大字，她想他一定有自己的意图。钱尔森接过鼠标，对着一行字开始了侃侃而谈，不愧是见过大世面的规划师，一上来就引用了国家政策文件和北京市最新的规划目标，从20世纪60年代百货公司到当今街区式商业的发展方向，到三里屯的新定位和夜经济的发展，从引用政策文件，点评当今发展趋势到大格局的定位，一气呵成，精彩纷呈。菲比知道规划的同事能说会道，但没想到这么能忽悠，就着3页PPT，讲出来这么多金句和热词，什么"世界级""24小时经济生态""韧性城市""文化客厅"等，瞬间把三里屯的地位拔高到宇宙中心，不光是业主听得一愣一愣的，连街道的小领导都目不转睛拿出本子连忙做笔记，什么新政策他们街道都还没学习呢，还有那些热词黑话，心想下次跟书记汇报时也得这么说。菲比叹为观止，真是台上一分钟，台下十年功啊！经此一战，菲比再也不怀疑钱尔森的汇报能力了，还总结：钱尔森汇报，从宇宙局势开始谈起，格局大大地打开。

"那么请我们的景观设计师继续后面的汇报，就街区现状问题进行分析。"钱尔森示意菲比接过鼠标，进行接下来的汇报，"在具体问题分析之前，我为景观部分做个开场，各位好，我是安睿景观部总监白雪。"

白姐姐突然插话进来："请冷工把 PPT 放在第四页，谢谢。"于是白姐姐开始了她的表演，她先是延续了钱尔森的思路，强调了三里屯对于北京的重要性，谄媚地看着谭总称赞现在的商业深耕的成果多么丰硕，然后又展望了一下未来，把钱尔森提到的几个关键词"世界级""文化""24小时经济"又重复了一遍，最后加上了一个众所周知的设计原则"以人为本"。钱尔森和菲比听了这段虚弱的开场都捏了把汗，但白姐姐觉得自己的演出娓娓道来，大方得体，最重要的是让业主知道了谁是总监。然后她起承转合："接下来请我们的同事就项目地块的具体问题分析一下。"把具体策略的汇报交给了菲比。

文件都是菲比做的，内容早已烂熟于心，她流利地进行了汇报，并时不时瞄一下屏幕右下角的时间，做到表达清晰不拖沓，并在二十分钟内顺利完成。谭总对现状分析还是认可的，菲比他们提出的现状问题商场早已知晓，只是由开发商直接和街道提出显得失之偏颇，好像公共街道只是为商业服务而已。借助专业设计机构提出来，就显得专业和名正言顺了。菲比分析的成功案例也深得业主心，尤其是香港的 Fashion Walk，谭总觉得非常对标，点了点头，黄小姐看到领导的反应也投来了赞许的目光。菲比表面镇定，实际上已经把鼠标都握湿了，暗自祈祷后面没人再使用这个鼠标，以免发现她是小汗手。

两个设计咨询单位的汇报已完成，业主现在需要和街道以及市政院讨论他们最关心的问题了，谭总直接发话了："赵主任、刘总，我们的设计顾问已经介绍完了目前的成果，现在想就三里屯路口的天桥和三里屯路的拥堵问题进行讨论。"问题拉开帷幕，从街道主任和谭总的你一言我一语的对话中，安睿的三位终于了解了为何业主要单独请一个交通顾问：原来是政府希望解决三里屯路口的交通混乱问题，领导们又有着一些好大喜功的惯性思维，极力主张将三里屯路口地面的斑马线取消，让行人全部从过街天桥通过，并让市政院按照领导的意思做了一版新的交通规划，这个路口就在盛誉集团最有价值的一片商业门口，盛誉是万万不希望有个庞然大物矗立在建筑立面前，把主力店的展示面完全遮挡！更不希望切断地面的人流，懂商业逻辑的人都知道，店铺前多一两步台阶都可能减少消费者，何况是一座六七米高的天桥了！于是盛誉另请业界有威望的交通顾问 H 司，做了详尽的方案，为不需要做天桥的结论背书。

街道主任还未意识到盛誉的用意，让市政院打开了天桥的概念效果图，只见三里屯的四个路口地面被围挡堵上，一个色彩浮夸的甜甜圈状的天桥飘浮在路口上方，为了渲染繁荣的气氛，每个扶梯上都 P 了很多行人，他们不能走地面，乖乖地排队上天桥，然后进入大型甜甜圈，再从扶梯上下来，走到自己想去的方向，人们顺着规定好的路线进入为他们专门设计好的通道，像宠物爬架里排着队的仓鼠。而地面上则是呼啸而过的一辆辆汽车，最便捷的地面交通就这样被打断了。"这天桥采用最现代的设计手法，预计投资 1.2 个亿，成为三里屯的新地标。"主任兴致勃勃，市政院的刘总点头附和，看着这浮夸的效果图，钱尔森和菲比头都大了，钱尔森直接私信菲比吐槽："他们非要花这么多钱做个脱裤子放屁的事儿吗？"谭总眉头紧锁："也请 H 司的卢总发表一下意见吧。"

卢总看起来非常在意这天桥带来的不便，努力用港普晓之以理："解（这）够（个）天桥虽然看起来解决了一些交通闷（问）题，但带来了更大的闷（问）题，为居民们的步行出行带来了极大的不便。"他看主任并不能完全理解不便在哪里，就展开说，"不是所有居民都能坐扶梯的，推婴儿车和坐轮椅的用户出行将会极大不便，还有骑自行车的用户，本来地面能解决的问题放到二层，还会增加很多的运营成本，比如扶梯的日常维护等。地面交通只考虑了机动车的使用，解（这）系（是）违背以人为本的设计原则的，系（是）设计的倒退。"也许是卢总讲述的画面感触动了主任，他才想到自己七十岁的老母亲每天买菜过天桥的艰辛，又或是想到了媳妇一个人推婴儿车时遇到的沟沟坎坎，再或者是想到卢总提到的"不以人为本""运营成本高昂"等害怕自己犯了政治错误，主任不吭声了，拿不出什么好的理由继续让盛誉 buy in① 这个提案，市政院的刘总看主任沉默不语，他也不好再推崇这个设计了。

谭总趁势进入第二个议题："各位我们可否讨论一下太平路的拥堵问题，我看卢总也拿出了和刘总不太一样的解决方案，大家可以一起探讨。"太平路是盛誉商业的命脉，连接着南区和北区，也是整个商圈最好逛的地段，对面还有菲比他们要重新设计的东区，这里的拥堵已经成为日常棘手的问题，加上地铁站还未通车，如何便捷地到达商圈是长久以来的一大痛点。

市政院刘总又来了兴致："我们测算下来交通拥堵的根源是道路过窄，如果可以将西侧的人行道变窄，拔掉一排树，增加一条车道变成潮汐车道，那将解决交通拥堵的问题。"一听到拔树，作为景观设计师的白姐姐和菲比差点从座位上跳起来！太平路的一大优势就是极为罕见的

---

① 埋单。

宽阔的步行道上种植着三排高大的林荫树,是北京绝无仅有的人行道比车道还宽的、尺度宜人的步行商业街。在最炎热的三伏天,高大的树冠像妈妈呵护孩子一样,尽职地为树下的时尚男女们遮挡烈日,提供着最宝贵的阴凉和负离子。在三九严冬,树妈妈们脱光了树叶,露出优雅舒展的枝条,商管们将蓝紫色的小灯细致地缠绕在每一个枝条上,到了夜晚火树银花,比肩东京的表参道,它们身上的灯光照耀着每个路人,让人们觉得在寒冬腊月户外走走也不虚此行,它们见证着向往这里的年轻人的每个浪漫时刻,圣诞节的告白,情人节的玫瑰,成为北漂青年们艰苦岁月里最温柔浪漫的滤镜之一。

现在,市政院竟然建议拔掉一排树!一整排已生长多年的、美丽的大树!并将人行道变为车道!在景观设计的价值观里,这是不能接受的"大逆不道"。白姐姐忍不住了:"减掉林荫树会大大影响市民的步行体验和街道的生态,并且严重削弱场地的特色,成年大树生长不易,园林部门也不会通过的。"其实谭总对景观并不十分敏感,对商业街少一排树本来持不置可否的态度,因为在商业逻辑里树木对招牌和展示面的遮挡越少越好,十几年前商业地产刚盛行的时期高奢品牌的主力店门前是一棵树都不能种的。后来随着商业模式的变换,建筑立面大 logo 的重要性逐渐被社交媒体传播以及步行体验的重要性取代,谁会去逛一个晒死人的空旷大广场呢?不过谭总还没完全转变思维,问道:"如果去掉一排树,还有两排体验也 OK 吧?操作上如果街道同意了是否可以实施?"钱尔森马上接话:"现在政策上对市政绿化尤其是树木的保护越来越严格了,移栽一两棵还有可能,拔掉一排如果市民投诉,可能使问题上升高度。比如某市就有领导因为西湖有几棵树被拔了而落马。"听到这里,没人敢接话了，这可是政治错误啊，街道主任默默拿小本本记下来，准备向领导汇报拔树的方案风险大，行不通啊！

"那卢总这边有什么建议吗？"主任问，卢总打开了一页PPT："我们经过三周的现场调研发现，太平路拥堵的一大原因是网约车和出租车没有落客区，上落客要停在车道上，导致交通不畅，我们建议在太平路和几条东西向的小路上设置落客港湾，给上落客提供几个固定的点位，这样会大大缓解道路拥堵。"然后卢总转过头，透过眼镜给白姐姐和菲比递了个肯定的眼神，补充道，"落客港湾只需要改变部分路缘石的位置，可以避开树池不需要拔任何一棵树。"有了交通顾问的背书，白姐姐挺直了腰杆："卢总，我们非常同意这个方案，街道的景观代表了一个社区的形象，除了直接的商业价值，还有看不见的生态、社会和文化价值。我们还是希望给市民尽可能多的绿色的开放空间，而不是一味扩大车行空间。"

谭总看交通和景观站在一起表达了立场，也就不坚持拔树的方案了，两个对盛誉商业影响比较大的方案都被专业顾问驳回了，街道的主任也不再坚持市政院的方案，这次会议的目的基本达成。

稍显郁闷的是市政院的刘总，他们的提案都被驳回了。市政院有政府项目，不缺活儿，然而多多少少有着领导说啥就是啥的官僚作风，专业设计的理念也相对没有那么先进，以人为本只是嘴上喊喊口号，真正做设计时是"以领导为本"。而安睿和H司没有政府资源，完全是靠着先进技术和理念在市场上打拼，不进则退，自然对专业有着更深层次的见解。无论是安睿还是H司，都在这次汇报上守住了专业的底线，没有为了迎合业主或领导的需求，而违背设计原则，公共空间不是为某一个消费群体专属服务的，它是属于全社会的，设计师们应该捍卫所有人群的利益，让老人、孩子和各种非消费群体都能享受优质的空间，这才是一个包容大都会的街区所应具备的品格。

无论是卢总一板一眼缜密严谨的PPT，还是钱尔森编织的格局打开天马行空的未来愿景，抑或菲比抠字体抠图面产出的赏心悦目浅显易懂的分析图，都是专业汇报的一部分，菲比对今天会议的结果很满意，她昂首挺胸走出业主的办公室，抬头望着刚才在据理保护的树妈妈们，开心地说："We are pro!①"

---

① 我们是专业的!

13. 拉近关系最好的方法是成为加班搭子

然而菲比只高兴了一个晚上，新的压力就来了。

昨天汇报完菲比感觉赢得了不错的开局，白姐姐也没再给意见，一边给威海的业主打着电话一边上了出租车去接孩子了。钱尔森准备即刻下班去 SOHO 的小酒馆小酌一杯，问菲比要不要加入，菲比觉得即刻下班这个主意非常好，但是她加班又汇报实在太累，于是决定打车回家睡美容觉。二人分道扬镳，一个去喝酒一个去躺尸了。

她回家喂了大橘，点了一份麻辣鸭脖、一份云南米线，外加一份韩式辣鸡爪，虽然不是很健康，但有的时候就是这些重口味的东西才能缓和精神和肉体同时被掏空的疲惫感，仿佛刺激的味觉才能唤起麻木的身体，告诉自己，老子还活着呢。后来她不到 9 点就昏睡过去，直到十三个小时后醒来发现有一个未接来电，是盛誉集团黄小姐的！菲比心中一惊从床上弹射起来，把睡在她胸口的大橘甩了个跟头，大橘骂骂咧咧地到床尾躺下了。

电话是早上 9 点打来的，现在已经是 11 点半了，黄小姐显然是非常有职业素养有边界感的人，没有连环夺命 call，但是是什么让周末不上班不谈工作的港企业主打电话来呢？菲比不禁手心冒汗，她爬起来喝了口水压压惊，然后战战兢兢地打给了黄小姐。

电话接通了："黄小姐您好，抱歉刚才没有接到您的电话，请问您这边有什么新的指示吗？"

"冷工，抱歉周末还打扰了，昨天会议的内容比较多，没来得及对东区规划和景观的场地理解汇报进行深入讨论。昨晚我们和谭总连夜讨论了一下你们提交的文件，感觉有些工作还没有做到位。"黄小姐语气礼貌亲切，又有着公事公办的克制，听不出她对乙方的真实态度。

"请问具体是哪方面的意见呢？主要我们也刚刚开始工作一周，您知道的，合同盖章也还在走流程。"

"流程不用担心，主要是汇报的内容还不够深入，就是一些零散的现状调查没有成为系统，对项目的具体定位还需要再拔高，我建议你们看看几年前你们香港办公室做的那一版文本。"菲比想到汇报前十分钟白姐姐终于要到了那个 PDF 文件，菲比还没来得及研究呢！

"好的黄小姐，我们一定好好研究一下，一定不辜负业主的期望。"菲比表态。

"其实谭总的期待值还是蛮高的，你知道我们一直都和顶级的事务所合作的，他也是见多识广，如果做不出水平也会让他很为难。你们这次得到合同，也是因为钱尔森是街道的责任规划师比较了解政策，不然我们也是要进行国际投标的。"

黄小姐的话翻译成大白话就是，安睿你们别飘啊，这次没有竞赛直接委托给你们是托了钱尔森的福，我们盛誉向来是和顶级事务所合作的，你们安睿本来就是跳着脚勉强够上这个项目，这点粗陋的产出再做不好是要被 fire 掉的。

黄小姐的话，进入菲比耳膜的那一刻就自动被翻译成以上大白话了，她再次向业主表态是这次时间太短工作刚刚展开，她会立即安排全面提升工作深度和图面表达。

黄小姐说："现在临近国庆了，国庆后东区的项目马上要跟街道讨论，国庆回来的第一周就得有比较完整的成果，现在留给你们的时间不多了。"

菲比表示会和公司申请人力，全力保证项目的进度。黄小姐看该敲打的敲打了，放心地挂掉了电话。

现在轮到菲比烦恼了，要不要现在向白姐姐汇报这个项目的紧急情况？她脑补了一下白姐姐听到后肯定会反应过度，并且急巴巴叫大家都回到公司做头脑风暴，然后发散出一堆用不了的 idea 出来并获得一个所有人都异常焦虑疲惫的周末。脑补完菲比头都大了，于是决定先不告诉白姐姐，她明天自己去公司加班厘清思路，然后再向上汇报和向下安排工作。不愧是上有老下有小！菲比轻叹了一口气，作为对牺牲掉的周日的祭奠。

想到第二天要加班，原本幸福的周六蒙上了一层灰，干什么都没意思，锻炼计划也取消了，菲比点了炸鸡套餐和啤酒，准备再放纵一回。大橘趴在二楼俯视着菲比大快朵颐，恐怕是暗自嫌弃这个不争气的主人，并责怪她没有主动分一个鸡腿给自己。

第二天上午 10 点，菲比打车到了金贸楼下，她在车上点了一杯星巴克，进办公楼前先去取咖啡。放着 M Stand 和 Manner 一众更有性价比的咖啡不点，偏偏点了星巴克，菲比自己也是有一套理论的。在周末加班场合，美式咖啡店的巨大分量才能补充消耗殆尽的能量，菲比的咖啡里面加了三份意式浓缩（心脏受得了吗？）和浓郁的巧克力糖浆，喝了一口，超标的咖啡因和糖分仿佛瞬间注入血液，人一下子来了精神。她自怨自艾地发了一个朋友圈，配文"OT Sunday"，然后上楼准备开工。

菲比早已不是第一次周末加班了，设计这一行仿佛是工匠学徒，每一点专业技术的进步都是拿时间堆出来的。刚开始当小助理设计师时，菲比就开启了加班生活，那时候做一个小东西（比如花池、广场铺装或游戏设施等）就要耗费比她预想更多的时间做完，等熟练一点了领导就会抛来更多更难的工作，总是要加班才能做好。好不容易能独当一面了，又要面对更大的领导和业主了，菲比还是要加班，就好像游戏通关，打过一关就上难度，小牛马熬成老牛马。菲比自认为自己成长的速度比难度增长得还要快，总有一天像一个真正的都市丽人一样摆脱加班，能自由地掌控自己的时间，憧憬一下未来似乎减轻了如今的痛苦。

她正边喝咖啡边看业主建议参考的香港办公室的设计文本，突然有个人来到了她身边，转头一看是天真！"你怎么来了？"菲比表现得大惊小怪甚至是惊恐，天真摘下头戴式耳机，有点尴尬地说："在家里没事儿，来这儿自我学习。""自我学习"是菲比发明的词，每到小行知和天真没事儿做的时候，她就让他俩看专业网站，看文本，美其名曰"自我学习"。本来天真想给个惊喜，没想到她还显得不太高兴，他坐下来有点失望地打开了电脑。其实菲比一点儿也没有嫌天真打扰的意思，只是她今天根本没化妆也没洗头，盘着一个乱糟糟的丸子头，戴着黑框眼镜，身穿一件读研时期买的袖口已经磨破的旧帽衫，要多埋汰有多埋汰，以前苦心经营的美女形象（有吗？）付之一炬，痛心啊！她告诉自己懊恼是因为小领导的形象受损，而不是因为在帅哥面前没有好好打扮。

天真就不一样了，他明显好好收拾自己了，他穿着一件黑色基础款T恤，外套一件艺术印花的古巴领衬衫，搭配了宽松的卡其色裤子和白球鞋，身上散发着一股好似树林里下完雨的清新味道。菲比下意识闻了闻自己的袖子，死了心，一股前天晚上的韩式辣鸡爪味儿。

菲比喝了口咖啡壮了壮胆，心想形象已经这样了，那就做好本职工作吧。她很快沉浸在工作中，把香港做的文本前前后后看了三遍，对做得出彩的部分——做了笔记，然后打开 InDesign，开始排出了一个文本框架，她把要做的图和需要讨论的要点分别写在页面上，然后找了很多前几页讲愿景和定位时需要用到的意向图。等她再拿起咖啡杯喝的时候，咖啡已经凉透，一看表已经下午 3 点钟了。

天真还在百无聊赖地看着 ArchDaily，网页已经翻到第二十页了，还没想出个话头和菲比聊聊天。菲比也注意到了他的无聊，机灵的小脑瓜儿一转，凑过来诡秘一笑："不然，你帮我画几张图吧？"天真求之不得，但是假装勉为其难地答应了。

"你看，这是我们下次汇报三里屯的文本框架，昨天业主打电话了，说对深度不满意，定位的高度也没达到。"既然有了免费劳动力，菲比又摆出了小领导的架势开始讲课，"你看香港的文本，一开始就画了一张世界地图，把三里屯的定位和巴黎、纽约、伦敦等城市最时尚的地段做了对标，这些地方都被 highlight 在一张地图上，显得冲击力很强，直接拉高了项目的档次，下面又写了个'世界级时尚目的地'，这种开局效果是我们要达到的。""那你需要我做什么？做一张世界地图剪影？""是的，然后把我新找的几个城市标上去，再做一个突出一点的图标，把北京 highlight 出来。""这个不难做，但是之前香港都做过定位了，我们还要做一遍吗？""香港的定位是五年前做的了，商业地产差不多每年定位都会发生一些变化。这五年间业主和政府对三里屯的期待更高了，不能只是时尚目的地了，一定要涵盖更高更深远的社会职能。""那能是什么呢？"天真问。

"文化绿洲，culture oasis."菲比扶了扶她的眼镜，有些得意地挺起胸脯，好像一只胜利打猎归来的小企鹅，说，"业主周五在会上就反复强调了文化三里屯的重要性，看起来也是这两年政府希望发展的，而且三里屯这个地方，是大家的meeting point①，除了年轻人还有周边的居民、使馆区的国际友人，还有各地的游客，所以它作为一个公共空间，不仅是属于购物人群的，还是属于更大的群体的，这样定位会格局更大更包容。"而且艺术和时尚可以作为文化的分支被涵盖进去。"天真听明白了，补充道："对！就是这么想的！"菲比两眼放光，对自己想出的这个点子很是兴奋。

"从 graphic 的角度讲，我们得选一个主题色，你看香港文本里的地图剪影是灰色，highlight 的颜色是橙色，搭配起来鲜明但不俗气。橙色我们用不了了，要不要再选一个颜色？"天真建议道。"派对粉怎么样？亮眼，冲击力强又很年轻。"菲比马上找了 Pantone 的色卡。"可以吧，派对粉不是很娘。""一点不娘，不是有人说 pink is the new black 吗？就是它了。""那就这么愉快地决定了。"天真笑道，开始画图。

后来天真还在网上找了好多排版的模板，最后帮菲比做了一个比较有设计感的排版，这样文本一下子高大上起来，甚至把周五的分析图原封不动放进去都增加了好几分说服力，再加上刚才想出来的定位，文本一下丰满起来了，菲比心里有底放松了很多，两人一边排版一边闲聊起来了。

正开心呢，闪电哥也出现在办公室，"嗬，没想到周末还有加班的弟兄啊！"闪电把大双肩包重重地放在座位上，天真一下觉得右手边的空间拥挤了，"你怎么今天也加班呢？"菲比问，"嗐，做泰山哥的项目，

---

① 见面地点。

听说他明天要来 review 了，这项目市长都要盯着看，不敢掉以轻心。"闪电看似轻描淡写，实则暗自炫耀自己当着重要项目的主创。菲比两眼放光地看着他，羡慕得很，能独挑大梁做泰山哥最重要的项目，未来的升迁之路得多顺利啊！天真则很是不爽，好不容易和菲比聊上天又被这个闪电抢了注意力。而且闪电一点也不识趣，打开音响放起来四川相声的广播！更没法儿聊天了。

晚上 7 点，文本框架排好了，意向图经过三次筛选也只剩精华了，菲比有了充分的信心说服白姐姐按照这个方向推进项目，于是她伸了个懒腰，跟天真说："得，下班啦！记得打车开票！今天可以报销哈哈哈哈！"还没等天真回话，她就一溜烟跑了。

得，留天真一个人坐在座位上关电脑，他讪讪地从兜里掏出来车钥匙，在金贸停一天的停车费比打车费还要高了，他本来想送菲比回家的，结果这老兄自己先溜了。

在天真眼里，菲比绝不是她想的不修边幅一身鸡爪味儿的老阿姨，他看她一改平时上班的精致，一身大学生打扮少了拒人千里之外的气质，多了几分可爱，而她在专注工作和谈项目的时候，眼睛总是亮亮地看着远方，充满憧憬和热爱，熠熠生辉。

14. 大象酒吧的真心话大冒险

这次如菲比计划的一样，周一早上菲比跟白姐姐汇报了业主的意见，并拿出了昨天加班的相对完整的方案，白姐姐很快认可了这个方案，也同意国庆假期安排一天加班并批准了调休。菲比把国庆最后一天要加班的"噩耗"告诉了天真和小行知，并再三表示国庆后汇报完就让他们调休，俩孩子看在菲比平时对他们很好的分上，欣然同意。

假期前上班的最后一天下午，大家都百无聊赖等着下班，天真还是翻着 ArchDaily "自我学习"，小行知一直在手机上和男朋友聊天，争论假期是去密室逃脱还是狼人杀。菲比把 InDesign 文本翻烂了，却想不出一点儿新鲜玩意儿填进去。本来她中午想请天真和小行知吃饭的，以犒劳即将到来的加班，结果中午两人都从座位上消失了。这时，徐阳组的小设计师昕宇跑过来："菲菲姐！晚上要不要一起喝一杯？"菲比来了兴致："好啊！你知道有什么好地儿可以去吗？""刚发现一家新店，一会儿我先去占地儿，让天真和行知带你去哦！"原来几位小朋友私下早已混熟，都商量好一起带菲比去喝酒了。

天色渐暗，大望路华灯初上，经过大风洗礼的空气清新中透出一股秋日的凛冽，金灿灿的太阳渐渐消失在蓝紫色的西山背后，建国路的滚滚车流仿佛通往宇宙的银河，然而星星点点的光斑背后是无数个被堵在路上却渴望奔赴假期的灵魂。菲比走出大堂的转门，狠狠吸了一口清凉的空气，啊！自由的味道（至少在未来六天）！小行知招呼着菲比赶快往前走，她已经迫不及待了。

三人七拐八拐走进一个高档小区的后门，然后在幽静的花园里绕了一阵找到了一个小门脸儿，一楼的户型开了一个小门，外面摆的几套桌椅已经坐满了人，还站着一堆外国人拿着酒杯聒噪地 social。酒吧的昏暗灯光里人头攒动，昕宇使劲儿冲他们招手："快来快来！我不到6点就过来占地儿啦！"菲比一行穿过人群，坐到了一个极小的四人桌上。昕宇说："这家酒吧叫大象酒吧，据说有一百多种不同口味的啤酒呢！""大象酒吧，好可爱的名字！"菲比说，"我最喜欢大象了！"（其实是对小象宝宝和迪士尼的小飞象没有抵抗力）突然她的注意力到了天真的棒球帽上，"你的帽子上也有个小象刺绣，太可爱啦！在哪儿买的！"天真摘下帽子看了看："我都忘了，好像是在美国什么店里买的。""那就买不到同款了。"菲比轻叹一口气，天真突然抓住了机会："那你能不能送我一幅画，我拿这个帽子跟你换！""好啊，你想要什么画呢？"菲比问。天真说："我想要一只火烈鸟。"菲比笑了："这个要求挺特别的，没问题——"

三人点了喝的，菲比不善喝酒，她选个了比利时的草莓味啤酒，小行知看着很小但选了个高度数的鸡尾酒，天真的选择最无聊——苏打水，美其名曰开车了。"那你岂不是就主打一个陪伴！"小行知表达了不满，接着说，"那下面的环节你可不能跑！""还有什么环节？"菲比问，小行知凑近菲比，"嘻嘻，领导，让我们来玩真心话大冒险吧。"

真心话大冒险，多么老套的节目，又多么实用，能迅速打开大家的话匣子。那么第一题，小行知说："请报一下各自的年龄，嘻嘻。我先说，我24。"昕宇："27，你们得叫我姐。"菲比憋了，年纪最大的最弱势，她挣扎着做最后的反抗："女孩子过了三十岁就不能透露自己的年龄了。""没事，领导，你看着年轻跟我们看着差不多。"小行知恐怕是多喝了几口胆子大得很，菲比捏了一下她的小脸蛋："胆儿肥了！你最小你当然不怕暴露年龄了！"小行知又嘿嘿一笑："我可不是最小的——"转头看向天真，天真无奈："我22。"22！这又给了菲比一个暴击，天真个子高，平时不显得这么小，菲比当时接受比小行知大八岁的时候已经做了很多心理建设，最后安慰自己不超过十岁都是同一个generation[1]，这下可好，22的都上班了，那在其他场合岂不是该叫我阿姨了？菲比连忙喝了一口啤酒压压惊。

"第二个问题，上次接吻是什么时候？"菲比更弱势了："可以不回答这个问题吗？"小行知说："领导，你不回答就得大冒险，你可以壁咚酒吧里的任意一位异性。"菲比要疯了，只得回答："三年前。"昕宇说："我是一年前。"天真说："五个月前……"小行知说："那我赢了，我是昨天嘿嘿嘿！"是啊，四个人里只有看起来最小的小行知不是单身。

"接下来啊，第三个问题，被劈腿过吗？"菲比更丧了，这些问题没有一个能占优势的："我感觉有，但没找到证据。"天真坦白："我也感觉被劈腿过，我前女友和我异地过一段时间，后来我去香港看她，她有个好哥们我老看不顺眼，我感觉他俩那时候已经在一起了。""相信你的直觉朋友们，我就是这么发现我男朋友劈腿并捉奸在床的。""啊？"大家都惊了，于是小行知讲了她在英国留学的时候怎么发现男朋友劈腿并智斗小三的故事的。"那你现在的男朋友还是那个人……？"菲比难以置信。"是啊，知错就改嘛。而且我男朋友妈妈在中信当高管，她还挺喜欢我的，上次还送了我爱马仕丝巾呢！"她又吧啦吧啦说了一通"准婆婆"，感觉小行知喜欢男朋友的妈妈胜于男朋友呢！"我没被劈腿过，但还是分了。"昕宇说，"我前男友是做直播的，我俩在地铁上等

---

[1] 世代，菲比是千禧一代，天真是gen Z。

车，我搭讪他的。"没想到文艺美女也会主动搭讪男生，那男生一定很帅，嘻，谁年轻的时候没栽在过外表这个坑里呢？"后来我们分了，因为共同话题太少了，他理解不了我为什么天天想看展看话剧，觉得我乱花钱。""价值观不一样，pass掉，下一个！"小行知帮忙总结道。

"可以接受被包养吗？"小行知念到一个大尺度问题，"我先回答，我可以接受，各取所需其实很好。"小行知又从她可爱的小嘴中说出了最狠的话。"我接受不了，一旦被包养，自尊也被出卖了，获得不了尊重，也失去了获得平等健康的关系。"昕宇说。"那要看你要什么，不恋爱的话，被包养和伺候老板没区别啊，挣得还多。"小行知说。菲比想了想说："我原来和昕宇想的一样，理想状态是平等双向奔赴的恋爱，但工作久了感觉太累了，我感觉被包养也不错，在公司当狗也没剩下多少自尊。"菲比叹了一口气，感觉自己的道德底线在被生活蹂躏之后降低了。"那你恐怕得接受睡老头儿。"昕宇刺激了她一下。"那是万万不行的，那我还是出家吧！！！"菲比做了个被吓得魂飞魄散的夸张表情，像极了世界名画《呐喊》，三个女生笑成一团，天真发言了："不行不行，我接受不了被包养，被控制的生活太恐怖了。"自己抖了抖，摇了摇头，一副PTSD[①]的样子。

"最惨痛的分手经历是什么？"小行知念出来下一题。"我好像都是和平分手，每次都是对方劈腿，我心想算了，没有什么drama[②]。"昕宇点了第二杯鸡尾酒，坦然说道。小行知："这题我在行，我最惨烈的分手发生在初中，我妈是我的语文老师，她有一次偷看了我的日记本发现

---

① 创伤应激综合征。
② 抓马，指夸张事情。

了我早恋，男朋友是隔壁班的，她直接爆炸了。"她喝了一口酒，依然心有余悸，"她不但在家把我的日记全撕了，到了学校还找我男朋友谈话……更恐怖的是，她让学校的教导主任把我俩的早恋当成反面教材在午休时全校广播了三天……"听得另外仨人目瞪口呆，这可是核弹级的社死啊！他们用同情的眼光看着小行知，感觉她比《青春变形记》里的美美还惨。

"我们都坦白了，轮到你了。"小行知拍了拍天真的后背，天真叹了口气，望着天花板若有所思："我前女友那时候在香港，我还在美国上学，有一天她翻朋友圈，非说我车里带了个女的，怎么解释都不相信，我当时委屈极了，竟然大哭了一场。"几个女生想象着一个七尺男儿号啕大哭的场景，都不厚道地笑了。"后来不知怎么的，我们就感情变淡了，慢慢地就不怎么联系了。"

"就这样？"小行知问，"就不联系了……？就结束了？""对，就结束了，我猜。""你这种分手方式太被动太难受了！"几个女生纷纷表示接受不了这种分手方式。

"轮到你了，菲总。"天真看着菲比，想听听她怎么说。菲比憋着脸做了个夸张的为难表情，说："我的经历太凄惨，出于对你们心理健康的保护，我决定大冒险！"豁出去了。"那可不是壁咚异性那么简单了！"小行知来劲儿了，准备给领导上难度。最后大家起哄让菲比模仿《美少女战士》，菲比硬着头皮走到邻桌，对着一桌子男士摆出了水冰月的招牌动作，大声说："我要代表月亮，消灭你们！"然后就着小行知手机外放出来的变身音乐跳了一段美少女变身舞，挥动的长胳膊差点打到后面的服务生，一桌子男士一脸蒙，菲比桌的三人笑得前仰后合，天真边笑边把菲比拉了回来，对四位男士说："哥们儿，她喝多了，多多包涵啊！"

菲比用大冒险掩盖了她的分手故事，小朋友们都觉得她口中的"悲惨"也不过是句玩笑。她不会告诉他们，她分手的那一天是她躺在玛丽医院，医生处理完伤口后让她出院，她的闺密来接她回家，因为不想让父母担心，谁都不知道那天发生了什么。她的故事太过凄凉，说出来只会让关心她的人伤心，她知道几位小朋友是真心喜欢她，这种仇者快亲者痛的事情还是让它永埋心底吧。

也许年纪大了就是这样，恋爱的频次随年龄的增长而递减，而分手的惨痛随年龄的增长而递增。

后来行知的问题越来越离谱儿，于是大家纷纷开启了大冒险模式，最后天真模仿洪世贤！对着吧台旁边的一位男士，说出那句经典台词："你好骚啊。"场面一度达到高潮，那位男士还没反应过来天真就冲出酒吧跑了，他怕被打。后来小行知分析，也许天真不会被打，被看上的可能性更大。"你看你的体质可'0'可'1'，十分难得。"小行知补刀。天真说："我谢谢您了啊！"

大家笑笑闹闹走到路边，互相问怎么回家，昕宇说走路就能到家，小行知说男朋友来接她，于是就剩下菲比和天真站在路边。"我打个车走吧，现在还挺好打车的。"菲比打开滴滴。"不用，我送你。"天真的口气不容置疑。

于是两人走回金贸的地下停车场，天真打开了一辆白色的路虎揽胜，让菲比把家的定位发给了他。菲比坐进副驾驶，开始有点尴尬不知道说什么好，天真打开了音响，是西城男孩的 *My Love*，熟悉的旋律一下子唤醒了菲比的 DNA："这是我初中时候听的歌，你怎么听这么老的歌？"天真笑了："我小学时候贼爱听，我还爱听伍佰的歌呢！"菲比觉得又经历了年龄暴击，有些愤愤不平："这首歌是 99 年发行的，那时候你是不是还没出生呢？"天真笑道："是，是。"

后来菲比就沉浸在歌声旋律里了，这么多年了怎么就没再拿出这首歌来听听呢？也许歌词太过美好，不敢拿出来听了。她看着三环路边的繁华灯火，听着小时候爱听的歌，感觉很是开心。

So I say a little prayer,

And hope my dreams will take me there,

Where the skies blue to see you once again,

my love.

不久车下了五环，停在菲比的小区门口。"那我走了！"菲比打了个招呼。"好，晚安，做个好梦。"天真回头看着她。"你也是。"菲比下车往小区大门走，却没听到汽车发动的声音，她回头一看，天真从车窗看着她，等她进小区，路灯昏暗，他却目光如炬，在她心头一击。

小行知回到了望京舅舅家，她来北京工作后就一直寄住在这里。刚进门，舅妈就招呼小行知过去吃水果："行知啊，又回来这晚！来吃个苹果！"小行知乖巧地坐到舅妈旁边，和大人一起看起了电视。旁边卧室的门突然打开了，行知的小表妹跑出来发小脾气："哎呀妈——你的电视声音太吵了！关了！影响我复习！！！"小行知看到表妹的写字台上摆了刚刚洗好的进口车厘子，再看看自己手上的苹果，果然是亲疏有别。

舅妈尴尬："你说我们刚才看电视也这么大声你不是没事儿吗？你这孩子……""哎呀关了！我就是觉得吵！"舅妈只得把电视关了，说："好好好，乖你好好复习啊，我们去屋里看！"于是关掉电视，然后和小行知说："哎呀行知啊，你也早点儿休息吧，你表妹要考试一天天的脾气跟高压锅一样。"小行知识趣地说："正好我也困了……"然后冲着表妹示好："宝子你好好考试，考完表姐带你去吃大餐买新球鞋哦！"表妹撇撇嘴，一边转身一边心里美："好呀，我要买限量版的——"

于是小行知回到了她朝北的小卧室，这个房间原来是舅舅家的书房。房间里只放得下一张小床和一个小小的衣柜，不过看在能省下好几千房租的分上，小行知已经非常知足了。平时舅舅舅妈对她也很关照，就是上初中的表妹时常表现出不满，不知道是想争宠还是太羡慕上班的表姐自由的生活。为了家庭和谐，小行知一般都对表妹十分谦让，还时不时给她买些好东西。

在自己家，小行知一直是个宝宝，现在寄人篱下她也不得不多多学习人情世故。深夜她窝在自己的小床上，心中十分想念爸爸妈妈，却又暗自下定决心，一定要把男朋友拿下，在北京扎根。

15. Too young too naive 太年轻太天真

送完菲比，天真开着车一路往东进入了一个幽静的别墅区，停好车后他悄悄推开门，客厅已经熄灯了，他松了口气，估计母上大人已经入睡，今天不会唠叨他了。

天真就是传说中的"顺义宝宝"，父母在金融行业工作，从小被"鸡娃"到大，小学初中都在东城名校上学，课余期间琴棋书画各种补习班卷不停，后来父母发现确实没法儿把他"鸡"到清华北大，于是高中直接转去国际学校，大学去了美国。天真从小乖巧听话，但也没少挨揍，据说他继承了姥爷的音乐天赋，从小各种乐器都手到擒来，现在家里的昂贵壁炉上还摆着他幼儿园时候的照片——小小的天真身着小西装和领结，抱着能压垮他的大大的手风琴——在自我陶醉地演奏。后来再大一点，天真还学了钢琴、小提琴甚至还有笛子。但是到了初中，给他玩音乐的时间越来越少，他妈妈开始周末拉着他不远万里去海淀黄村补习功课，据说谷爱凌也是上的那里的补习班。

在父母发现他是真心热爱音乐，甚至开始自己写曲子的时候，十分生硬地掐断了他的音乐梦想。他妈妈天天苦口婆心地跟他说拿音乐当职业是多么不切实际，天天玩音乐多么影响学习，不断灌输有才华的人多了怎么会偏偏轮到你出名的观念，不遗余力地将儿子拉入"正轨"。天真也不是没反抗过，最后父母答应如果他上国际学校好好考学，就把家里的地下室给他改造成录音室，用糖衣炮弹收买了他。但天真可不是这么想的，他当时觉得自己算是韬光养晦，先得一个录音室再说。

后来天真去了美国，俗话说得好，哪里有压迫，哪里就有反抗。最后选大学的时候，天真偏不选金融啊 IT 啊等热门专业，他选了个建筑设计专业，等接到了 offer（录取通知书）以后才通知的父母。这下让父母无言以对了，毕竟天真选的还是理工科专业，出来也算是有体面的职业，比玩音乐抽大麻的街溜子好多了，虽然不是十分满意但也默默接受了。天真算准了这一点，如果直接报考音乐学院，他爸肯定飞过来打断他的腿，并且拒绝支付他的学费。现在学了建筑，也算是和艺术有点关系，又是一个父母无法驳回的"体面"专业，自己也对自己的未来做一回主，当然天真当时并没有意识到自己画一个米老鼠都画得歪歪扭扭，实在不像个设计师的料。

四年的学习生涯结束后，天真的妈妈执意要天真回国，为了家庭和谐，天真开始了回国找工作之旅。但当时建筑行业已经初见颓势，他投了好多简历都石沉大海，最后终于获得了一个国际明星事务所的 offer，然而工作地点在上海，天真的妈妈又不干了，又是一轮拉扯，父母让天真推掉了上海的 offer，作为交换托关系在安睿景观组找了一个不那么对口但是稳定的职位。

那天面试天真的是徐阳，他问了天真几个无关痛痒的问题，再看了看他毕业于美国名校的简历和精美的作品集，心说这孩子背景不错为什么要来做景观？后来徐阳问天真："你有什么问题要问公司的吗？"天真的第一个问题是："公司楼下有固定停车位吗？"徐阳一时语塞，哭笑不得，因为他一个堂堂总监每天都是从芒果社区骑共享单车来上班的。

天真妈妈的如意算盘是，等天真工作了就停掉他的零花钱和信用卡，让他经受一点社会的无情摧残，知道设计行业钱是多么难挣，这样儿子总有绷不住的一天，然后乖乖去他们安排的金融系统工作。

天真一上班，就遭到了生活的打击，感受到了设计师的生活和他想象的有多么大的差距。他想象的设计师生活，是那种会出现在 *GQ* 或

AD 杂志上的，有着体面的外表、卓越的审美和品位的生活。显然，他对真实的生活有着极大的误解。刚入职他就见识了乙方在甲方面前卑微的地位。后来带他的东北大哥有着一口大楂子味，非常接地气。负责带他的小领导虽然人还不错，但紧绷感极强，时常疲惫又急躁，每天有干不完的活儿，自然也给他安排了不少任务，掐指一算，上班一个月，准点下班的日子一只手都数得过来。

睡眠和业余时间的不足，也大大影响了天真对生活品质的追求。上班第一周的时候，天真每天早上都会遵循健身食谱，给自己做碳水、蛋白质、纤维比例为 1:1:2 的健康午餐，并放在一个找不到把手的法国产的黑色方形饭盒里带到公司，极其健康，极具仪式感。他还记得第一天打开这个饭盒的时候，八卦姐妹团和菲比都在旁边围观，吉娜说："你没打开的时候我以为是个骨灰盒！"菲比嘴里含着刚刚外卖送来的酸辣粉，嘟囔了一句："太高端了。"但是过了一周天真就发现实在是不可持续，上班太累了，真没精力早起做饭了，于是第二周就和菲比拼单点起了酸辣粉、麻辣烫等平民美食。

生活品位突然接了地气，但钱包甚至更空了，因为自己做饭可以用家里的免费食材，点外卖则要自己掏钱，而金贸这边离谱的物价，随便吃个简餐就要花五六十。天真由于是托关系进来的，刚开始只能算 part time[1]，到手只有六千多块钱，他算一算平均每天在金贸楼下停车费就要一百多块，简直是捉襟见肘。而且他还多了一项支出——咖啡，原本不

---

[1] 兼职。

爱喝咖啡的他发现现在的工作强度好像不得不摄入一些咖啡因，于是每天中午要必备一杯冰美式，一个月算下来，仿佛是贴钱来上班的。菲比总是对他的消费方式指指点点，跟他说开车还不如在公司旁边租个单间，或是喝公司的咖啡。天真尝试过一次公司的咖啡，如刷锅水一般的味道令人不敢恭维，但是行政经理雪莉姐姐竟然跟他说公司的咖啡豆比星巴克的还好，他也不敢说啥，默默在心里告诉自己该花的钱（买咖啡）还是得花啊！天真不知道，菲比指点他的消费观简直是五十步笑百步，她自己刚刚因为忍不住买了一双鞋信用卡分期了六个月。

天真的淘宝购物车里已经没有什么昂贵的东西了，有一天中午，他再三犹豫删掉了巴黎世家新出的运动鞋，并且将小牛电瓶车、爱玛电瓶车和雅迪电瓶车放进了购物车，准备货比三家。

16. 按下葫芦浮起来瓢

国庆假期的前半段菲比过了几天幸福的"躺尸"生活，她带着大橘去爸妈家享受了一下衣来伸手饭来张口的生活，并且在母上大人开始嫌烦的时候（上班前一天）及时撤回了她的小 loft。回到家后小小的失落与惆怅侵袭了她，菲比强忍住吃螺蛳粉的念头做了几组帕梅拉健身操，用运动分泌的内啡肽替代了吃"垃圾食品"产生的多巴胺。

由于做了足够的心理建设，第二天到公司加班的时候并没有多么痛苦，反而是上次喝完酒与小行知和天真缔结了一些愉快的哥们儿关系，三人嘻嘻哈哈一边聊天一边把班加了，可以说是相当愉快。在她哼着小曲儿下班的时候还不知道，一项艰巨的任务即将降临。

国庆后开工第一天，菲比 9 点半从容不迫地踏入了办公室，昨天把工作内容都理顺了，天真和小行知按照计划画图即可，三天之内就可以给业主交一份初稿，一切尽在掌握。然而她刚打开电脑，沈妙突然出现在她旁边，神色凝重："大唐项目出事儿了，领导换了，设计要大改。赶紧订一个会议室，泰山的飞机快落地了，11 点开会。"

五雷轰顶。

等菲比进入她订好的会议室时，泰山哥和 BD① 经理的贾思蜜已经就座了，泰山看起来也不是很耐烦的样子，也许从上海飞来的早班机让他不得不取消了他的瑜伽私教课吧。后来沈妙和建筑的同事也步入会议室，贾思蜜看着人差不多到齐，用上海风味的嗲声嗲气向大家传达了业主的最新指示："哎呀各位呀，业主的领导突然换了的呀，我们也是昨天刚刚得知的消息，新领导看过了我们之前的方案，觉得线条太生硬了

---

① Buslness Development，商务拓展。

啦，没有突出现代气息，建议我们都改成曲线的。"她看了一眼泰山，泰山还是盯着手机沉默不语，她接着说："这个业主我们公司很重视的呢，一定要服务好，业主说多看看扎哈的设计，要体现大唐金融新区的超前理念和现代感。"一个不懂设计的人在给设计师们发号施令，现场没有一位设计师接她的话。她看泰山没说什么，又车轱辘话强调了一遍，业主很重视，设计要重新做，时间很紧迫。

"那个新来的陈总说了什么时候要我们汇报改好的方案吗？"泰山抬头问贾思蜜，她说："没有呢，不和设计团队碰过我们也不好和业主确定汇报时间的呀，万一业主明天叫我们去汇报，我们拿不出东西怎么办呢！"

泰山问建筑的副总监 Winnie 姐："业主的要求对建筑的影响大吗？""不大，因为建筑大部分都在地下，也许开口的形状会有变化，对建筑平面的影响不大。""那么需要修改的主要是景观喽？"泰山转头看着菲比，像只大灰狼盯着小白兔："两周时间把方案改出来，你先做几个方案，我随时来看。"菲比还没来得及回答，沈妙就抢着表忠心："没问题，我们团队都全力配合！"然后转向菲比："需要加人手什么的，随时跟我说！"泰山听完她的表态，站起来走出了会议室，打电话去了。

现在压力全都压在菲比身上了，她以为大家开会至少得头脑风暴一下，还傻呵呵地打印了 A0^①的图纸，指望老大画几笔，给个方向，太天真了！泰山那句"随时来看"是最让人害怕的，每次和他 review 都要准

---

① 标准图纸尺寸，841mm×1189mm，是认可打印机能打出来的最大图纸，说明菲比急切地希望领导画一个清晰的设计方向。

备很久紧张得要命，这"随时来"简直是酷刑，你也不知道何时就会被叫去训一顿。光想到这个，菲比就一阵阵恶心，肩膀开始疼痛，像压了千斤重担。

贾思蜜紧随泰山出了会议室，她的任务已完成，业主领导的指示已经传达，她也完成了一个"辛勤尽职"的 BD 的表演，今天 5 点半就起床赶早班机了呢！现在贾思蜜决定在北京办公室晃一晃，让大家都看见她花蝴蝶般的长袖善舞，刷刷存在感。并且找她的亦敌亦友——行政经理雪莉姐姐一起八卦八卦，顺便炫耀一下自己新购入的 Gucci 包包。

贾思蜜三十大几，英文名 Jasmine，和迪士尼的茉莉公主同名，她最引以为豪的就是自己的英文名和中文名发音的完美对应了。然而她和茉莉公主并无相似之处，倒是与咱老祖宗传下来的成语十分契合：徐娘半老。贾思蜜在安睿也有差不多十个年头了，仗着在她所谓的"总部"上海（其实亚太区总部在香港）有着盘根错节的关系，她在公司的地位十分稳固。每次她来北京出差都是得意扬扬，好像华妃娘娘视察嫔妃，北京的 BD 和行政也都对她前呼后拥，溜须拍马。她今天特意穿了 DVF[①] 裹身连衣裙，凸显她婀娜的腰身，羊毛卷头染成棕黄色，赶飞机也不忘记穿一双小猫跟皮鞋，还有厚厚的嘴唇上涂着亮晶晶的唇彩（北京的都市丽人都知道，这种唇彩并不适用北京的气候，一阵风袭来，街道上的黄土便刮到唇上牢牢粘住）。不过有心人若是仔细看，她的 DVF 是盗版的，她的腰身是缺乏锻炼膨胀松软的，有好几层肉褶子，她的头发由于缺乏打理长出了黑黑的发根，黄色的部分是没有光泽的，她的嘴

---

① 由设计师 Diane Von Furstenberg 在 1972 年创立的品牌。

唇神似梁朝伟在《东成西就》里的香肠嘴。

说时迟那时快，她出了会议室就发现雪莉姐姐向她走来。只见雪莉姐姐一头黑色大波浪，身上穿着和贾思蜜几乎一模一样的连衣裙。"哎呀这是哪位贵客啊——"雪莉马上招呼起来，"看着又瘦了嘛！"贾思蜜看着自己和雪莉撞衫了，心中一阵不爽，表面上笑得比蜜还甜："雪莉——你还是这么优雅！快告诉我，你用了什么保养品？"两位姐姐表面上看着像好闺密，各自心里都咬牙觉得对方穿出的效果不如自己，所谓撞衫不可怕，谁丑谁尴尬。

平心而论，贾思蜜和雪莉二人的都市丽人形象难分伯仲，雪莉姐姐个子不高，身材也算有些曲线，加上发量喜人，自我感觉非常良好。但雪莉姐姐由于塌鼻梁和深深的法令纹，在小朋友们眼里就是老阿姨。尤其是她经常投诉项目组小朋友们聊天影响行政部工作，让小朋友们无端被领导骂，小朋友们已经给她起好了外号——猞猁，一个发音更接近她英文名发音（Shirley）的翻译。

不过在行政和 HR 专员们的嘴里，贾思蜜和雪莉可是上海和北京办公室的两大美女，唯一能超越她俩的是北京办公室的运营副总裁仙帝（Cindy）姐姐。贾思蜜和雪莉在仙帝姐姐面前好像是贵妃对比皇后娘娘，不可同日而语。人们常说权力是最好的"春药"，也许对于女人来说是最好的回春丹呢。像昕宇、娜娜、菲比这些底层打工的小仙女，在行政和 HR 嘴里可是完全没资格获得美女称号的。

言归正传，菲比走出会议室就问沈妙要人："我们可以增加点儿人手吗？能否从徐总那边调一个有经验的设计师帮忙？不然这活儿真干不完了。"但沈妙突然含糊起来："你先抓紧吧，调人的事儿得找徐总商量。"

塑料姐妹花的时尚对决

泰山哥虽然职位高，但在北京没有他自己管理的团队，每次他的项目分配给北京，都是挑徐阳或白姐姐的人来配合，比如大唐的主创就挑了菲比，然后又带走几个下面的小朋友做。徐阳和白姐姐虽然表面上都说全力配合，但泰山的项目只承担下面设计师们的工单，总监无法参与工作也不能填工单，那在总监眼中就是占用劳动力且对自己没有利好的活，所以徐阳和白姐姐内心是非常不情愿配合的。徐阳和白姐姐两个总监中，徐阳是景观组的studio leader[①]，和上级汇报还有运营大权在握，把大部分得力的设计师都揽在自己团队里，白姐姐的团队比徐阳的人少了三分之一，而且她的两位 Associate 主任设计师年纪大了并不给力，就只有菲比一个能承上启下干活儿的劳力，这次又紧急把菲比调走，白姐姐这边也确实给不出别人了。而徐阳权力大，沈妙自然是捧着有权力的人，每每调配人力都是看徐阳的眼色。

全力配合是说给泰山听的，徐阳是不能得罪的。最后沈妙给菲比调来了一个哪个项目都不爱用的女生——志玲。

志玲是台湾省人，虽然和曾经的顶流志玲姐姐同名，但她们在颜值和情商上都没有任何相似之处。志玲中等个头，微胖，黑黑的小麦色皮肤和上挑的丹凤眼画着欧美妆容一派 ABC 的风格。五年前志玲来到北京，先在一家法国小事务所做了室内设计，然后不到一年前来了安睿，志玲似乎心思常常不在工作上，有时候听不太懂 Senior 的指示，有时候图纸没有检查犯一些低级错误，也经不起批评，经常觉得压力大，大家都匪夷所思她是如何通过试用期的。徐阳正嫌弃她填着工单不产出呢，

---

① 业务线负责人。

泰山的项目要人，好啊，派她去填泰山的工单吧。

菲比以前就和志玲合作过，她觉得比带小行知还辛苦，小行知虽然有些爱偷懒，但是人机灵只要学习就能成长，而志玲年近三十依然做着小朋友的辅助性工作还漏洞百出，最让人崩溃的是她完全没有进步，就好像一盆浇水施肥也无法长大的假植物。

关于志玲如何通过的试用期，也许和安睿的一条特别的潜规则有关。中午吃饭听完菲比的吐槽，规划组的娜娜拉着菲比八卦："你知道嘛，在安睿，人分三等，一等公民宝岛台湾省人，二等公民湾区香港人，三等公民嘛，是我等大陆人！"菲比不解："公司那么扁平化管理了，都什么年代了还分三六九等呢？"娜娜的眼神像看傻子一样怜悯，刮了一下菲比的鼻子："那么傻呢你！台湾省人工资都是顶格给的！高层都是台湾省人！我跟你说，上次 Ken 休了两周病假，都是填项目工单的！哪儿有大陆人有这个待遇，第二周就让你休无薪假了！"娜娜在好友面前直接把自己的上司给卖了，并补充道，安睿的薪资都是保密的，但是项目经理在系统中查项目的花费时，能大概推测出每个人的时薪，有些好事儿的项目经理会把每个人都查一遍，然后发现同级别的台湾省人工资高了一大截。怪不得公司要实行薪资保密制度，这要是公开得有多少人破防啊。

不过高层大部分都是台湾省人也确实没错，在千禧年中国地产和基建大爆发的时候，既能够理解本土市场文化，又有先进的国际理念和良好学历的专业人士大多来自港台。台湾省人大多有名校学历，而香港人大多曾在英国深造，他们之中富有开拓精神的一批人占领先机，发展壮大了很多欧美外企在中国的规划、建筑、景观等设计咨询业务，吃到了相当多的红利。当然，也为大陆建设出了很多利国利民、美丽且富有文化社会意义的好项目。

八卦完，菲比又像陀螺一样开始干活儿了，她边画图边琢磨安排什么样的工作能让志玲发挥作用，同时还得盯着天真和小行知出活儿，偶尔被白姐姐叫去做些跑腿，并 24 小时待机随时准备泰山哥的 review。菲比早已学会了 multi-tasking①，这种工作状态我们老祖宗有更加精确的形容：按下葫芦浮起来瓢。

---

① 多线任务。

17. 美女救英雄

在泰山哥随时要查岗的压力下，菲比像个拉磨的小毛驴不停地干，她已经画了七八版方案了，并且把草图和对应的意向图排在 InDesign 里，万一老板问话，她可以在五分钟内发个 PDF 草稿给他。她专注地画呀画，刺啦刺啦地撕着草图纸，总是抓耳挠腮弄得头发很乱，手上沾满了针管笔和油性笔的墨水，潦草狼狈。

天真和小行知的工作倒是按部就班，初稿已经给盛誉的业主看过一遍了，没有大的意见，按照计划推进即可，菲比也就是一天抽半个小时看看他俩的工作。小行知可高兴了，每天能准时下班简直太幸福了，她从下午 5 点开始就和男朋友热烈讨论晚上是去看电影还是去吃烧烤。天真就有点儿百无聊赖，他似乎不太想回家，每天都对着图纸这儿抠抠，那儿抠抠，甚至打开了 AE 软件准备给项目做个视频，就是不走。其实他一直在观察菲比，希望她派点儿活儿下来，哪怕打印图纸都行，但是菲比从来没找过他，甚至忘了他的存在。

一天晚上快 10 点了，办公室还有几个项目组的人在加班，菲比还在抓耳挠腮想一个新的方案。天真突然蹿到菲比身后："菲总，求救！"一脸诚恳，并不像在恶作剧。

"又怎么了？"菲比心想不会是盛誉项目的图纸出了问题吧，从一堆手稿中惊抬起头，发丝凌乱，眼镜挂在鼻尖上方，像个老奶奶。

"不是。"天真似乎很难以启齿，"楼下有个人堵我，我想找你帮忙把她支开……"

"啊？"可能是画图太紧张了，菲比的被害妄想症发作了，"你欠什么人债了？不会是要打你吧？"

"哎不是不是！"天真开始后悔跟菲比求助了，他也不知道怎么解释，"是一个粉丝……"

"粉丝？"菲比更一惊一乍了。

经过一番解释，天真终于给菲比捋清了事情的来龙去脉。原来他在美国留学的时候，是华人圈颇有名气的业余歌手，参加过选秀比赛还商演过，结果就在大学和华人社区中积累了一些各大社交媒体上的粉丝，本来拥有一些粉丝是一桩美事，没想到其中有一位特别狂热好似疯狂跟踪爱豆的私生饭，这位女生在疯狂追求天真无果后销声匿迹了几个月，正当天真以为她在美国找到新欢后，她突然从社交媒体发来私信：我在你公司楼下。

"楼下？我们大堂？"菲比惊呆了，天真头点得像捣蒜："她就在闸机外面，我出不去了。"并且给她看私信发来的照片，就是金贸一座大堂闸机的照片，"现在的小姑娘都这么猛了吗？"菲比仰天长叹。

"她还是个小网红，流媒体上好几万粉丝了，人巨猛，学校里没人敢惹她。"菲比拿过手机，点开了这位女生的主页，她叫安娜贝儿·董，多么华丽的名字，而菲比第一反应是迪士尼出圈的紫色小狐狸（玲娜贝儿）。女孩是美国辣妹和韩国辣妹的结合体，染着浅金色的头发，画着浓浓的眼妆，手指上的美甲被卟灵卟灵的水钻覆盖着，庸俗夸张的打扮却也掩盖不住她满满的胶原蛋白和凹凸有致的身材。"真是个辣妹，不如你就从了吧……"菲比突然打趣道。

"不行不行，hold 不住，她太可怕了！"天真的头摇得像拨浪鼓。

"那怎么办？现在人家到楼下了，你总不能避而不见吧？而且出大厦只有走大堂一条路啊。"①"她是不请自来，我要是见了，她天天来找我怎么办？"菲比说："那怎么办？你住公司？"

天真差点儿翻了个大白眼，心里恨菲比怎么这么迟钝呢，于是只能摊牌："我想让你帮帮忙把她引开……""我？""你吸引一下她的注意力，我就能趁机溜走了。"天真的如意算盘早就打好了。

一开始菲比是万般不愿意，觉得太尴尬了，但在天真软磨硬泡并保证请她喝三次 Blue glass 后她的不情愿松动了，看看表已经晚上 10 点20 分了，也不能一直在公司耗着了，不如一试。"万一穿帮了她发现我们是一伙的，听你说她这么猛，她不会像小太妹一样报复我吧？"菲比在电梯里一脸狐疑地看着天真，天真连忙安慰："不会的不会的！一定会成功的！"

两人到了一楼，不敢出电梯厅，像贼一样扒在电梯厅口往大堂看，只见一个穿着超短裙和过膝长靴的金发女孩背对着闸机，似乎正在看手机。"菲总，靠你了。"天真拍了拍菲比的背，一脸期待地看着她。

算了，老娘豁出去了，菲比脸上做出了和业主客套商业互吹的假笑，冲出闸机，大声说："Oh my god！这不是'玲娜贝儿'吗？"女孩回头一脸狐疑地看着她，像是看 个神经病，菲比这才反应过来："啊，是安娜贝儿，不是玲娜贝儿！安娜贝儿·董！我是你的粉丝啊！！！"天真躲在墙后面见证了这灾难级别的搭讪场面，脚指头已经尴尬地抠出了三室一厅。

但是菲比一点儿也不尴尬，她的表演才刚刚开始："天哪，亲爱的，

---

① 开车的人也需要在一楼出闸机之后换乘电梯，所以天真无路可逃。

我真的太激动了！我关注你好几年了！你现在越来越美了！"其实菲比已经一年多没有打开过安娜贝儿活跃的那个社交媒体的账号了，但并不妨碍她大言不惭："你怎么回国了！天啊我太激动了我们能一起合个影吗？"安娜贝儿一脸狐疑地看着菲比，一个蓬头垢面的女白领什么时候成为她的粉丝了？她的粉丝主要是北美女大学生和男生啊，但也架不住这猛烈的彩虹屁，摆了摆架子傲娇地说："可以合影，用美颜相机拍吧。"然后她就开始整理头发。菲比急忙说："好好，用我的相机！"菲比在开美颜相机的时候，回头看了看躲在闸机后面的天真，使劲给他使眼神儿，示意他赶紧跑。

于是可笑的一幕发生了，菲比和安娜贝儿在镜头前自拍，菲比为了拖延时间，不停地说："啊好美，来这个角度再来一张！！！"然后她在镜头里看到天真鬼鬼祟祟从她和安娜贝儿身后溜走了，由于弯着腰还差点摔了个跟头。安娜贝儿做梦也没想到，煮熟的鸭子是这样飞走的。

拍完照菲比和安娜贝儿假笑着告了别，赶紧溜出大堂叫了一辆出租车，上车后还看见女孩在熄了一半灯光的大堂等待，菲比忽然感觉有些于心不忍，觉得安娜贝儿形单影只的样子十分可怜，随后这些同情化作了对"渣男"的愤恨，发了条微信给天真："肯定是你跟人家暧昧不清，才害得她来楼下找你，渣男！""可千万别冤枉我啊，我对天发誓没有！她脑子不正常！"天真秒回，然后又加了一句，"今天太感谢菲比救命了！必须请您吃饭！""得得，下次别再给我找这种事儿了！"菲比一脸嫌弃。

回到家洗漱完毕，菲比又打开了她和安娜贝儿的自拍，年轻真好啊，安娜贝儿虽然装扮有些艳俗，但雪白又吹弹可破的皮肤根本不用美颜滤镜，而看看自己，眼睛下面的黑眼圈滤镜都挡不住了，还有，苹果肌也不饱满了……菲比盯着照片给自己挑了好多毛病，然后火速下单了一套贵妇级护肤品，心想要加大护肤资金的投入，容貌焦虑得到暂时缓解后，才删掉了二人合影。

但是菲比的心里还是感觉酸酸的，年轻真好不仅仅指的是脸蛋，更多的是喜欢一个人就大胆追求的勇气，虽然安娜贝儿很莽撞，但是这种不顾一切的冲劲儿是菲比不敢拥有的，什么时候为了一个喜欢的人勇敢过呢？那种满怀期待心跳加速的感觉到底有多美好？菲比觉得自己像只可怜虫，只能安慰自己在日理万机的都市丽人的世界里，爱情是最最昂贵的奢侈品，无法拥有是常态。

18. 你画一条线，我给你创造一个世界

第二天菲比就忘记了没有爱情的自怨自艾，投入艰苦的工作中去了，设计稿已经进行到第十版了，发给泰山哥的设计稿如石沉大海，没有回应。她只能挑出几个看起来相对比较成熟的方案，让志玲开始做模型，志玲边在社交媒体上神游边不紧不慢地画 CAD，一点儿也不着急。

要说这大唐的设计其实并不难改，地块本身就是商业用地旁的公共绿地和地铁用地，东西宽度不过五十米，但南北跨越了四个主要街区，长度有个几公里，可以将这个空间理解为一个带状城市公园和地铁站及地下商业空间的结合体。由于从总图上看地块是一个长条形的开放空间，在概念设计时泰山哥选了直线条作为主要的设计语言，原因是横平竖直的功能空间更容易在这种窄长的绿地里布局，同时各种矩形和直线道路的组合可以表达出一种隽永经典的审美趣味，好似 Carlo Scapa[①] 的设计，多少年都不会过时，电影《沙丘》还在他设计的墓园里取景呢。然而领导们的思想可不是这样，领导才不管什么经典不经典，领导要的是潮流前沿世界级，领导要的是绚丽夺目未来感。这也不能全怪领导，在 Zaha Hadid[②] 的引领下，这种参数化设计和流动感大曲线的设计风靡全球，从建筑、景观到室内甚至是家居设计，在这种潮流的影响下，业主很难不被洗脑，尤其是大曲线的视觉冲击力超强，不懂美学和设计的领导们也看得懂，觉得更新鲜更刺激，所以改图也是在所难免。虽然大师已经驾鹤西去，她留下的审美设计语言依然深深地影响着设计界，并逐步沉淀到中国的二、三、四线城市，发扬光大。

然而在瘦长形的空间里布局有冲击力的大曲线实属困难，因为空间

① 卡洛·斯卡帕，意大利建筑大师。
② 扎哈·哈迪德，伊拉克裔英国建筑师。

过于窄长曲线难以描绘出有足够张力的构图，就好像把海底捞的小哥关在公共电话亭里甩面条，或是把钢管舞娘关在直径一米的圆柱体里跳舞，就是施展不开啊！所以菲比要画这么多方案，因为怎么画似乎都缺点儿什么，缺乏张力和曲线该有的美感，再加上泰山迟迟不给明确的意见，她像没头苍蝇一样试试这儿试试那儿，自己也觉得都不满意，心虚得要命。

正当菲比撕了一张新的草图纸准备再换换思路的时候，身后传来一个熟悉又可怕的声音："你这个设计不行了啦，你去打一张 A1[①] 的图，我给你画。"泰山来了。

泰山搬了一把带轱辘的小椅子坐在天真和菲比身后，菲比顿时觉得汗毛都竖起来了，赶紧打了图纸拿回来并把桌子上的旧图纸和文具挪到一边去，为泰山画图清理出一方小空间，泰山刚开始看图纸，菲比便奉上黑、红、绿、蓝四支彩笔，供领导使用。天真第一次见 VP 画图的大场面，也好奇地把椅子蹭到泰山身后，一探究竟。

只见泰山抓起一支黑笔，开始在图上画了一堆狂放的线条："你的那些设计我都看了啦，小儿科，像大学二年级同学的功课，你的空间不要那么拘谨，要大开大合一点啦。"他画了几条长长的直线贯穿四个地块，然后在一些节点位置画了类似波浪形的曲线，大小起伏，菲比边看边走神儿了：这画的简直是我的心电图，时而静如死水感觉自己是个尸体，时而上下剧烈起伏仿佛在坐过山车。"你之前画的空间太碎了啦，这样做不行，逊毙了。"泰山一边用他的腔调教育菲比，一边越画越起劲儿，

---

① 标准图纸尺寸，594mm × 841mm。

不停地描刚才他画好的空间结构，菲比希望他不要再描了，再描笔触都糊在一起，更看不出来画的是什么了！随后泰山拿起红笔，在几处位置涂了几个潦草的红疙瘩："场地一点水景都没有，不行了啦，一点趣味都没有，这几个位置可以加一些好玩的水景。"涂完红疙瘩，他又抓起蓝笔，沿着刚才画的代表道路的黑线开始画树："多种一些树，有林荫大道的感觉，西安夏天很热的。还有些地方的树阵要拿回来，不能全是草坪……"他越画越起劲儿，蓝色的树和红色的水也快糊到一起了。最后他站起来看了看图纸全貌，满意地把笔往桌上一扔："你看，这不是做完了吗？你画了这么多天，现在我五分钟给你画好了。"菲比卑微地说："谢谢老板，马上改！""时间不多了，你们赶快深化一下，明天我要看模型。"泰山撂下这句话就大摇大摆地走了。

老板都是这样，画一张极为潦草的草图，然后说做完了，剩下的你自己琢磨吧。你深化做得好了，老板顺水推舟说你明白了他的意思，但还不够好，还要改；如果深化做得不尽如人意，老板一定说你理解能力有限，把他好好的想法糟蹋了，要重做。总之，老板可进可退，草图的解释权在老板手上，深化的设计师可是苦不堪言，怎么做都有可能挨骂。菲比已经习惯了，十分淡定地开始将他的草图用纸胶带粘在底图上准备扫描，但是天真不淡定了："你忙了这么多天，他就给你这样一张草图？就这？"

"嘻，已经不错啦，我以前香港的老板，拿着草图纸拼命画个圆，一直在描一个圆圈，草图纸都快描破了，然后跟我说设计图画完了让我深化，泰山哥的图已经清晰多了。""水是红的？树是蓝的？这谁看得出来啊？"天真看着这图要疯了。菲比像个老大哥一样拍拍天真的肩膀：

"领导是红绿色盲，体谅一下吧，还有别到处乱说啊。"然后拿着图纸去扫描了。

菲比扫描图纸的时候在想，是不是工作久了，就会越来越卑微？明明该领导好好画的图或是该明确的方向，总是给出意味不明的指示，然后让接盘的设计师猜啊猜，做出好几稿让领导选，如果领导的主意又变了把方案都推翻了，那还得 PUA 自己说是自己的理解能力不够，也许泰山哥就应该画更清楚的草图给她，也许他就应该准时回复她发过去的图纸，而不是玩失踪搞突袭，但成年人的世界哪儿有什么应该呢？只能庆幸自己的老板不是最差的，就像她建筑组的好友曾聊以自慰："感谢老板平等地把我们男生女生都当狗，不把我们当女的，没有被性骚扰的烦恼。"所以当狗是福报了？不性骚扰女下属就是好老板了？什么时候好老板的天花板这么低了？

等扫描完，菲比的愤世嫉俗也少了很多，毕竟这次泰山明确说了明天要看图，得加紧干活儿了。为了节省时间，她直接拿着大师草图画 CAD，一边画一边加细节，这样志玲可以赶紧开始做模型。她在 Teams 上叫了一下志玲请她过来看一下图，志玲十分钟以后才来，菲比耐着性子边画图边说："志玲这次好多设计都是异形的，最好要用 Rhino 来做。"

"啊？我不会犀牛了啦，我之前一直用 SketchUp 的——"志玲慢条斯理地说。菲比一口老血差点儿吐出来，心想你都是 Mid level 了还号称是在美国留学的，Rhino 都不会用吗？为了节省时间，菲比转头和天真说："你手上还有什么活儿？交接给志玲，然后你来帮我做模型。""好的！"天真求之不得，十分钟内和志玲完成了交接。菲比哭笑不得，VP 这么重要的项目，愣是调不来一个合适的 Mid level 设计师，最后竟然要小朋友去填坑。

Rhino 其实是建筑和景观学生必须会的一款软件了，它有强大的 3D 建模功能，并且可以安装参数化设计插件，但在很多国内设计院都不使用，而是使用操作相对更加简单的 SketchUp。在安睿，使用 Rhino 就像用英文无障碍沟通一样，是必备技能。志玲连这个都不会是怎么过的试用期？菲比把这个又归结为和大老板同乡的"一等公民"特权。

紧锣密鼓干了四个小时后，菲比让天真把两人做的模型合到一起，像变魔术一样，设计从一张乱糟糟的草图变成了一个立体的流线型的现代公园：草图上三条并行的细线道路变成了一条，在通往重要建筑和公园活动空间处才分岔成三条小路，从平面图上看像一朵优雅的花；几个彩笔涂的红疙瘩的位置变成了不同形式的水景，小广场上是旱喷，可以想象周末时候孩子们玩水是多么热闹，树阵下方点缀外摆空间的是几块大石头，石头上凿开一个小凹槽，有汩汩的小涌泉流出来，人们在树下休憩喝咖啡的时候可以听到泉水的声音；最南侧的地块由于地铁设施比较少地块的限制最小，整个地块都下挖了 6.5 米，让地块东侧的建筑 B1 层直接变成了一层，立面暴露在室外，可谓"地下一层首层化"。估计开发商知道了外面的市政公园这么做会多么喜笑颜开，毕竟一层的临街店铺和负一层的封闭店铺的价值不可同日而语。由于最东侧的人行道和公园的高差有一层楼之多，那么景观可以做设计的空间更加丰富了，最大的亮点就是从东侧的人行道处挑了一座曲线的桥，可以眺望下挖场地的风景，同时从桥的侧面有人工的瀑布落到负一层，对于在负一层活动的人群来说，桥本身也成了一道美丽的风景，可谓"你站在桥上看风景，看风景的人在楼上看你"，颇有些诗情画意的玄机在里面。

菲比还利用6.5米的高差,顺着下坡的台阶和道路做了攀岩墙,木质看台和层层叠叠的种植池,虽然在模型里的植物还没有种完,师徒俩已经能想象出来效果会有多么惊艳,菲比如释重负:"这下不像刚毕业的学生做的东西了,我觉得我们明天能过关。"天真转了半天模型,也对这个设计爱不释手,问道:"业主真的能盖出来吗?感觉造价不低哦。""当然能盖出来,不要小看现在的业主啊!和你小时候的城市建设水平不一样啦!"

天真确实有感,在美国只有大城市的市中心才有这样用最新设计语言的项目(当然那些项目是真的经典,比如纽约的highline商线公园),但日常生活中大部分地方都有点儿像"大农村",公园里大都是纯天然的树木和大草坪,偶尔有明星事务所做的项目也都小得可怜,面积可能还不及大唐这个项目的十分之一。而在他回国的这短短几个月,在北京就见到了很多high design的新项目,虽然有些项目施工质量有些一言难尽,但盖出来就是胜利,高速发展的中国真的是建筑师和设计师们圆梦的地方。他一边转模型一边想,等盖好了,他可以带老妈去看一看,逢人便说"这是我参与设计的",还蛮有成就感的。

师徒俩又看了一会儿模型,菲比安排了一下明早的工作:"可以趁着泰山来之前把树种好,你再把这个桥优化一下,侧面需要异形的剖面,哦对了你专心做桥吧,让志玲种树,你和她交代一下吧。"是的,把最简单的活安排给志玲,想到这里菲比又在心里翻了一个白眼,小行知都比她强呢!天真仰靠在椅背上,一副志在必得的样子:"没问题!"菲比:"嗬,长本事了,刚工作就能指挥老设计师了。"低头一看表,"妈耶!都半夜12点了,赶紧打车回家!"

"别打车了，我送你。"天真看着菲比，似笑非笑。菲比结巴了一下："啊？这么晚了，你顺路吗？你早点儿回家吧，我打车没事儿的。""来都来了，走吧！"天真从座位上跳起来，把外套往肩膀上一甩："快点儿！停车费老贵了！"菲比也没什么理由拒绝，像小跟班一样跟着他下楼了。

车开在深夜的三环路上，国贸的大楼还是灯火通明，天真打开了音响，是张国荣的《千千阙歌》。菲比惊讶："你怎么听这么老的歌儿？巨星陨落的时候你还没出生吧？"菲比又开始倚老卖老起来（摆烂），天真笑着说："张国荣在我喜欢的歌手里还是年轻的呢！"菲比做了个鄙夷的表情："啧啧，老头品位。"

但其实她心里非常高兴，从来没觉得三环的夜景如此美丽。

19. 锦鲤居酒屋

大橘最近对它的铲屎官菲比非常不满意，她经常早出晚归，时常忘记换新鲜的猫粮，铲屎的频率从一天两次变成一天一次，而且好几天没给它撸毛了。有时候大橘睡了一整天，晚上还要再睡一觉她才回来，也不陪它玩一会儿，只会敷衍地说几句好听的："哎呀我们家大橘最可爱了，看看这大腮帮子，绝对是猫中的四郎！"大橘不认识四郎，但它感觉四郎并不是个好人。

昨晚铲屎官更是变本加厉，快1点才到家给换猫粮，然后就唱着歌照镜子去了，窸窸窣窣弄到2点多才睡觉，最离谱的是她打开音响循环播放一首大橘听不懂的歌（是的大橘是听得懂普通话的），搞得大橘甚是烦躁。

于是大橘准备敲打一下铲屎官，凌晨3点半大橘先给菲比来了个泰山压顶，用它12斤的实心身体趴在菲比的胸口，眼睛半睁着看着菲比，希望她能自觉醒来。菲比边酣睡边感觉到胸口一阵阵压力，似乎呼吸都困难了，但她实在是太困了，鬼压床是叫不醒她的。于是大橘变换了策略，它走到床尾，开始拿爪子挠菲比的脚，恰到好处地出一点爪子，既不会伤到她又可以让她醒过来喂饭。

经验老到的大橘一击致命，挠到了菲比的脚心，菲比腾的一下从床上弹起来，气得喊："大橘——让不让人活了！！！"聪明的大橘早已跳下床，躲在安全的角落观察她的反应。菲比挠了挠乱如鸡窝的头，拿起手机看了一下——5点30分！气得又喊："大橘，你个坏猫！"然后咣的一声栽倒在床上，准备睡到6点半再起。

但是大脑一开始活跃，就再也回不去睡眠状态了，菲比的眼皮还是黏在一起，但脑子已经不由自主开始运转，她想起昨晚的模型，桥还没有改好，那个桥的截面最好她自己在 CAD 里画一下……再给天真建模……还有树的素材要提前给志玲准备好……放任她自己种树绝对是个大灾难……菲比越想越清醒，回笼觉已经是不可能了，她懊恼地再看了一眼手机，6：30。

于是菲比挣扎着爬起床，大橘已经迫不及待地在她脚边蹭来蹭去，她给大橘换了新鲜的猫粮再加了几粒冻干，说："大橘只能吃五粒冻干哦，不能再胖了，再胖就超过四郎了。"大橘不是很满意，但还是先把冻干吃了，并用冷峻的眼神示意她以后不要再提四郎这个人了。

11 月将近，北京的天气渐凉，菲比看了一下气温，最低气温在 6 摄氏度以上，她有一个惯例，只要最低气温在 6 摄氏度以上，她就还可以维持都市丽人的优雅，光脚穿单鞋。她掏出新买的漆皮乐福鞋，准备搭配风衣，在秋天火速消逝之前再美丽一把。然后她磨磨蹭蹭地化了妆，仔细地描摹了眉毛，拿鬈发棒卷了一下头发，也许是潜意识中并不想上班，一番磨磨蹭蹭再看表已经 8 点多，糟了来不及吃早饭了，拿了包包火速冲出家门。出楼门的那一刻一阵十级大风刮向了她，把她花了半小时打理的韩式波浪鬈发吹成了动力火车，充分演绎了什么叫一秒破功。

等她到公司的时候，已经 9 点 20 分了，跟自己想象的 8 点 30 分到公司相去甚远，可谓起了个大早赶了个晚集。不过看着依然空荡荡的办公室，她安慰自己已经超过了 90% 的同事了。走到工位发现桌上放着包好的新鲜油条和咸豆花，是楼下新开的店卖的，号称"中式早餐界的爱马仕"，据说一份早餐要卖五六十元，菲比还没舍得去光顾一下。哪位好心人给买的早餐呢？她环顾四周，发现闪电哥的电脑已经开机了，似乎人已经去开会，电脑旁边放着一杯同一家店的豆浆。菲比顿时纠结起来，这是吃还是不吃呢？吃了接不住人家的好意，不吃又显得太不领情。

正在这时，天真风风火火地跑了过来，拎着一杯巨大的 Blue glass：
"不好意思来晚了，大望路又堵了二十分钟！"他一下子注意到菲比桌
上的早餐，但不动声色地将巨大的酸奶杯咣当一下放到她面前："新品上
市！"菲比拿着这杯新品仔细端详了一下，蓝莓、草莓和桑葚的配料在
酸奶里分成一层层深浅不一的粉紫色，颜值深得少女心，菲比喝了一口：
"这是全糖的，我要喝半糖的！"一边挑毛病一边大摇大摆地靠在椅背
上喝个不停，天真笑了："今天老泰山看图，你得补充点儿糖分压压惊。"
菲比："你敢说领导老，还想不想干了。"二人嘻嘻哈哈了几句，就赶紧干
活儿了，希望在泰山来看图之前再做得好一点，争取方案一次通过。

在上午 11 点 59 分，天真把新做的桥和志玲种好的树合在一个模型
里，随后菲比带着天真和志玲去了订好的会议室，沈妙以要开别的会为
由不来参加 review 了，于是三人在会议室里战战兢兢地等待泰山的到
来。泰山在 12 点 31 分姗姗来迟，他没有吃午饭的习惯，也不 care 同事
是不是要吃午饭，菲比暗自感谢天真在酸奶里额外加了一份燕麦，如果
和领导开会的时候肚子咕咕叫就不妙了。

泰山进会议室的时候，菲比的电脑已经打开模型并连接好屏幕待
命。领导一就座，她就开始了讲解，泰山今天似乎心情不错，听了五分
钟就示意菲比不用解释了，他拿过鼠标转了一遍模型，说道："现在还
缺一些有记忆点有设计感的构筑物，太平淡了啦。"菲比暗喜，这说明
昨天做好的设计问题不大，悄悄地和天真对了一个开心的眼神。"你把
Winnie 叫来，建筑也要改一下。"他指着最南侧地块的一个地铁商业出
口说，"设计语言都是这曲线的了，这个接驳的建筑还是个方块，太逊

了啦。"菲比马上在微信群里艾特了一下 Winnie，说请她来三号会议室一下，泰山需要改一个建筑。

五分钟后 Winnie 进来会议室，面色不悦，一是泰山在午休时间找她很烦，二是听说建筑又要改非常不情愿。Winnie 姐是位 Associate Director 级别的建筑师，是建筑组从首建院挖过来的，她经验丰富，尤其是对 TOD 类的项目的规范和限制了如指掌，但是由于是工程背景出身，Winnie 姐对商业建筑的审美和潮流趋势非常不敏感，因此她非常反感为了形式来改建筑，在她眼里，只要功能满足，好看和不好看都是一样的。泰山哥对着南侧地块的地图说："我要景观里出现几片叶子，地铁商业出口这个建筑是个大叶子，几个景观桥上再放几片小叶子。"泰山哥在新打出来的图纸上画出来位置。Winnie 姐都没有正眼看他的手稿，说："改不了，现在首建院还一直跟我们核算北侧地块的地下空间，我们没有人手做这个小建筑。"Winnie 姐撑泰山撑得如此决绝，菲比和天真都惊呆了。转念一想，人家建筑组凭什么怕你景观组的 VP 呢？官再大也不是一条业务线，也不是人家的主管，人家可是一点儿都不怵。而且 Winnie 姐刚来安睿不久，对高层的生态也不是很敏感，无知者无畏，大不了不再和景观组合作呗。

这不是 Winnie 姐第一次撑泰山了，泰山压住火不想在下属面前发脾气，于是把头转向了菲比，又像大灰狼盯着小白兔一样盯着她："这个小建筑你能改吗？"菲比结巴："我，我试试……"泰山接着矛头一转，盯着天真："你来改，给你三天时间改好。"菲比也不知道泰山是做了背调还是怎么样，他怎么知道天真是学建筑的？其实泰山只是阅人无数火眼金睛，他看出来天真会做设计而已，于是天真又光荣地领到了一项新任务。

Winnie 姐看没她事儿了，没好气地儿离开了会议室。泰山又开始转北边的模型看，转到昨天设计的树阵下小水景的位置，菲比和天真又惊呆了：树下多了好多外摆的桌椅，但是桌椅的款式好似农家乐，是 SketchUp 素材库里最土最丑的一款，和设计想表达的现代艺术氛围格格不入。泰山不动声色："这是谁放的？""哦，是我放的啦，种树的时候来不及了我放了一款比较常用的。"志玲似乎感受不到气氛的焦灼，慢条斯理地说，而菲比和天真都为她捏了一把汗。"你不觉得这里有问题吗？"泰山盯着志玲，面无表情。"没有啊，没看出有什么问题。"泰山看在她是宝岛同乡的分上，不再说什么，只是对菲比说："三天内把这些都改好，我随时来看。""好的老板，没问题。"散会的时候菲比让志玲和天真先把电脑和草图拿回工位，她起身要走的时候，泰山跟她说："以后不要叫她做我的项目了，就这样。"他指的是志玲。

从会议室出来一看表已经快下午 2 点了，好在方案算是通过了，菲比大喊："饿死了！不让人吃饭真是要命！！"天真说："来，我带你去一个好地方吃饭。"天真带着菲比出了写字楼，天气由于大风分外晴朗，暖洋洋的太阳照在渐渐变成金黄的梧桐叶上，看起来很温暖。天真沿着商业街走到人流不多的一条僻静小路，路边的底商对着一处许久未经打理的小花园，底商有一个 7–11 便利店和一家小小的日式居酒屋。

忽然有个软乎乎的身体出现在天真的脚边，开始摩挲他的裤腿。定睛一看，是一只肥美的大奶牛猫，胖胖的大脸盘子从下巴两边溢出来，肚子圆圆，四肢粗壮双腿如柱。天真像变魔术一样从兜里掏出一根猫条，给猫咪拆开，猫咪一边呼噜一边舔得一干二净。"它叫小黑，"天真回头看菲比说，"是这一带的路霸。""你怎么还有猫条？"菲比讶异。

看似无辜却能精明
盘算出来客是否有
猫粮的雪亮眼睛

心情不错的标志

完美的发腮脸

巨蛋

山竹手

圆滚滚的将军肚

双腿如柱

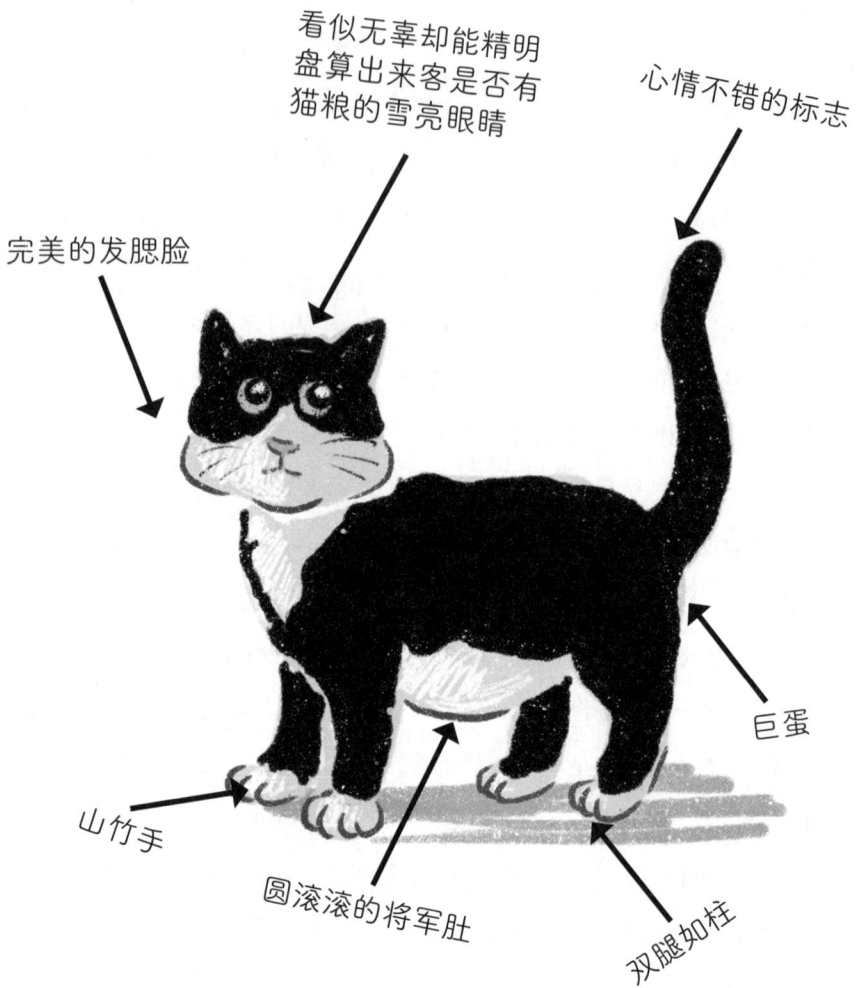

大望路街猫一霸小黑

"我爸妈不让养猫，我就随身带点猫零食喂小区里的猫，上次遇到小黑就喂它来着，发现它很亲人。"他边说边揉搓着小黑圆润的腰身。小黑舔了舔天真的手当作回应，然后跑到草坪上洗脸晒太阳去了。

天真推开居酒屋的大门，大门咯吱咯吱并伴随着铃声响起，一个热情的大姐一边端着盘子一边大声说着带点东北口音的日语"欢迎光临"，看见来客是天真后笑得格外热情："又来啦！快坐！"并且示意天真和菲比坐到吧台边，并递上来两份塑封的定食套餐菜单。

菲比环顾四周，居酒屋的装修有年头了，木质家具和台面是20世纪90年代流行的明黄色，似乎散发着淡淡的霉味，显得和CBD各式各样装修考究的日式餐厅格格不入。居酒屋的入口玄关墙处非常old fashioned①，设置着一个观赏鱼缸，鱼缸后面比较暗的空间都是卡座，宽大的卡座上放置着好多年都没洗过的柔软靠垫。在大门旁边是居酒屋唯一采光的大玻璃窗，玻璃窗边是一排吧台，可以看到外面的行人和小花园。吧台背面是一个超高的酒架，上面除了存放自己卖的酒，还有许多熟客存在这里的酒，酒架前还有一排吧台，天真和菲比就坐在这里，看着中午还不太忙碌的酒保慢悠悠地擦着杯子。

菲比感觉这里很舒适，虽然老旧但是很有人情味的样子，吧台上摆放的物件也非常随意：水培绿萝，招财猫，还有几个小葫芦。这个居酒屋很像《深夜食堂》或《和歌子酒》里会出现的场景，感觉CBD疲惫的"社畜"们晚上会偷偷来这里喝一杯，聊聊天，甚至大哭一场。"我喜欢这里。"菲比说，"感觉很温暖很有故事感。""是吧。"天真笑笑，

---

① 老派的。

"赶快点菜吧！"二人都点了日式定食，虽然味道中规中矩，但每样菜都摆在各式花色的盘子小碗里，蛮讲究的，五六十元的价格也算实惠。

"一直都想带你来，上次谢谢你帮我解围。"天真边喝茶边说，一想到安娜贝儿，菲比又觉得尴尬极啦，她抬头看了看电视，正好播放的是《老友记》，她开心地指着屏幕："菲比！《老友记》里我最喜欢菲比了，所以我的英文名也是菲比！"电视里正播到菲比得到自行车的感人场景，天真看了一眼，转头看着菲比说："我也最喜欢菲比了！"那一瞬间，电光石火，菲比的心感觉被闪电击中了。

为了缓解那漏掉的一拍心跳，她又开始扯闲篇："你这么小就看《老友记》了？""是啊，我小学的时候每天都看，家教让我听着学英语。""那你学会什么了？""How are you doing?"天真抬了抬下巴，表情夸张地模仿了《老友记》的Joe撩妹的口头禅，把菲比逗得差点喷饭："小学生就学这些！拈花惹草，活该你被人堵在楼下！"天真一脸无辜："真的不关我的事！"

"那你小时候看什么动画片啊？"菲比来了兴致。

《网球王子》，我的最爱！""哦，我只听说过，《网球王子》播的时候我已经过了喜欢动画片的年纪。"菲比暗自流汗。"那可不一定，我还喜欢《足球小将》，太喜欢了，我小学的时候天天盼着放学去踢球。"菲比笑了："这个动画片可太老了，我小时候只看过一点，20世纪70年代的画风！你可真是老头审美！"天真不同意，他开始滔滔不绝给她讲剧情，还有大空翼和岬太郎，并且拿手机搜出经典片段给她看，菲比说："你这可是真爱啊，我的真爱是《灌篮高手》里的三井寿。"酒保听见了，说："正好我们这里有一瓶清酒叫三井寿，要不要看看？"菲比和天真瞪大了双眼，酒保介绍了这家酒厂1912年就有了，太神奇了！

"今天收获不小，找到了你十三岁时的初恋。"天真笑着说，菲比说："初恋标价不菲，消受不起了。"

后来天真又提到，从初中开始又迷上了《网球王子》便开始打网球，曾经还得到过不错的名次。"我小时候也练过，但是爆发力太差就放弃了，你现在还打吗？""不打了，我现在很'佛系'了。""为什么呢？年纪轻轻就想过老头生活了？"

"因为我后来查出来心脏和普通人不一样，我的心脏只有十三岁时候的大小，医生说少做剧烈运动。"天真轻描淡写。

菲比愣住了，她也没啥医学知识，不知道这个病是重是轻，但是她突然感到非常难过，说不出话。

"后来我不信邪，还跑到健身房找教练上课，然后直接给我上吐了。"天真注意到她的沉默，开始插科打诨，"没事啊，我又不是女生不用生孩子，和正常人一样。"

吃完饭天真抢先一步去结账，而且不要菲比转给他的红包，美其名曰"一定要谢谢她帮忙解围"，然后就迈开长腿往公司跑。菲比跟在后面，看着初秋大风里天真的背影，大风把他的外套都吹歪了，高高的个子此刻却显得很瘦弱，她感到一阵心痛，有一种想流泪的冲动。

菲比一直记得给天真画火烈鸟的那个约定，她琢磨来琢磨去，最后画了两只火烈鸟，两只鸟面对面，长长的脖子缠绕在一起，组成了一个心形的图案。而菲比自己是这么解释这个构图的：天真总是看起来很孤独，画两只火烈鸟在一起就不会这么孤独了。

20. 都是狗，谁比谁高贵？

第二天上午，大家都在电脑前忙工作的时候，突然听到三号会议室的门"砰"的一声被推开了，里面传出嘈杂的大喊大叫的声音，似乎在吵架，大家的八卦雷达一下子都启动了，手上动着鼠标假装干活儿，耳朵都在拼命接收争吵的只言片语。

一会儿吉娜气哼哼地从会议室那边冲过来，"啪"地把电脑砸在桌上，呼吸急促似乎还在气头上。吉娜作为八卦姐妹团的主心骨，有着西北姑娘直来直去的火暴脾气，坐到座位上就开始和姐妹们大声吐槽汪富龙，周围的无关人员吃瓜吃得也是津津有味，其中也包括菲比和天真。

原来是白姐姐一个月前从北京一位资深 VP 顾先生那儿得了一个中润地产的项目，据说当时徐阳和白姐姐都跑到顾先生那里软磨硬泡毛遂自荐，原因是这个项目虽然在保定，但是合同内容很多，包括售楼处、中央公园和两个大型商业的景观，设计费超过了八百万元，相当可观。虽说这两位总监都跟顾先生工作多年，手心手背都是肉，但顾先生也明白徐阳多年养尊处优不思进取，业务能力还不如白姐姐，担心徐阳接手会搞砸中润这个央企大客户，于是把项目分配给了白姐姐，由于白姐姐的团队人手不足，顾先生也发话请徐阳团队的设计师来支持白姐姐的工作。

于是吉娜就被调过来支持中润的项目，吉娜级别是 Project Designer（项目设计师），比菲比低一级，吉娜虽然平时爱贪点儿小便宜八卦了一些，在专业上还是很有追求的，她也是从北京的国企设计院跳槽来安睿的，到了大外企就开始疯狂学习新软件，很快把 Rhino 啊 Grasshopper 啊[①]学得溜溜的，准备大干一场。白姐姐派在中润项目上的主创是她的

---

① 一款参数化插件。

心腹之一汪富龙，汪富龙是典型"70后"赶上时代红利的一批人，毕业院校拿不出手但在地产和基建蓬勃发展的年代依然进入了大公司，稳拿高薪好多年。汪富龙的设计手法传统，还是以手绘平面图为主，动不动画一些大圆套小圆的构图，还有放射性道路，颇有几分20世纪90年代设计师的风采。

然而现在已经是"Z世代"的天下了，三十年前的设计手法显然镇不住吉娜这个急切想上进的设计师，于是在工作中常常出现"师父压不住徒弟"的场面，今早二人争执的焦点是项目上中央公园的景观塔，这座景观塔开发商和政府都非常看重，命题为"保定之心"，官方定位是保定市中心的新地标，私下是不是有风水要求也未曾可知。总之，定位之高决定了这个塔一定要够精彩，给设计单位的压力不小。

汪富龙和吉娜都觉得这座塔是发挥设计的好地方，两人对设计也都非常投入，然而两人的设计理念南辕北辙，吉娜想象它应该是一个流线型的非常有未来感的塔，而汪富龙则认为它应该回溯过去，把保定的历史和工业元素放在塔里，认为那才是保定的根。如果两人各做各的，最后分别拿出来模型请白姐姐和顾先生review比选，估计不会有这么大矛盾。但汪富龙这个老派人士他不会用3D建模，连SketchUp都不太会，他只画了平面图和立面图，丢给吉娜建模。这就导致吉娜如果想把自己的方案做出来，就要做双份工作，先把汪富龙要的设计建好让他点评，等汪富龙下班后（汪富龙傍晚6点就下班了，他要去接孩子），再加班做自己认为更好的方案。

吉娜的爆发就是她咬牙做了六个汪富龙要求的方案的变体，然后熬夜做了三个自己的方案，早上开会的时候汪富龙对他自己提出的方向大加赞赏，然后又开始踩吉娜的方案，什么没有文化内涵啊，什么造价高不可能实现啊，什么政府要稳重大方啊，颇有 PUA 倾向。吉娜工作多年也锻炼成了反 PUA 达人，腾地站起来撂下一句："妈的你自己建这个破模型吧！"就冲出了会议室。

显然吉娜的气不会那么容易消的，为了疏通乳腺，她边画图边骂："妈的你看看他画的那个图，又土又老，高压电线杆都他妈的比这个塔好看！"

"连模型都不会建，天天画那手绘，做的都是 2D 设计！"

"他要接孩子，我也有孩子！我儿子还等我回家辅导作业呢！老娘我昨天加班到 12 点！"

都骂完了还不解气开启了容貌攻击："你看看他那个样子！一整个哈比人！我真不知道白雪怎么带他出去见客户！看着跟施工队工头儿一样！"（吉娜指的是《指环王》里的哈比族，讽刺汪富龙身高不高。）

"对啊，他夏天老穿凉鞋，还不剪指甲，HR 部门的同事还专门提醒过他呢！"其他的姐妹也附和道，看来不是一个人看汪富龙不爽了。

"他那个小身高，在我们北方都不能称为男人！上次他带着天真画图，在天真旁边看着跟个小学生似的！"天真一听火要烧到自己身上了，心里一紧，赶紧转移话题："咳，那个塔能有多丑啊？让我们都见识见识呗！"

于是八卦姐妹团，菲比和天真，还有闪电哥都簇拥在吉娜的电脑前，"欣赏"了一下汪富龙的大作：只见这座塔在一个圆形广场中央，一个阶梯式的钢架是塔的主体，塔顶有一个悬浮的红色正方体，每个面上都有一些设计的纹样，据说代表保定的工业历史。"这也太像高压线架子了！""上面那个方块怎么固定住啊？这红色方块是不是也太赛博朋克了？""别问我，我也不知道这个方块怎么固定，这么大，他今天跟我说让我研究一下怎么固定！还有更离谱的，他要这个方块一直在转。""转？旋转餐厅吗？"闪电哥也笑了。大家嘻嘻哈哈看完六个变体，都觉得很丑，并对吉娜表达了深切的同情，让一个有点儿追求的设计师深化这个，跟吃屎差不多。

后来由于吉娜吵架闹大了，白姐姐只得把吉娜调去做售楼处的景观了，安排了一个更老实的设计师深化这个塔，这个塔在景观组也声名大噪，就连不怎么关心设计的徐阳路过也得来看一眼，还试探性地问一下："这不是我们做的吧？"（意思是不是当地设计院随便做的。）得知是安睿出品后也忍不住在心里吐槽：天啊，真丑。

大家都觉得汪富龙的设计丑，为什么他还是白姐姐的香饽饽呢？安睿设计师的组织架构是金字塔形，职称依次为：Assistant Designer，Designer，Project Designer，Senior Designer，Associate，Associate Director，Director。正常的升迁路径是从 Assistant 到 Project 差不多一年一升，3~5 年一个助理设计师就能变成项目设计师了，从 Project 到 Senior 可能需要两年，在此阶段好多人都会选择跳槽，从 Senior 升到 Associate 比较关键，是进入管理中层的敲门砖，成为 Associate 就可以做 People Manager[①]，真正做员工的主管了。总监上面还有 ED、VP、SVP，这些人都是凤毛麟角，升迁路径就更加扑朔迷离，不是基层员工能看明白的。白姐姐下面有两个 Associate 作为她的左膀右臂，一个是

---

① 人事主管。

设计老套的汪富龙，另一个是爱丽丝，主管后期的设计师，她总是絮絮叨叨且情绪不稳。这两位都是"70后"，关系也很好经常一起吃午饭，也算是职场抱团吧，稳稳霸占住白姐姐下面的主管位置。

用这两位对于白姐姐是非常安全的，因为这两位业务能力都一般，没有再晋升 Associate Director 的潜力。有这两位坐镇就牢牢地稳固住白姐姐团队的金字塔结构，下面更有能力的新人除非特殊情况，很难晋升，这样就永远没人能威胁到白姐姐的位置，白姐姐虽然看起来神经大条，但这个小算盘是打得十分精明。然而用这两位是"双刃剑"，由于业务能力一般，会经常花超工单或设计方案迟迟不通过，甚至被业主投诉，除了白姐姐要给这两个人救火外，大部分擦屁股的工作就丢给了菲比，等于菲比干了超过自己职称的活儿，来维持白姐姐的金字塔系统，并无形中让自己的升迁路径更加艰难。

菲比不是不知道这个现状，半年前她辛苦做完了一个厦门公园的竞赛，中标合同五百万元，一中标白姐姐就把她从项目上调出来，把汪富龙放在项目上养老，让她去做一个新的商业项目，美其名曰"菲比更适合做商业项目"。这就好比派你去打仗，收回的疆土没有你的，好处都给了别人，然后再派你去开辟新的疆土。这种高强度的工作安排和不对等的工资和职称，早让菲比觉得不公平了，但本着积累项目经验的目的她只能暂时忍下来。

现在菲比觉得自己也该到晋升 Associate 的时间了，但看现状机会渺茫，于是她决定曲线救国，毛遂自荐去做泰山的项目，如果表现出色能有 VP 给背背书，也许晋升还有一线希望。公司里大家都对泰山又爱又怕，他一句话就能让一个设计师从项目里消失，性格又阴晴不定，还极为强势，真真是一只大灰狼。菲比这只小白兔为了搞事业，决定铤而走险，与狼共舞。

想到这里，菲比又开始研究泰山想要的"叶子"形态的设计了，一会儿找意向图，一会儿又拉着天真改模型，忙到天黑，很快把汪富龙那个丑陋的塔抛之脑后了。

显然吉娜并没有那么快消气，她晚上在朋友圈发了一张表情包，是迪士尼的高飞牵着布鲁托散步，高飞和布鲁托都是卡通形象的狗，但在卡通里高飞双腿直立穿着衣服和鞋人模人样，是米老鼠的朋友，而布鲁托四脚着地是狗的形态，并且被牵着绳。在动画片里两个同为一个物种的形象待遇差别如此之大，不知哪位高人做了一张高飞遛布鲁托的神图。

吉娜配文："都是狗，谁比谁高贵？"

21. "轻产阶级" 文艺男的邀约

话说那天菲比对闪电哥送的昂贵早餐退避三舍，最后她给自己找了一个冠冕堂皇的理由：咸豆花的味道太大了，打开会影响到周围的同事，为了办公环境的空气洁净，她坚决不能动。于是，在她和泰山哥开会讨论大唐的方案时，这份早餐被阿姨无情地清理进黑洞一般大的垃圾袋里。至于闪电哥是否看到这一幕，菲比就无从查证了，其实在阿姨清理掉的时候她早已忘得一干二净。

　　闪电哥虽然不帅且身材略胖，但由于长得像《疯狂动物城》里的Flash，辨识度高又讨喜，颇有几分路人缘，泰山偏爱他就不说了，每天都有各色女同事找闪电吃饭。闪电哥或许可以归类为"轻产"阶级文艺男，所谓"轻产"阶级是楼下的 GQ 杂志的编辑们起的。"轻产"阶级的特点就是注重"生活品质"和"格调"，爱好要足够小众：咖啡绝对要喝手冲的，话剧一定要看实验性的，去美术馆看展一定要看匪夷所思的。闪电哥就是这样，唱片要听黑胶的，龟背竹要养有白化病的（天价！），皮鞋要穿手工缝制的。不过闪电哥和钱尔森有个共同点，花钱装点自己可以，但运动是万万不能的，花钱流汗的代价对他们来说有点大。闪电哥没有资产，他刚刚从跑路的蛋壳搬到自如的房子，并希望寻觅一位可以共同置业的伴侣。闪电哥早已深度扫描过北京办公室的女同事们，算了一笔经济账。虽然菲比并不是他心目中小鸟依人的梦中情人，但胜在家境条件还算不错，被闪电哥列为目标清单中的一员，不妨追求一试，万一成功了也许连共同置业的步骤都省去了，毕竟菲比自带房产。

　　闪电哥暂时没有放弃，既然关心生活路线行不通，他转而走专业路线，而这对格外努力上进的菲比显然更加奏效。一天上午闪电哥问菲比："下午亮马河有个美国景观协会的学术 City Walk①，好多专业大咖一起参加，你要不要一起去？我这里有两个名额。"菲比一听眼睛亮了，能多认识一点行业内的大师们，说不定对以后升职有帮助呢，她马上答应了。之后她想起来还是要和白姐姐打个招呼，毕竟主管不知道就跑出去不太好，没想到白姐姐很痛快地答应了，还说她也受邀参加这个活动，因为没时间去菲比可以替她去，正好帮她和那几位老总打个招呼。

于是菲比忙着把工作都安排好，毕竟泰山哥要求的"叶子"还没有眉目呢，她先找了一大堆意向图给天真，让他好好研究一下开始建模，又跑去看了看小行知和志玲的工作。天真有些闷闷不乐，一上午都默不作声，使劲敲着快捷键，对着 Rhino 一通疯狂输出。菲比看他不说话，还宽慰他："你先做模型，能做成啥样做成啥样，万一下午泰山来了不满意，你就说冷羽菲让你做的，我背锅。"天真听了更没好气了，谁怕老泰山啊，这人真是迟钝。

当然天真也背上了刚毕业的小朋友不该背的压力，毕竟做建筑方案调整怎么着也得有个一年半载的工作经验，而且是从边角料的部分开始上手，让他直接做现在泰山哥心尖尖上的"叶子"实属挑战。天真也没法像菲比一样画手稿，他们这一代学设计的同学基本上都没有什么手头功夫了，从一年级就开始学各种软件，直接上 CAD，可以说设计的一项传统技能手绘已经像非遗一样难找继承人了。

菲比和闪电哥一起走进电梯的时候，她看到闪电哥黑色西装背面领口漏出一个标签，于是提醒他："你的衣服是不是干洗店标签没拆

---

① 俗称遛马路。

啊？""啊？"闪电哥连忙够了一下，说："咳，这是 Zara 的吊牌，我没拆掉。"见菲比不解，闪电哥继续说："昨天开会，买来应急的，明天就退回去。"闪电哥为自己的小算盘沾沾自喜。菲比却不知道如何回复，她的脚趾在鞋里尴尬地抠了抠，而闪电哥则浑然不觉，心情大好。

初秋的天气空气清新，阳光明媚，正是 City Walk 的好时节，亮马河波光粼粼，风情摇曳。菲比和闪电哥到了集合地点，和主办方及其他观众寒暄过后大家就开始沿着河漫步，有一搭没一搭地讨论着专业话题。亮马河已经被定义成北京的风情水岸，虽然这个称号显得有些许俗气，但对于大众来说这就是亮马河更新后留下的印象。对于高质量公共开放空间相对稀缺的北京来说，亮马河风情水岸项目可谓久旱逢甘霖，一下激发了中心城区的活力，并且和周围的公园和商业梦幻联动，极大提升了亮马河地区的城市空间品质，当然，还有房地产价格。

亮马河很多年都是一条功能性的河道，有着光秃秃的混凝土斜坡驳岸，驳岸上方有两条毫无设计的单调步行道，整个水岸的设计目标就是满足防洪标准，它和周围的高楼大厦是割裂的，鲜有市民使用，更谈不上什么代表城市形象的远大使命。

亮马河最重要的改变是打破了原有的斜坡式的工程驳岸，把各式各样的平台、园路、坡道、植物景观带到水岸边，创造了一步一景，有树有花的步行体验，同时园路的高差降低到水位线，让人们有了真正的亲水体验。生态植物和水质治理，也让脏脏的臭河沟变成了人们趋之若鹜的玩水胜地，似乎不喜水性的北京市民突然都爱上了水上运动，划桨板的人一下子多了，外国友人和北京大爷一起游野泳，还有人玩更新奇的空中冲浪，好不热闹。岸边的活动就更丰富了，这边是一群美女帅哥穿着 Lululemon 上瑜伽课的，那边是一群肌肉线条优越的人抡大锤①，更别提周围的底商了，各种餐厅的外摆摆出来迎接网红们的打卡，餐厅经理乐开花（当然是在房租没涨的前提下）。除了年轻的时尚男女，普通市民也获得了好福利，附近的居民出家门就有绿意盎然的水岸公园可以散步，有林荫的步行道直接通往蓝色港湾和朝阳公园，遛狗遛娃极为方便，用现在时髦的话说就是很 chill，生活质量大大提高。

"白天看这个项目的效果还挺不错。"闪电哥说，"就是晚上来的时候吓了一跳，花花绿绿的灯光有点儿农家乐的感觉。"确实，夜间的灯光设计确实有些浮夸，但中国人民不是喜欢热闹吗？这花里胡哨的灯光，和"风情水岸"的冠名，以及春节联欢晚会是一脉相承的审美风格，谁规定的高冷内敛才是好呢？也许尊重人民喜闻乐见的形式就是最好的文化自信。他们走到一座桥下，白天也比较暗所以这里的灯光是亮的，层层叠叠的彩色仿佛彩虹一般，闪电哥自言自语："这个设计师是怎么想的啊？"菲比答："设计师有所倾向。"闪电哥真的信了："思想这么先进？没想到帝都比天府之国还 open。"菲比做了个鬼脸："我瞎编的。"

这个 City Walk 安排得格外松散，一群专业人士溜溜达达逛完了亮马河，闲聊了一些专业问题就准备解散了。菲比和闪电哥也准备打道回府，正当闪电哥开口说："我知道那边有个手冲咖……"的时候，菲比的手机突然振动了，她收到了一张设计截图，然后她的手机像发了疯一样不停振动，转眼间收到了二十张图纸。

原来是天真发来的，他发愤图强一下子做出了叶子建筑的二十个变

---

① 指的是棒铃，是一种训练工具，起源于西伯利亚的游牧民族，主要用于发展人在马背上使用武器的能力，近些年受到一些健身人士的追捧开始流行起来。

体，屋顶是叶子形态到侧面是叶子形态都尝试一遍，还有胖的瘦的高的矮的，只有你想不到的没有他做不到的，估计孩子的电脑 CPU 都要着火了。天真还在那边懊恼，要不是模型老卡 bug，他还能再多做五个方案出来。"菲总，你赶快看看，哪个方案好？"天真发了一条微信，还发了一张猫咪表情包，只见那猫咪绝望地躺在手机边，旁边写着"快回我"。

孩子都这么认真工作了，当师父的怎么能假装没看见？菲比开始放大每一张图片仔细看了起来，闪电哥见状讪讪地不再接话，打了一辆车，带着菲比打道回府。

一到公司菲比就风风火火跑到天真的电脑屏幕旁："我觉得方案 4 和方案 15 看起来还行！你打开让我看看！"于是两人研究起模型来，菲比把"大师手稿"从草图纸堆里面拿出来，开始仔细比对研究，最后二人觉得方案 15 最像，决定把这个方案发给泰山看看。"太好了！"天真松了一口气，"要是你选了第一版我情何以堪。"菲比一脸嫌弃他没见过世面的表情："嗙！以前有一个地铁出口，我们做了五十版方案，最后你猜业主说什么？""说啥？""说政府不让在那儿开地铁口了，改让我们做雕塑。""真的要命！"天真听着要吐血了。"这还没完，雕塑做了十几稿，业主没钱了，最后那儿就是个空无一物的广场。""那岂不等于，客人点了盘鱼香肉丝，你都下锅开始炒了，他要改成京酱肉丝，等你再炒完，他不要了？""Exactly！你这个比方打得 brilliant！"逗得菲比英文都夸出来了。天真摇头："真是笔亏本儿买卖。"

天真又看了一下手稿，说："这平面图除了建筑，老泰山还画了两片小叶子，这两片叶子都在景观上怎么处理啊？"显然菲比已经胸有成竹了："中间的这片小叶子，我们做成草坪上的硬质铺装吧，打破一下大草坪的沉闷，最南边这片叶子我们做在景观桥上，当成一个小雨棚，雨棚下做一个旋转楼梯连接桥和下面的下沉草坪，怎么样？""我看行。"天真三下五除二，把模型做出来了，两人从各个角度看了一下场地，都觉得还不错。"加了叶子以后，有一种画龙点睛的效果！"菲比赞叹道。天真也觉得还不错，说："不愧是老泰山，姜还是老的辣！"菲比打了他后脑勺儿一下："跟你说了不要说领导老！让人听见传他耳朵里还得了！"但又忍不住八卦，小声在天真耳边说，"听说他定期去做医美呢，只能说年轻不能说老！"

然后菲比整理好了模型的截图，一起用微信发给了泰山，天真在她背后窸窸窣窣不回家，菲比说："你这儿干吗呢？还不下班？"

天真犹豫了一下，说："你头发上有根银头发丝儿，要不要我帮你拔了？"

菲比正好喝了一口水，差点儿喷出来。你说人家多管闲事吧，人家还照顾你的情绪不说是白头发，管它叫"银头发丝儿"，这词用北京话说出来实在是喜剧效果拉满，菲比哭笑不得："给我拔了，你轻点儿！我怕疼！"于是天真像大猴给小猴掏虱子，异常小心地拔下了那根白头发，并拿给菲比看，意思我可没有伤及无辜。

在两人聊天的时候，闪电哥已经下班了，与此同时他也默默退出了菲比的世界。还好"轻产"阶级文艺男们已经不是愣头儿青了，他们总是可以保持恰如其分的距离，进可攻，退可守，确保自己和对方免于陷入尴尬境地。"轻产"阶级文艺男们一开始也许会被美好吸引，但仅限于开始，他们会精打细算每段关系的投入产出比，盘算自己是不是最大的受益者。就像对待他们的小众爱好，你不知道他是真心喜欢，还是为了装点门面。当然，对于闪电哥来说，四川相声是他毋庸置疑的真爱。

人生里的际遇就是这样，大部分人是过眼云烟，而如果你足够幸运的话，或许会遇到一个惊鸿一瞥的人。或许你当时意识不到，那个人心里什么都没计算，只是单纯地觉得你好。多年后，菲比完全忘记了那天发生了什么事，但她仍然记得"银头发丝儿"，想起来就会再笑一次。

22. 都市怪谈

每家公司都有些午夜怪谈和都市传奇，安睿也不例外。最近小行知不知从哪里听来的八卦，大家围坐在一起吃午饭的时候，说给天真和菲比听："你们知道吗？办公室最近在闹鬼！好几个同事说夜里听见母婴室里面传出来女人的笑声！啊啊啊啊啊啊啊好可怕！""这是你不想加班的借口吧？"天真调侃道，小行知异常凝重地说："不是不是，IT同事有一次忘了拿电脑，回来取电脑的时候听见的，可瘆人了——"然后她顿了顿，转向菲比变成可怜巴巴的表情："领导，我们最近能不能早点下班？我怕鬼嘤嘤嘤！"菲比笑了："最近泰山看大唐项目看得这么紧，我要是放你回去了，明天咱仁都别来上班了！""嘤嘤嘤！"小行知继续装可怜，哭天喊地，她已经好几天没见到男朋友了，"我怕鬼啊啊啊啊啊！"

"哼！晚上有没有鬼我不知道！我这两天可是白天都在见鬼！"只见吉娜又风风火火地冲过来，手上拿着一份刚取回来的麻辣烫。小行知马上八卦："吉娜姐！你又怎么了？汪富龙大哥又气你了吗？""什么啊！别跟我提那个哈比族！"吉娜还不忘埋汰一下汪富龙的身高，接着说，"我最近绝对水逆！真是见鬼了！先是我公婆作妖！然后是我老公！"看起来吉娜憋坏了，不吐不快，她开始给三位同事讲了最近的糟心事儿。

原来吉娜一直住在公婆给的海淀的旧房子，她原本想说服公婆拿手上的几百万存款把隔壁那套也买下来，这样两套打通房子可以宽敞一些。未承想这个提议没有被采纳，公婆反而拿着钱去做了投资，结果项目暴雷血本无归，吉娜恨得牙痒痒，埋怨了公婆几句，未承想老公不但不帮她还数落了她一顿，然后夫妻俩大吵一架正在冷战。

吉娜娘家只有一个妈妈，还远在乌鲁木齐，在北京势孤力单，和公婆一家闹翻后更加感觉无依无靠。人家女儿吵架可以回娘家，吉娜只能住酒店，想着和老公冷战还要拿自己的辛苦钱住酒店，她的心简直在滴血。

"唉，吉娜你别生气了。"菲比听了生出很多同情，却也不知道怎么安慰她，就给她夹了一大块刚打开的日式猪排，先让她的悲愤化为食欲。吉娜接过猪排，狠狠地咬了一口，恨恨地说："我算是看清楚了，我老公永远向着他爸妈！我就是个外人！真他妈没意思！"天真和小行知更不知道说什么好了，俩孩子心想大人的世界真可怕，脑子里不禁唱起小学时听的S.H.E的《不想长大》。

后来的几天吉娜每天都黏着菲比一伙吃午饭，和八卦姐妹团的姐妹们渐渐疏远了，毕竟家里的丑事和八卦姐妹说反而会变成她们的谈资，说不定她们还暗暗高兴自己过得不好呢。吉娜没想到自己有一天会被八卦反噬，她可不想给好事佬送弹药打击自己，还是和菲比他们这些人吐吐槽能好受一点，毕竟菲比、天真和小行知没有一个幸灾乐祸。

菲比这两天正沉浸在购物的喜悦中，她刚刚买了一个奶油色的Smeg烤箱，把她小厨房的颜值又提升了一个档次，她每天加完班回家都在研究烤箱菜品和摆盘，恨不得一天发八百条小红书。吉娜看着菲比带来的奶油焗饭和烤蔬菜，赞叹道："哇，天天做西餐吃呀！看起来真不错。"接着想到自己还住着公司旁边的快捷酒店，沮丧地说："我这两天都吃的外卖，脸上都长痘了！我真想我妈做的大盘鸡！""吉娜姐别难过了，我把我的大鸡腿给你吃！"小行知从自己带的饭里夹了个大鸡腿给她，"这是我舅舅做的，可好吃了！"天真说："一会我给大家点奶茶吧，楼下开了一家手打柠檬茶，喝完了到晚上十点都是清醒的！""谢谢你们！！！"吉娜觉得好受点了。

菲比看吉娜怪辛苦的，就说："你住酒店也不是事儿啊，不然我多做一点好吃的带来大家一起吃吧，正好我们这两天都加班，我可以把晚餐的餐补用来买好一点的食材——""啊啊啊啊太好了，我好想吃家里做的菜啊，菲比你可以做西餐给我吃吗！"菲比笑了："我中餐做得不好，要不我们吃意大利千层面如何？""好！"小行知抢答，"我要放芝士很多的那种！！！""我要吃，我还没吃过意大利千层面！"吉娜也同意，菲比转向天真："你 OK 吗？还有什么想吃的？"天真想着千层面里的芝士，不禁打了个寒战，感觉已经要吐了，但是他嘴上说的是："好！吃什么都行！我都爱吃！"

说干就干，菲比下午就拟好了菜单，并且盘算着哪些食材从超市买哪些在网上买，忙得不亦乐乎，直到天真提醒她看模型，她才转换到工作模式。

下午在茶水间遇到娜娜，娜娜哭唧唧地跑过来诉苦："菲菲啊！我前天晚上加班见着鬼了！害怕死了呜呜呜呜呜！""啊？"菲比诧异，"你……也是在母婴室听见女人笑了？""不是！就在这儿！！！"娜娜心有余悸，"都怪 Ken 整这死出！非要调整汇报文本，害得我们加班到夜里 2 点！然后我来茶水间接水，看见一个披发女子在翻冰箱呜呜呜呜呜！""然后呢？"菲比感到脊背发凉。"然后我就大叫着跑了呜呜呜！好像《午夜凶铃》！！！"菲比安慰娜娜拍拍她的背："别怕，也许是加班太多了出现了幻觉……""绝对不是！"娜娜信誓旦旦。

不能怪晚上大家会害怕，安睿租了金贸一整层楼的空间，办公室面积巨大，难免有犄角旮旯的地方不见天日，加上行政最近检查节约用电经常把办公区的灯关掉，加班的同事不得不面对大片大片漆黑幽暗的区域，很难不引人遐想。

菲比脑子里被画图和做饭填满了，也没有再想闹鬼的事情。7点多的时候天真和小行知在吃加班外卖，只见菲比步履蹒跚地走过来，双手一边提着一个巨大的塑料袋，左晃右晃感觉都要走不动了。天真赶紧过去接她的塑料袋，提一下感觉都勒手，他哭笑不得："您老是要做满汉全席吗，还是学女王厨房^①做 100 个孩子的菜？""咳！"菲比擦了擦头上的汗，兴高采烈，"大家难得一起吃一顿正经饭，我在 SKP 商场的高级超市买了牛肉馅和大虾！还有西班牙火腿和蜜瓜，可以做蜜瓜火腿呢！"

天真觉得菲比有时候真是朽木不可雕也，别人稍微示弱一下，她就同情心爆棚，掏心掏肺地对别人好。但人家可未必能回馈同样的真诚，她怎么就看不出来呢？天真觉得好气又好笑，是该说你太善良呢，还是太傻呢？

小行知看着这么多好吃的，开心极了："太好啦领导！咱们是明天晚上吃吗？咱们订二号会议室吧！在会议室吃饭还能看新换的小米电视呢！""好啊，你赶快把会议室订上吧！"小行知麻溜地在 Outlook 里订上了会议室，比平时订开会的会议室的速度快了三倍。

晚上小行知还拉了一个群，叫"塑料同事钢铁饭搭子"，把吉娜、天真和菲比都拉了进去，并通知大家会议室已经订好，而且，公司的小米电视还可以免费看网络平台上的剧。小行知还自告奋勇统计了大家要喝的饮料，吉娜似乎还沉浸在家庭矛盾的悲伤中，说道："只想不醉不归。"天真想到菲比要做蜜瓜火腿，就自告奋勇带一瓶白葡萄酒过来。

———————————

① 一个南美洲网红，在她的视频中宣扬不浪费食物，并为贫困地区的小孩做饭。

晚上9点多大家结束了一天的工作，天真帮着菲比把两个大包扛进了出租车，不是很放心："你今天不会忙到后半夜吧？"菲比拍着胸脯说："就这么几个菜！我11点半之前就能搞定！"

夜里1点钟，天真心存狐疑地给菲比发了一条微信："你不会还在做饭吧？"过了十分钟都没有回复，天真觉得可以踏实睡觉的时候手机响了，是菲比："快好了！快好了！""熬夜做饭。"天真为菲比做了总结，发给她一个冷笑的表情包，并且白眼快翻到天上了。

第二天，那两大袋子高级食材变成了几个巨大玻璃盒里的美味，菲比拿到茶水间的时候把阿姨都惊呆了，阿姨帮着菲比把冰箱里的饭盒都拿出来，重新整理了一遍冰箱，才勉强把这几个玻璃盒塞下。天真也是个讲究人，他带来的白葡萄酒因为冰箱满了，他就预订了几个冰袋，准备放在跟阿姨要的洗水果的盆里冰镇。

仪式感已经做到这份上，小行知无比期待，她下午隔一会儿就@吉娜一下，问道："吉娜姐什么时候从工地回公司啊？我们晚饭6点半开始哦！"吉娜每次都回复："快了！快了！"

6点半，当菲比把做好的菜都摆好，大家还是小吃了一惊，除了一大盆千层面和蜜瓜火腿，她还做了烤大虾沙拉，沙拉上摆着超多大虾和枸果，下面还有芝麻菜和其他蔬菜，菲比还准备了调好的油醋汁，除了这些，她竟然还做了一盒提拉米苏。"还有大虾沙拉呀！"天真惊喜，菲比说："是啊，上次看你爱吃天妇罗就做啦！""太丰盛啦！"小行知打开电视，准备重温《苍兰诀》，当他们看到小兰花给东方青苍起名叫大强的时候，小行知的肚子咕咕叫得巨大声，这时候千层面都快凉了，可是还是不见吉娜的踪影。

菲比纳闷儿："不对啊，现在天都黑了，工地一般不到傍晚6点就停工了，她从中关村回来……现在应该也到了呀？"天真有着强烈的被放鸽子的预感，但嘴上没点破："应该快来了吧？"小行知可怜巴巴地说："菲比我能先吃点儿吗？我要低血糖了。"

正在这时，菲比接到了一个电话，说了几句她就颓废地坐到了座位上："是吉娜打来的，她说她不过来了。""啊？！"天真和小行知异口同声："怎么回事儿？"正在这时，吉娜在饭搭子群里发了一束红玫瑰的照片，说道："朋友们对不起！我老公来工地接我了，我们和好了！所以今晚我就不回公司了！"天真脱口而出："真是重色轻友啊！"小行知说："怎么这样！我都等得饿死了！我可以开动了吗？"菲比还没从被放鸽子的失落中缓过来，说："开动吧！"

天真拿了一个纸碟子，挖了超大一块千层面塞到小行知面前："陆行知，看你的了！你不是说你是大胃王吗？是时候展现你的实力了！"然后他连夹了五颗大虾，也开始大快朵颐。天真和小行知看起来真是饿了，吃得狼吞虎咽，菲比却没有什么胃口，就看着他俩吃饭。天真一边吃饭，一边注意着菲比，他心里很不是滋味：求求你不要再做出那个失落的表情了，这个表情让我觉得心里堵得慌。

经过一番苦战，食物消灭了大半，但是意大利千层面还有半盒之多，小行知摸着肚子靠到椅背上："啊！撑死我了！我的肚子要爆炸了！"天真说："陆行知，你怎么才这点儿战斗力！加油啊！"菲比说："没事，是我做多了，我带回家明天吃吧……"

"那怎么行，明天就不好吃了！"天真又挖了巨大的一块吃起来，并且假装很享受的样子，他还用胳膊肘捅了捅小行知，示意她继续战斗，小行知也豁出去了，她松了松裤腰带，说："领导做这么多好吃的菜，绝对不能浪费！"

最后在两位小朋友的努力战斗下，饭菜被一扫而光，小行知躺倒在椅子上说："撑死了……不行了……明天我要绝食了！"天真说："这点儿就不行了？这千层面全是我吃的。"菲比惊讶之余又觉得好笑："你俩真能吃，竟然全吃光了，下次还给你们做哈哈哈哈哈哈哈哈哈！"

如果小行知吃撑自己的原因是不想让小领导失望，毕竟她将来过得好不好还得仰仗小领导。天真吃撑的原因就更简单了，他不想看到菲比不开心，哪怕一点点都不行。

三人正想起酒还没有开的时候，忽然眼前一片漆黑，电视也关了，停电了。

"啊啊啊啊啊啊好可怕，是不是闹鬼了！"小行知最先反应过来，会议室外也是伸手不见五指，一片寂静的外面似乎隐约传来女人笑的声音，非常瘆人。

"咱们快走吧？别在公司待着了……"天真小声说，一边努力捕捉外面的那个笑声。

"好，你俩去拿包……"菲比也不敢大声，"我去趟茶水间拿饭盒的袋子……"

菲比当时把娜娜的遭遇遗忘得一干二净，没心没肺地自己摸黑儿去了茶水间，等到了那里她便开始后悔，周围一片寂静，茶水间离玻璃幕墙最远，漆黑一片，她摸着摸着摸到吧台，找到了自己的环保袋。就在要离开的时候，她听到窸窸窣窣的声音，定睛一看冰箱门开了一个缝，地上蹲着一个黑影，那黑影的动作很慢，披着长长的头发，她的头动了，似乎要扭过头来看菲比。

菲比倒吸一口凉气，本能转过头，然后开始大叫："啊啊啊啊啊啊啊啊啊啊啊！"并狂奔着离开了茶水间。没跑几步她就和一个人撞了个满怀，抬头一看，是天真。菲比吓得眼泪都流出来了："茶水间有鬼！我看见了啊啊啊啊啊啊！"天真抱着菲比，像摸婴儿脑袋一样摸着她的头："没事了没事了！快跑！"

三人落荒而逃离开了公司，这一顿惊吓消耗了不少卡路里，小行知觉得她明天不用绝食了。

到底，公司夜晚出现的，是人是鬼？

故事并没有结束，反而越来越精彩了。

第二天一早，整个区的所有同事都收到了一封神秘邮件，邮件中有一个视频平台链接，点进去之后是一段监控录像：只见深夜，一位风韵少妇和一位中年男士先后从北京办公室的母婴室走出来，少妇还拉着男士的领带，身体语言极为暧昧，引人遐想。孤男寡女大半夜在母婴室做什么？不言而喻。大家仔细观察人物特征后发现，女士是贾思蜜，而男士则是规划部资深副总裁何总，级别和资历比泰山哥还高！画重点：两位都是已婚状态。

这邮件像一枚重磅鱼雷被引爆在大家波澜不惊的生活中，整个区一下子被领导的桃色新闻搞沸腾了，无数个群里都在讨论这件事，很快这个消息和视频就蔓延到了微博和小红书，并被冠以各种狗血香艳的标题，什么"某 500 强资深副总裁夜会已婚女员工"，什么"母婴室 Play"之类的，越来越不堪入目。

纸包不住火，贾思蜜的老公也很快得知此事，据说他跑到上海办公室门口声讨何总，有众多好事佬都拍下了视频并到处流传。贾思蜜由于业务不精又经常对设计师们指手画脚，技术部门纷纷转发她老公的视频，配的评论都是："商务老阿姨终于翻车了！喜大普奔！"

贾思蜜的雌竞宿敌雪莉姐姐自然不会放过这个落井下石的好机会，她时常在闲聊时把话题引到贾思蜜身上，并痛心疾首地评价："哎女人不能玩火，像我们这种良家妇女真的不能理解她们怎么这样！"表情却是上扬的，嘴角压都压不住，雪莉姐姐在拉踩贾思蜜的时候获得了极大的心理满足。

这个视频还引起了年轻妈妈们的集体讨伐，为宝宝备奶的神圣房间变成了高层幽会的场所，真是闻所未闻！让妈妈们绝对不能接受，最后雪莉姐姐在母婴室安装了密码锁，只有在哺乳期的妈妈们才能获得密码。

菲比的三观也都震碎了，她忍不住和天真吐槽："实在不行在公司后面的万豪开房啊！干吗要祸祸母婴室，太恶心了，哕！"

天真的三观也碎了，除了"是啊"再说不出其他评价。

原来母婴室的女鬼，是贾思蜜。

那么冰箱边上的女鬼，是谁呢？

后来有那么一天，菲比和天真加班到深夜，两人为缓解疲劳到楼下抽烟。远远走过来一个瘦小女生，她手里提着一个洗澡用的袋子，穿着极为朴素的 T 恤和短裤，长发湿湿地走到了办公楼里。天真突然想起来："这个女生是建筑组的，我见过她，我听建筑的哥们儿说她偷偷住在公司。""住在公司？！"菲比大吃一惊，"对的，她座位下面有个行军床……听说她还经常吃同事剩下的食物，他们建筑的同事家里有吃不完的东西也会送给她。""一个女孩子，有必要对自己抠成这样吗？"菲比难以相信，"她好像是为了实现 FIRE[①] 吧？提早退休。"

被天真说对了，女孩过了几个月就提出了辞职，有一天菲比在 B 站刷到一位提前退休的博主，定睛一看不就是这个住在公司的女孩吗？她用最短的时间存够了一笔资金，开着房车去环球旅行了。

而在另一边，贾思蜜竟神奇地渡过了舆论危机，她火速和老公离了婚，在公司的职位丝毫没有受影响，反而是何总被从上海调去了成都，等于降了半级。贾思蜜的后台到底有多硬，就连老油条雪莉姐姐都摸不清底，她只能揣测贾思蜜可能睡了好几个大老板，毕竟"鸡蛋要放在不同的篮子里"。

贾思蜜在公司员工口中依然是"大美女"，而实现了提前退休的节俭女生被起名叫"冰箱女鬼"，这两段都市传奇印证了老祖宗总结出来的世态炎凉：笑贫不笑娼。

而最大的鬼始终没有浮出水面，是谁把监控视频上传的呢？又是谁发给了全体员工呢？这邮件的目的是什么呢？从结果上看，不是针对贾思蜜的，而是针对何总的，那么又是谁想边缘化何总呢？

有些都市传奇则像《麦琪的礼物》，有的人可以熬夜为朋友们做一大桌子菜，有的人也可以为了不让朋友难过吃下自己最怕的食物，他们发自真心地希望对方开心，哪怕自己吃点亏也没事，他们是最傻，也是最快乐的都市传奇。

---

① Finance Independent Retire Early：财务独立，提早退休。起源于美国，提倡降低物欲，主动储蓄，积极投资，从而有计划地达到财务自由的状态。

23. I WANT YOU TO PRESENT!
（我派你去汇报。）

打工人的美梦　　　　　　打工人的噩梦

"会云多云"　　　　　　　"寄"

周日夜里，菲比做了个奇怪的梦，她梦见了那个特别流行的财神表情包，一个财神爷指着你说：I want you to get rich!（你要发财了！）随后那个财神爷的五官突然扭动，一下子变成泰山哥的脸，直勾勾地盯着她说：I WANT YOU TO PRESENT!（你要汇报了！）她一下子从床上惊醒，最令打工人胆寒的噩梦，恐怕就是梦到老板了吧。

　　菲比觉得这不是个好兆头，周二就要汇报大唐了，她心里怦怦跳很是没底。

　　果然有幺蛾子，早上到了公司接到泰山哥拍照发来的 markup[①]，他似乎坐在上海某处的网红咖啡馆，伴着法国梧桐的树影婆娑，兴致大发画了草图，照片里图纸旁边还放着一杯 dirty[②]，很出片。泰山说还要调整一下那个叶子建筑的屋顶，要做成能上人的屋面，并且在曲线屋顶上加一个桥，桥要往北跨过马路连接北侧的绿地，泰山似乎很满意他这个突发奇想的修改，认为这个真正体现了"多维度连接的概念"，还兴致勃勃地发来语音："你看啦，这样南北两个地块从 B2、L1 和屋顶层都能连接了啦，你们做设计，就要多考虑这方面的亮点。"菲比心想，好好好，您说得都对，然后开始倒推还有多少时间完成这次修改。

　　技术层面上这个设计并不难改，只是原来曲面的屋顶是个造型，如果改成上人屋面，暂不纠结屋面的做法和坡度，至少要先加一圈护栏上去保证安全，那么就好像给建筑的头顶戴了个新疆小帽子，纯净无瑕的建筑立面就会受到干扰。

　　这还是小事儿，大事儿是上周五已经和 Winnie 姐商量好了，菲比

① 修改意见。
② 一种花式咖啡。

将在周一把更新好的景观和小建筑给 Winnie 姐，由建筑组的同事渲染动画，渲染动画短则几小时长则十几个小时，如果这个小建筑不尽快改完有可能渲染动画的时间就不够了，毕竟明早 9 点就要在大唐汇报。

菲比马上让天真估算一下改模型所需的时间，天真略显失望地说："两个小时能搞定，但是一定要改吗？这个建筑已经改得很好看了，屋顶加了护栏肯定不如现在好看了。"这可是他第一次自己完成的设计，舍不得改。"老大说要改，就得马上改，毕竟去汇报的是他。再说，屋顶上可以多个观景平台，还多了个功能，比纯造型屋顶要实用嘛。"菲比连哄带骗，让他赶紧开干。然后她又去找了 Winnie 姐，保证中午 12 点以前把改好的建筑给她，麻烦她那边渲染动画的同事等一下。Winnie 姐虽然不情愿，但还是答应了，毕竟汇报通过了才能收到概念阶段的设计费，还是要配合的。

菲比今天本来是安排天真和小行知在模型里种树的（最轻松的活儿放最后），现在天真改建筑模型了，小行知一个人不够快，于是她把闲得没事儿的志玲叫上（是的，志玲还在填项目的工单呢），让她分担小行知的一部分工作。

差不多一个小时天真就把模型改好了，他们发现护栏怎么加都不好看，最后决定做全玻璃材质的。这样渲染动画和效果图的时候看不太出来，"全玻璃的扶手是不是造价太高了？"天真问。"咳，先过了明天那关再说吧，哪个概念设计不造假美化一下呢？就好比哪个女生发朋友圈的照片是原相机？不都得美颜吗？"菲比这大实话如此自洽，天真无言以对。

于是两人跑到小行知的电脑前查看进度，志玲也搬到她旁边一起工作，看看种树的情况，只见小行知把完整的模型分成了两份，她种北侧两个地块的树，志玲种南侧两个地块的树。小行知的模型看着还算完整，只见志玲的模型残缺得厉害，为了电脑不卡她把占内存的模型构建都删掉了，就铺了一张手稿在模型里，无脑种树中。菲比眼尖，她注意到志玲模型的文件名日期还是上周五，一股不祥的预感涌上心头，声音颤抖了："志玲，你是不是没另存模型，把上周五的模型 overwrite 了？"顿时天真和小行知也一激灵，三个人同时盯住了志玲。

"啊？我看看哦——"志玲慢条斯理地看了一下项目盘，"噢噢，不好意思，我把周五的文件覆盖了……""你为什么不另存一个！而且你把模型里做好的部分都删了！"菲比的怒火顿时直冲天灵盖。"我以为我就是种树就好了，所以就删掉了。"志玲还在狡辩，她是真傻还是装傻呢？

不光是菲比，天真和小行知也气炸了，周五大家一起加班做好的模型，其精细程度是周四的模型没法比的，志玲一下子删掉了两个地块的内容，等于一朝回到解放前！

"你以为，你以为？ Please! 用点心好吗？你是个 Project level 了！凭什么处处让刚毕业的小朋友给你擦屁股？！"菲比忍无可忍，提高音量，直接揭开了志玲的遮羞布，周围突然安静了，有多少耳朵偷偷听着后续呢。志玲涨红了脸，憋出一句："我不是故意的……"菲比深呼吸了一下，说："你把手上的模型交接给行知吧，以后不要再做这个项目了。"志玲不说话，似乎眼里含泪。菲比欲哭无泪，心想该落泪的人是我！

对话结束，旁边的小耳朵们听着没有后续的八卦，办公室又恢复了平日的嘈杂。天真和小行知都觉得菲比骂得解气，他们也烦志玲很久了，只是敢怒不敢言而已。然而外人不知道个中原因，菲比这么大声说话，外人看来坏人是她呢！

小行知沮丧地接了志玲的烂摊子，心里恨得牙痒痒，要把周五的工作重做一遍，今天又得加班了！菲比又跑去找 Winnie 姐，说模型出了一点状况，需要再等几个小时。Winnie 姐还算配合，告诉她今晚渲图的同事会随时待命。

"我今天晚上 6 点的飞机，你们要是不放心我可以改签最后一班飞机去西安。"菲比说。"没关系，我们做好模型效果图随时发你就好，别折腾改签了。"天真宽慰道。于是菲比和两位徒弟商量好，模型改好后更新的效果图微信发给她，然后由菲比替换文本里的效果图。

明明安排妥当的出差，总是有各种幺蛾子发生，偶像剧里光鲜亮丽的都市丽人都是骗人的。她们每天都在各种鸡飞狗跳里救火，脚上穿着球鞋，扛着死沉死沉的电脑包，灰头土脸，险象环生。

菲比在飞机上睡了一会儿，可以光明正大地把手机调成飞行模式获得一点清净，她始终不理解在飞机上还要求有 Wi-Fi 的人是什么心态，也许他们都是老板吧。

飞机一降落，菲比就看到沈妙在大唐的项目群里 @ 她，让她尽快把最新文本发到群里，业主的对接人要给领导打印。按说群里的沈妙和贾思蜜，一个是项目经理，另一个是商务拓展，如此重要的汇报是应该一起来的，但两人都推托不来参会。沈妙本以为安排志玲来项目上修改，能给菲比使个绊子，压压她的士气，没想到她竟然顺利过关。不过这次开会第一次见新领导，汇报结果如何谁也没把握，如果菲比翻车了沈妙就可以让她一人背锅，沈妙自然是不想一起来出差撑腰了。贾思蜜可没有这么多弯弯绕，纯粹是养尊处优惯了懒得出差。她自认为已经传达了业主的指示，剩下的都是项目组的工作了，可不好老烦她早上9点就要和业主开会。

差不多晚上11点，菲比收到了天真打包发来的效果图，火速在InDesign里完成了替换，导出两份PDF文本，一份超大高清版发到群里，请业主明天一早安排打印。另一份是比较小的交互版，她直接发给泰山，请他在开会前再过目一次，并暗暗祈祷他可不要在开会前再改图了。泰山不久就回了"OK"，就此杳无音信。菲比甚至不知道他是不是已经到了西安，领导的行踪永远是那么神秘。

天真下班前，去打探了一下建筑渲动画的进展，他发现电脑屏幕都亮着，人不在估计是去吃饭了，看着电脑发出轰轰的喘息声和热气，感觉快要爆炸的样子，就知道在努力运算呢，这动画说什么也得渲出来。他给菲比报信："渲着呢，估计后半夜才能渲完。"

菲比觉得只要还有人干活儿没撂挑子就好，文本的内容也十分全面，万一动画效果不理想，靠她的三寸不烂之舌这个汇报也能挺过去。想到了最坏的状况，菲比也就放松下来。她洗了个澡，穿着浴衣躺在巨大柔软的床上，心心念念的还是她的小窝和大橘。合同费用不错的项目，差旅预算充裕是允许员工住二线城市的五星级酒店的，菲比这两年也住了不少好酒店，但金窝银窝不如自己的狗窝，她讨厌酒店的工业香薰，讨厌那万年不清洗的地毯和全国各地一个味道的自助餐早餐。

其实酒店不该全背这个锅，确切地说她讨厌的是差旅的匆忙，在酒店夜晚熬夜加班的劳累，和应付计划随时改变的精神内耗。

劳累才刚刚开始啊，还没汇报呢。菲比虽精疲力竭但睡得一点不踏实，一直梦见项目的模型。梦里她是一个模型里的小人，走在设计好的场地里，每一个人都回头看她，严谨一点说他们都不是人，是渲染软件里的素材 3D 小人，他们都长着位于恐怖谷的半真半假的面孔，对她投以诡异的假笑。早上 4 点半她就醒了，然后拿起手机看 Teams 和邮件，看看动画有没有渲好。

建筑的同事在 3 点半通过 Wetransfer[①]上传了动画，菲比赶忙爬起来打开电脑下载，顺便看看动画质量。动画的质感很不错，并且剪辑过，时间控制在四分四十秒，观众既不会看累，又能了解设计的亮点，很合适。然而美中不足的是这次制作视频的同事恐怕是个直男，他用了非常宏大的背景音乐，交响乐此起彼伏激情澎湃，感觉是用在城市规划竞赛的那种音乐素材，菲比感觉马上播音腔旁白就要开始说官方解说了。而大唐这个项目的气质其实是都市感强，需要更轻松的背景音乐，也许业主听不出来，但泰山一定不会满意。

于是菲比开始打开剪辑软件，自己给视频选音乐。不知是动画太大，还是开机时间太早，菲比的电脑也开始嗡嗡叫，并不断排出热气，似乎在埋怨她天还没亮就开始高强度运算。菲比心想，电脑也会累，会宕机，但人不能宕机，sad。

6 点钟视频改好，菲比去洗漱了一下，好好化了一个妆，用加厚遮瑕盖住了她睡眠不足的黑眼圈，再用一支雾面枫叶红口红掩盖了一下苍白的嘴唇，觉得自己勉强可以见人了。她从衣袋里拿出熨烫得一丝不苟

① 一个可以传超大附件的网站。

的藏蓝色羊毛西装套装，穿上以后觉得自己精神了不少，她把赶飞机穿的匡威收到鞋袋里，再掏出来准备开会的白色羊皮猫跟鞋，搭配一副别致的珍珠耳环，准备向西安人民展现大望路都市丽人的风采。她来到酒店的自助餐厅，虽然很想喝碗羊汤，但担心羊汤的气味渗透进她昂贵的西装会盖住她的小众香水，菲比不得不转投西式早餐，并加了三份意式浓缩的拿铁来保持清醒。

不同于上次汇报在会展中心，这次的汇报在业主位于开发区的办公楼。开发区地点极为偏僻，很多道路还是断头路没有通车，连司机都差点儿迷路。菲比远远看见一栋办公楼很像业主对接人发来的照片，马上给司机指路开过去，发现车只能停在500米开外的路边，菲比需要穿过一块黄土飞扬的工地才能到达。司机师傅觉得早上接的活儿不赚钱，说什么也不想再找路往里开了，把菲比留在漫漫黄沙中，扬长而去。

当菲比进入了业主安排好的会议室，她还在暗暗心疼自己的羊皮猫跟鞋走过了泥泞不堪的工地，她在卫生间仔细地擦拭完毕，突然意识到有一个更大的危机：现在已经8点40分了，泰山还没出现，也没找过她。

她脑子里出现一个可怕的念头：老大不会放鸽子吧？转念又安慰自己不会的，这么重要的汇报不可能放鸽子的。她发了一条微信给泰山："陈总，我已抵达会场，预计汇报9点钟开始。"没有回复。

菲比 set up 好电脑，对接人来问陈总呢，她只得说路上堵车，还得再等等，手机还是没有得到回复。8点55分，项目的一些领导三三两两步入会议室准备就座，泰山还是没有回复。菲比一个人孤零零地坐在大会议桌一侧，面对着对面十几位黑压压的穿着厅里厅气夹克的领导，故作镇定地保持着职业微笑。她的手紧紧攥着鼠标，汗如雨下。

9点钟大唐的新领导准时入场，大家纷纷站起来打招呼，出乎意料的是一位中年女士，她戴着无框眼镜，短发整齐地别在耳后，微胖的身材穿着中性的职业套装，步履敏捷地走到座位上，环顾四周，说："人都到齐了吧？开始吧。"领导一点也不拖泥带水，也没有冠冕堂皇的开场白。对接人示意菲比赶快开始汇报，菲比此刻已经是赶鸭子上架，没有退路了。

于是她深吸了一口气，字正腔圆地开场："各位领导好，很荣幸今天来为各位汇报大唐新区的概念方案，请各位先看一下我们准备的汇报视频，之后我为各位详解本轮调整的要点……"在大家专注看动画的时候，菲比在脑子里迅速组织了一下语言，她也听泰山汇报过很多次了，项目的每张图纸她也是烂熟于心，照葫芦画瓢，把泰山善用的话术学过来，怎么也能模仿个七八分。

都说汇报最重要的是开头十分钟，菲比做到了。四分多钟制作精良的动画已经让在场的领导对设计有了清晰的了解，再加上她用六分钟提炼了设计的亮点、未来深化的要点和为大唐新区带来的价值，让观众们欣然接受了这次调整的设计。后面半个小时的介绍就聚焦在各种技术细节上，并没有难度。菲比始终保持着讲解的清晰和热情，刚开始的时候是假装镇定，讲着讲着就真的泰然自若了，果真是 Fake it until you make it[①]。

就在汇报快结束的时候，泰山进来了，对接人连忙把他引至座位，

---

① 先装到，再做到。

并向领导介绍了他。一番寒暄后，泰山对项目的设计进行了总结，众人纷纷投来赞许的目光，这场汇报出乎意料地顺利，概念方案顺利通过。

泰山总结的时候菲比低头看了一眼手机，发现她在 9 点 10 分的时候收到了泰山的微信："你先汇报，我晚点到。"菲比心想：老大您真是差点让我吃不了兜着走啊！她当时还没有领悟到，也许领导放手，就是对你的能力认可了呢？也许大狮子故意不捕猎，是让小狮子练练手呢？

开完会，泰山显得更悠闲自在，他要飞上海，和菲比不是一个航班，他出乎意料地让菲比坐他的商务车去了机场，并邀请她去贵宾休息室吃东西。菲比紧张，伴君如伴虎，她更愿意自己单独找个地方坐着，但显然今天泰山不会放过她了。泰山和年轻人拉近关系的方式有很多，比如说聊最近流行的衣服，或是苹果的产品，要不就是看了什么剧。泰山从来不和白姐姐之流聊天，嫌弃他们腐朽又老土，他偏爱和年轻设计师聊天，也许是保持青春永驻的方法之一吧。

当被问到最近在看什么剧的时候，菲比兴致勃勃地说道："我最近在重温《爱的迫降》，男女主简直是天作之合！戏外也在一起啦超级甜！"

泰山呢，来了一句："你知道吗，你知道吗，那个女演员是彩虹届的天菜哦！"

他就是那么邪恶，以戳破小女孩幻想的粉红泡泡为乐。也许他还有更深一层用意，他想试探一下菲比是不是他的同类。

后来他又拿起手机给菲比看他最新热衷的运动——蹦床。只见视频里一堆肌肉发达的男女在蹦床上激情跳跃，做出一个个高难度动作，菲比说："这可真锻炼核心啊！"心想这哥们儿哪儿发掘的流行趋势。泰山说："现在可流行了啦，怎么样，我送你一个。"菲比只得假装很感兴趣："好呀！谢谢领导！"

大唐汇报通过的捷报当晚就传回了北京，但是比捷报更早更快就传播的，是菲比职场霸凌志玲的谣言。

晚上菲比飞机落地，天真就微信婉转地提醒她公司有不好的传言，然后不放心给她打了个电话："沈妙到处说你职场霸凌志玲，还找我和行知都问了话。"菲比淡然："好的，没事。"天真不放心："你真没事儿啊？估计明天她还会找你麻烦。"菲比宽慰道："身正不怕影子歪，没事儿的啊！"

沈妙找人麻烦一般采取借刀杀人的方法，在她一通夸大和造谣后，菲比第二天就被徐阳拉去谈话了。徐阳苦口婆心地教育了她一番，说什么和同事沟通要注意方式方法，却绝口不提对方的问题。菲比没办法了，只得说："泰山曾说过，请她不要再做大唐的项目了。"徐阳听见菲比都搬出了泰山的话，就此作罢。白姐姐也抓住这个机会，敲打了菲比一下，意思 Senior 们在 Studio 的形象很重要，不要给大家留下暴躁易怒的形象。没有人提到她刚刚出色地完成的汇报和即将开票的超过百万的款项，而是都借这个空穴来风的传闻来踩她一脚。对于菲比来说，方案通过的喜悦都被这些破事儿冲得烟消云散。

菲比算是上了一课，项目要吵架，关起门来会议室里吵，在公开场合气到吐血也最好要保持职业假笑。她叹了口气：道理都懂，做起来好难啊。

晚上，天真找到菲比，说刚才徐阳找他问话了："他问是不是泰山说了不再让志玲做这个项目了。"

菲比问："那你怎么回答呢？"

"我说泰山确实说了，我听见了。"

"可是你没听见，他单独跟我说的。"

"这不重要，我相信你。"天真笑着说。

24. 电子地图上的 Happy Hour

菲比没有想到，泰山真的给她买了一个蹦床。只见那天他大步流星地走进金贸，公司的司机师傅跟在他后面拿着一个巨大的扁平包装盒，他就这么一路走到了菲比的工位前，在众人的注目礼下让司机师傅把蹦床交给了她。还没到中午，全公司都传遍了：泰山送了菲比一个蹦床。有好事的同事还跑到她工位来确认，天真已经帮菲比把蹦床安装好了，不乏同事来体验一下，菲比的工位从来没有这么热闹过，简直成了网红打卡点。

"你要不要教程？"泰山还"贴心"地问，不容分说地拷给她三十个蹦床视频，天真认真观摩后一脸问号："这是现在流行的运动？是我老了跟不上潮流了吗？"

泰山送个蹦床，无形中增加了菲比在大家眼中的分量。小朋友们开始对她有点敬畏，同级的设计师和项目经理们也变得爱找她聊天了，就感觉总监们都对她高看一眼。什么身正不怕影子歪，应该是泰山撑腰不怕影子歪。虽然体恤下属不是泰山的风格，但不妨碍他在心情好的时候做出亲民的姿态，总之，有意无意间，对菲比的工作成绩表达了认可。旁观的众人都得出了结论：菲比现在成了泰山的爱徒。

借着这个小小的东风，菲比决定和白姐姐再争取一下年底升职的名额。安睿作为老牌外企，有一个制度上的优良传统，就是扁平化的管理和表面上平等的上下级关系。扁平化管理可以让高层的领导直接和年轻的设计师们一起工作，比如泰山作为副总裁，可以直接带着菲比工作，甚至直接指导更年轻的小朋友做设计，大幅提升了工作效率。而平等的上下级关系是一种"优良传统"，大家都互称对方的英文名（当然几个高层还是被称"总"的），安睿的HR总是在新员工入职时强调这种平等的优越性："每个 Junior 都能大大方方走进 VP 的办公室，表达自己的想法。"也许对于老牛马来说这只是个形式上的摆设，但这对于"95 后"的 Gen Z 还是很重要的，他们更看重自己的内心感受，对平等相处有更高的要求。这种制度使得一些上下级的谈话更加容易，菲比也没有弯弯绕，直接约了白姐姐的时间，并提前告知了希望争取升职的明确意图。

于是二人在都准备好话术的情况下进行了一次正式的谈话，菲比先开头，态度非常恳切："白总，我入职安睿已经两年有余，感谢公司给了我很多机会锻炼，目前也完成了一系列比较成功的竞赛和商业项目，我想争取一下年底升职的名额，希望以后在更多的项目上发挥能力为公司创造业绩。"

白姐姐也是有备而来，她回答："羽菲，你在专业上的成绩是有目共睹的，我们也希望你在公司有更大的发展。然而现在 Studio 升职的 headcount 是有限的，也不是我们一个团队能决定的，公司要从全局出发将有限的名额发放，有些因素是我们无法控制的。"看着菲比迫切的目光，再加上想起泰山对她的认可，白姐姐还是留了个话口儿："据说今年年底景观还有一个升 A 的名额，我会尽力帮你争取。"菲比的眼睛亮了："谢谢白总，我会好好努力的。""你还这么年轻，格局要打开，多在项目上锻炼，不要在乎一时的职位，只是个 title 而已。"白姐姐循循善诱。

年轻是把"双刃剑"，你年轻，有无限潜力。但因为你年轻，他们规训你，别太着急，别急。再让那帮老登们剥削几年，再剥削几年，等你不再年轻了，再说。

菲比离开会议室，回味了白姐姐的话觉得还是不太对：我已三十有二，也不年轻了啊？

中午安睿的行政们开始窸窸窣窣忙碌起来，并且把前台大厅区域的开放式会议室围了起来。天真和小行知买了午饭回来都觉得奇怪，不知葫芦里卖的什么药，菲比边吃着她的三文鱼轻食，边说："你俩从来不看邮件啊？又要办 Happy Hour^① 啦！"

Happy Hour 向来是安睿的传统，它通常安排在一周的周四，或是特别的节日如圣诞、元旦等，且中西兼容，端午节、中秋节过，万圣节和感恩节也过。届时行政部会带领外包的餐饮公司，为大家准备豪华的下午茶，并将大堂的大厅装扮得极有仪式感：不但有契合节日氛围的 table dressing，印着公司 logo 的小蛋糕，各种甜咸口的 finger food，甚至有些重要的场合还会提供各种酒水。大家会停下手上的工作，聚在一起 small talk 一下，有些特别的日子还会安排抽奖和长期服务奖的颁发，办公室的各位 VP 们也会出来讲话，每次 Happy Hour 的主题还会从项目组借走设计师做海报并发到大家的邮箱，颇有老牌外企的财大气粗的仪式感。当然，HR 和行政会总结每年的 Happy Hour 举办的内容，并将立意拔到"共建美好工作社群"的高度。

然而过了最鼎盛时期的安睿，举办的 Happy Hour 次数也在逐年递减，所以天真和小行知都没见识过。不过听说这次有位 global 的老大 Tom 来北京出差，HR 和行政铆足了力气，准备搞个大的，壮壮北京办公室的声势。正好 11 月已过半，可以举办感恩节主题的 Happy Hour 了，

---

① 欢乐时光，一般指下班到晚饭之间的时间，同事们会一起喝一杯，吐吐苦水，聊聊天，是一种非正式的社交活动。

非常之契合美国来的老大，可以为他过真正的感恩节预热一下。HR 和行政对这次 Happy Hour 的策划"感恩有你"非常满意，选择性遗忘了北京办公室的老外员工里，没有一个人是美国人（是的，他们是西班牙人和意大利人），而且中国人也不过感恩节的事实。

小行知吃完饭就急忙打开了万年也不点开的 Outlook，找到了"感恩有你 Happy Hour"的邮件，然后兴奋地说："菲比我们下午还有火鸡耶，好期待啊！"天真说："火鸡又老又死，不好吃。"小行知是在英国留学的，当然没体会过，但她反驳道："英国的 Nando's 也贼难吃，但回国就不一样了，没准儿中国的厨师做出来就是嫩火鸡呢！"天真泼的冷水丝毫无法浇灭她的兴致。菲比趁热打铁："Happy Hour 4 点钟开始，你抓紧画图就可以安心去哦！"小行知做了一个敬礼的动作："遵命！"

除了 Happy Hour，安睿还有一些持续不断地输出企业文化的"小福利"，润物细无声地提升员工的归属感和认同感，颇具一定的"洗脑"功能。比如有线上的"ANR University"（安睿大学），里面安排了很多全球统一的培训内容，包括反贿赂，工地和差旅安全事项，甚至还有一期预防办公室性骚扰的培训。这些培训的网页都是精心设计的，点进去还可以选择"简体中文""繁体中文"或"英文"，培训环节的设计寓教于乐，先有一段由演员表演的办公室场景，然后跟着有提问环节，如果答题不对就无法通往下一关。有些培训长达四十分钟，如果临近deadline 还没做，HR 会从系统中拉出一个 Excel 单子，邮件发给各位people manager，请他们提醒下属一定要在截止日期前完成培训，颇为正式。有些培训离国情过于遥远，比如问在某小国人均两百美元宴请政府官员算不算贿赂，这种问题不用学习也知道怎么回答，菲比总是一边做题一边感叹公司多么财大气粗，外包经费得是多高来编排这种喊口号式的课程，殊不知挤占了多少基层员工的宝贵时间，导致他们要加班把做题侵占的办公时间补回来。

不过让菲比欣赏的一点是"道德热线"，在"防止公司性骚扰课程"中，性骚扰被明确定义为语言的和身体的，教育大家工作上的龌龊笑话或冒犯性的评价都可以被界定为性骚扰，且不分男女。最后屏幕强调了道德热线的电话号码，任何员工都可以拨打投诉，HR还贴心地把道德热线印在尺子上，像旅游纪念品一样发放给大家。菲比的笔筒里有一大把发不出去的尺子，每当遇到寂寞难耐的单身男设计师看着她两眼放光并不停调侃"菲总今天真是秀色可餐"的时候，她都开玩笑似的拿出一大把尺子弄成一个扇子形状，像古装女侠一样挡在面前护体，"温柔"提醒："不要随便评价女孩子的外表，否则我要拨打道德热线了哦！"

那时的她，还没有被现实完全击垮，还天真地相信着道德热线。

言归正传，下午4点，忙碌的办公室突然广播起了音乐，随后前台妹妹的甜美声音传来："各位同事，我们的感恩节主题 Happy Hour 马上要开始了！今天我们荣幸地请到旧金山办公室的总裁 Tom 和我们共度'感恩有你'活动！请大家聚到前台区域参加活动！"小行知腾的一下站起来，可怜巴巴地看着菲比："我能去吗？""去吧！"菲比说，"赶快去抢个最好看的 cup cake！！！""好的领导我也给你抢一个！！！"孩子一溜烟跑了。

八卦姐妹团也放下手里的工作，结伴去 Happy Hour 了，她们都是冲着免费红酒和气泡酒去的，闪电哥想见识一下旧金山大佬的魅力，也跑去凑热闹，一时间前台区域挤了上百号人，办公区瞬间变得空荡荡

255

的。天真对 Happy Hour 那种端着饮料 social 的环境感到社恐，但他决定观察菲比的动向，如果她去他就跟着去看看。

然而菲比坐在座位上纹丝不动，她在电子地图的街景上全神贯注地寻觅着什么东西。今早和白姐姐谈话过后，她掐指一算距离最后公布升职名单也就一个多月了，她可得再积累点成绩出来。她盘算着现在就是盛誉地产的项目最有可能出成绩了，如果能让客户在安睿的年底问卷中给项目打一个五星好评，她就又有个业绩握在手里。鉴于对方是香港客户，她可得把香港做得成功的商业改造项目都好好研究一遍，对齐和客户的颗粒度，于是她开始着力研究港岛上的商业项目。

天真溜到她旁边，对着她耳朵说："嘿！干吗呢！"她才回过神儿来，一回头就对着天真的脸，发现他正看着她呢。"干吗啊！我在自我学习呢！"她推了一下天真，把他稍微推远了一点。太近了，要是那些寂寞男设计师敢离她这么近，她就直接拿"道德热线"扇子扇他们了。不过天真获得的待遇不太一样，毕竟他清爽又爱干净，身上的香水味甚是好闻。而且天真完全没有那种直勾勾的男凝眼神，他就是笑嘻嘻地看着她，像一只友善又好奇的小动物。

"让我也学习学习，哎，这地儿我熟！"天真指着星街的位置，"快，看看街景！这里有家 Bruch 巨好吃，他们还让带狗，好多大狗。"他指着街边一个有大窗户和绿植的咖啡馆说。"巧了，我也去过，不过是三年前了。"天真说："那可惜了，我是去年去的，我们错过了。"菲比好奇："你不是在美国留学吗，怎么对香港这么熟的样子……""不瞒您说，我的前女友是香港人……""哦——"菲比拖了一个跌宕起伏的长音，八卦的小雷达瞬间启动："就是那个疑似给你戴绿帽的女子？"天真胡噜了一下头发，无奈地说："咳，是我猜的，毕竟人家好几个月不理我了，就不了了之了。"菲比幸灾乐祸起来，拍拍他的肩膀："朋友，要相信你的直觉。"天真无奈："你是魔鬼吗，能不能盼我点儿好。"

于是两人彻底跑题了，开始了电子地图街景之旅，天真说一个他去过的地方，两人便在街景图上游览一番，然后菲比再说个地方，他们又到那里游览，从 Asian Society^① 的大师建筑，到中环街市，两人云 city walk 得不亦乐乎。后来天真指着港澳码头说："这儿我熟！我从这儿去澳门。""我没坐船去过澳门，不过我常坐天星小轮，有一种很浪漫很复古的感觉！去澳门的船也是这种复古感觉的吗？""天星小轮确实很好，其实我也没坐船去过澳门……""那你是怎么去的？"天真只得说实话："坐直升机……"菲比惊呆了："现在的小孩生活都这么奢侈吗？""不是，是去看陈奕迅的演唱会，差点儿赶不上，于是……"菲比没好气儿："受不了你们这些有钱小孩儿！"

然后菲比的鼠标指在西环某处："来来来，给你看看我在香港的家，让你们这些纨绔子弟感受一下人间疾苦！"街景闪出一个皇后大道上的破旧不堪的大楼，一个小小的门洞就是公寓入口，入口旁边还有个破败的水果摊，摊位上摆着面容诡异的人参果。天真沉默了，他看着这个简陋的大楼，心中莫名一阵心疼，觉得一个女孩子这样打拼实属不易。菲比完全没有感受到他的情绪，还在夸夸其谈："你看看这房子多破，像鬼屋，还要收我一万五的房租！"天真："这房价太可怕了！""我告诉你，最可怕的还不是这个，是这个房子的管理员，就是看门大爷，他是

---

① 美国亚洲协会是一个民间组织，它在香港的场地原来是英国军队的军火库，于 2011 年由建筑事务所 Tod Williams Bille Tsien Architects 改造后开业。

个独眼龙！你说说，我深夜加班回家，他在黑漆漆的电梯间看门，然后拿那只好的眼睛盯着我，多么阴间！"菲比危言耸听，仿佛在讲都市怪谈。天真笑了，迎合她："确实很可怕，看来菲总很勇敢嘛！"

"那当然！"菲比骄傲地挺起了胸脯，做了个鬼脸，"我加完班啥都不怕，我的怨气比鬼都重！！！"

"那我也给你讲个都市怪谈吧，"天真也开始神秘起来，"你在纽约过过圣诞节吗？""没有，不过我能想象纽约的圣诞节有多美。""不是，"天真继续卖关子，"有一次圣诞假期，我住在中央公园附近，晚上从酒店往楼下看，你知道纽约下雪的时候巨冷到处都是白色的。"菲比被他的故弄玄虚吸引了，连连点头，"后半夜大街上没什么人，然后有个老头从黑暗中走来……"气氛渐渐变恐怖了，菲比睁大双眼，"他一手提着一个大麻袋，一手握着一把铁锹，衣衫褴褛，脸上都是皱纹好像还有伤疤，他就这么佝偻着背，从麻袋里掏出东西往地上撒……""然后呢？"菲比的眼睛瞪得更大了。"他突然停下来了，然后好像知道有人在看他，于是抬头望向我，我就和他目光对视了……"天真还在进一步渲染气氛，"等等。"菲比皱眉盯着天真的眼睛，"你骗我，这是《小鬼当家》里的场景。"天真没想到在准备吓唬菲比的最后一刻被抓包（他本来打算渲染到极致然后大喊一声的），只得认怂："完了，怎么被你看出来了！"菲比揪着他的耳朵说："你是不是想吓唬我，告诉你，我可是《小鬼当家》骨灰级粉丝！"天真哈哈大笑："我也是！我小时候看了不下二十遍！"

"哼，看在有共同爱好的分儿上我原谅你，"菲比故作姿态，"我可是太喜欢他们家过圣诞节了！小时候还要求我爸妈复刻一次，我们买了好多圣诞装饰，然后把礼物藏在各处让我找，可惜我家没有壁炉，也没有阁楼。"我小时候最喜欢看他们拆礼物了，羡慕死我了。""像你这种有钱小屁孩儿还羡慕别人啊？你家就你一个孩子礼物还不堆成山了？"菲比不相信。

"咳，我爸妈给我花钱上培训班毫不手软，但从来不送我节日礼物，生日礼物都是网球课、奥数班之类的。"天真无奈吐槽，"我要是学不好，我爸就揍我一顿，他觉得男孩就得比他更优秀。他觉得我学的那些乐器都是花花肠子不入流。""啊，怎么这样！"菲比吃惊。"我小时候最喜欢的生日礼物是我姥爷送的，是一把吉他，后来有一次我考试不及格，我爸直接把吉他从楼上扔下去了。""啊——情绪太不稳定了吧！"菲比家从小家庭和睦，对这种暴力养育简直闻所未闻。"可怜的孩子。"菲比深表同情，天真笑了："都过去了，我去美国读书后买了好几把新的。"

但两人都知道，姥爷的那把摔碎的吉他才是他的最爱。

"得，我给你看看我在澳洲住的小房子。"菲比搜了墨尔本，街景瞬间从高楼大厦变成了一排排可爱的维多利亚式小联排，她搜了几条街，停在一个白色的小房子前。"你看怎么样！可爱吧？二楼是我的房间，我还有一个小阳台。""等等，我看看，"天真以为看错了，"不会吧？我给你看看我在美国的房子。"他拿过鼠标输了一个加州的地址，街景上出现了另一座小房子，和菲比的房子相似度 99.999%。"不会吧？"菲比讶异，一个北美一个澳洲，竟然有一模一样的小房子。"也许他们抄的同一套图纸，"天真伸了个懒腰，往椅背上一靠，摆烂道，"毕竟咱们这行就是你抄我抄大家抄。"菲比哭笑不得："只能这么解释了！"天真看着这个房子，笑着看着菲比："我住三楼，也许在平行时空里我们是室友呢！""也许吧！"

"领导！看我给你抢到了什么！"只见小行知冲了过来，捧着一个印着安睿 logo 的 cup cake："这是最后一个啦！""太谢谢啦！"看着孩子想着她，菲比竟然有点感动。当然小机灵鬼也不能亏待别人，给了天真几包小包装的膨化食品，显然没有送给菲比的用心。

Happy Hour 结束了，大家都陆续回到工位开始工作。菲比吃着小行知抢来的蛋糕，心里美滋滋的。她把这美好的心情归功于糖分超标带来的多巴胺，其实让她快乐的是可以和一个人有说有笑地重游自己走过的路，哪怕是一段在电子地图上的旅程。

天真年轻得像一棵刚刚发芽的树，然而他的内心是废墟一片，无比萧瑟。儿时被击碎的梦想早已无处可觅，叛逆的反抗像螳臂当车，有一种无力回天的绝望。他不知道自己还有什么梦想，但是他在这一片荒凉中看到一个闪闪发光的灵魂，笨拙又聪明，坚强又脆弱，有着近乎愚蠢的执着和不可理喻的理想主义，他不知不觉想跟随这束光，拥抱它，与它同行。

25. 午夜恶作剧

要说这林子大了什么鸟都有，这公司大了是什么关系户都有。菲比刚到安睿的时候觉得人人都是职场精英，都是千挑万选百炼成钢的社会精华，等她在这职场丛林中摸爬滚打了一阵，才知道根本不是那么回事儿。

就说这景观组的项目运营助理肖恩吧，是一位岁数不小的男士，平时梳着一个三天不洗的大油头，挺着大肚子，身着米色里透着灰、领子软塌的 Polo 衫，形象颇为邋遢。更离谱的是他也不是学设计专业的，而是英语专业出身。菲比刚来公司的时候觉得奇怪，一般运营助理不都是招一个文静大方的小姐姐吗？为啥景观组是个油腻大叔？就连他的领导沈妙都受不了，经常吐槽："肖恩的表格上的数字又做错了，生孩子的是他老婆啊？怎么他也跟着孕傻了？"要不就是"肖恩真该注意一下形象了，他那个头太邋遢，真怕大老板视察的时候看到他"诸如此类。

有一天娜娜给菲比揭晓了秘密，那天两姐妹在 M Stand 店里喝新品咖啡，娜娜环顾四周，确认没有熟人后把菲比叫到耳边："来来，我给你讲一个大维的八卦！"大维原名维多利亚，是北京办公室的 HR 人事经理，也是十几年的老员工了，大维可不是一般人，美国大老板来视察的时候都是她全程陪同的，要是她想吹谁的风易如反掌，公司的老人们对她可是毕恭毕敬。菲比和大维不熟，只觉得她 presentation 很厉害，英文不错，场面话吹得头头是道。大维身材极为圆润，经常做着长长的华丽美甲化着欧美妆容，胖胖的腿下面是踮得高高的小脚丫，穿着能戳死人的细跟高跟鞋，脚背都快打直了还能在各种地毯石材地面上如履平地。大维的形象给菲比留下了深刻的印象，她和菲比认识的一位童年阴影卡通人物长得极为相似——《小美人鱼》里面的乌苏拉。

大维和乌苏拉的
相似程度
99.99%

娜娜跟大维是有点儿过节的，当年 Ken 刚刚从深圳转来北京办公室，整组人遭遇了北京规划组老大的排挤，不知用了什么理由给他整组人都降了薪，当时的方案是大维和团队成员一个一个谈的，现在娜娜都耿耿于怀："五千块钱啊！给我的月薪降了五千元！我要再当几年牛马才能涨回来？"大维谈降薪裁员之类的颇有一番手段，别看娜娜在这里吐槽的气势挺足，当时还不是迫于她营造出来的令人窒息的压力，乖乖在同意书上签了字。

　　"你知道吗？大维小时候家里特别特别穷，一度吃不上饭！"娜娜喝了一口咖啡，幸灾乐祸地说，菲比吃惊，难以想象现在光鲜华丽营养过剩的大维曾经挨过饿。"她和你们景观组的运营助理是亲戚！就，那个油头的男的！听说当年生活和上大学都受了肖恩家里接济。""啊！原来如此。"菲比终于明白肖恩的工作是怎么来的了，滴水之恩当以涌泉相报，何况是雪中送炭的亲戚呢？在业务组给这样的亲戚谋个闲职也不为过，还能在业务部门安插一个自己人，大维此举可谓一举两得。

　　这肖恩也不算离谱，毕竟他也在按部就班地干活儿。要说有关系，谁没个千丝万缕的关系和背景呢？白姐姐的老父亲是国内知名的规划专家，平步青云还是沾了一点父辈名望的光。给菲比上项目经理培训的叶总的儿子正在意大利学设计呢，她早盘算好了孩子毕业给安排在安睿最当红的那个组（可惜孩子毕业时这行已不是肥差，估计肠子要悔青了）。就连天真也是家里托关系进的公司，他现在还是组里唯二没有硕士学位的设计师。

　　另一个唯二是一位真正的奇葩，名叫史大鹏。和其他人不一样，他基本上啥活儿都不干，每天就是坐在工位上刷视频，玩手机，偷瞄美女。据说史大鹏是山东某技工学院的学历背景，刚毕业两年，毕业后就被安排进了安睿。史大鹏似乎有些社交障碍，极少和人说话，他留着一个极不整洁的狗啃式短发，圆圆的脸上戴着啤酒瓶底一样厚的眼镜，使得他的眼睛看起来更小，身上的衣着打扮极为随意，看着他袖口的破洞，甚至可以说有些寒酸。要说天真这种一身名牌的小孩看起来的确像家里有点儿资源的，史大鹏的背景实在是让人难以捉摸。

史大鹏还有些比较不得体的行为，比如总爱坐在漂亮前台妹妹的座位上，翻她的私人抽屉。或者是在狭窄的走道里遇到对面来的同事从不谦让，直勾勾地撞上去，一副精神不太正常的样子。有一次菲比就在走廊里和大鹏狭路相逢，被狠狠地撞了肩膀。当时菲比怒火中烧，狠狠地瞪着他："你有病啊！"大鹏无视她的目光，走了。早些时候大鹏还是承担一些工作的，公司曾安排他和一位资深植物设计师画深化图纸，只是烂泥扶不上墙，他学着画了半天不但没学会，还把 CAD 里好多图层都删了。气得植物设计师把和大鹏一组画图的小妹骂了一顿，小妹委屈跑去找菲比哭诉："明明是大鹏他干砸锅了，干吗要骂我一顿？呜呜呜。"菲比一边鄙夷这位植物设计师的尿劲儿，一边感受到了大鹏的神秘地位。她决定以后对大鹏敬而远之。

后来有天钱尔森和她开盛誉项目的会时吐槽："你们组那史大鹏真是个傻子，搬到我们规划这边坐着，一天天地惹事儿，老坐在漂亮姑娘座位上赖着不走！这不是性骚扰吗！"（是的，大鹏经常和一些同事发生冲突，然后行政会安排他换到一个新座位上。）"他到底是谁的人啊！"菲比趁机八卦，"咱们公司怎么供着这么一个活祖宗！""他是许老板的穷亲戚。""许老板？那个全球总裁许冠生？"菲比诧异，"许老板是台湾省人，怎么有大陆亲戚？""两岸一家亲嘛，许老板的老母亲是山东人，在那边还是有些亲戚的。"许老板可是安睿的皇帝，风度翩翩能力超群，走到哪儿都像大明星一般，菲比很难把这个头上净是头皮屑的猥琐社交障碍男和他联系在一起。她轻轻叹了一口气，感觉自己对大老板的滤镜碎了一大块。

"真给许老板丢人！"钱尔森总结道。

菲比头点得像鸡啄米：Cannot agree more![1]

再补充一句，钱尔森也是关系户，他爸爸是国资大银行的行长，他去美国读研的推荐信是许老板亲自写的。

周四下午萌萌突然发来微信："我有两张北展剧院音乐剧的票！可是我临时有事去不了了！你要不要收！！！"菲比寻思着周六晚上没啥事，回答："收了！！！"然后她不假思索地坐着办公椅滑到天真旁边："嘿，周六有音乐剧，要不要看！"天真对这突如其来的邀约怔住了五秒钟，也许是幸福来得太突然吧，回过神后他马上答应了，并且补充："我负责开车！"菲比高兴："就这么愉快地决定了！"

等晚上找到萌萌拿票，才发现是法国音乐剧《罗密欧与朱丽叶》，菲比顿时觉得和天真看这个剧会不会有些暧昧了，又安慰自己别想太多，这个音乐剧如此精彩，她在 B 站看了无数次都"盘包浆"了，必须冲！

北京的初冬，凛冽的西伯利亚寒风挟带着北方特有的干爽味道，树枝上的叶子已所剩无几，城市在暖阳下反而显得更加明亮起来。周六就

---

[1] 不能同意更多。

是这么一个天气，天真下午5点钟就到了菲比家门口接上了她，二人坐在车里喜气洋洋的，心情像那一尘不染的天空般美好。他们就一路聊天，一路看着车流和风景，到达了北展剧院。

"你喝过豆汁儿吗？"天真突然问。"不瞒你说，我还真没喝过，我奶奶以前喝。""我跟你说，我们小学门口有家豆汁儿店，我们放学了会跟同学一起去喝。""你们小学的时候口味就这么重了？"菲比似乎又受到了冲击，"也许这就是代沟！""别扯什么代沟，你要学会接受新事物。""这是什么新事物，这是老事物。"菲比哭笑不得。"那你吃炒肝儿吗？""不吃。"菲比撇了撇嘴，"太重口了，不吃内脏。"天真又问："那你吃过香妃烤鸡吗？""吃过！爱吃！你怎么知道香妃烤鸡的？""我小时候吃过啊！我妈从幼儿园接我，然后老带我去西单的香妃烤鸡吃饭。""西单的那家？我小时候也吃！"菲比笑了，"童年回忆，也许我幼儿园的时候就见过你了。"天真也笑了。菲比掐指一算，天真上幼儿园的时候她都上中学了，也许哪天放学后在烤鸡店，旁边坐的小小孩就是眼前这个好大儿呢？真的难以置信，逮到这个机会，菲比又开始倚老卖老了："你看看，你流鼻涕的时候我都上中学了，哼！"

试想穿着初中校服背着大书包的菲比，乖乖坐在座位上等妈妈取餐的天真，可能曾经共享过一张餐桌吃饭，让人不禁感觉好笑中又有那么一点点可爱。

两人聊着聊着就随人流进入剧院，萌萌给的票座位真不错，观众席座无虚席，菲比无比期待的音乐剧现场比视频上看还要精彩百倍。虽说这部《罗密欧与朱丽叶》并不古典，不过歌曲脍炙人口，舞美绚烂夺目，演员也是风华绝代，整个演出精彩纷呈，菲比看得聚精会神。

她的心情已完全代入了这烂熟于心的剧情，在大教堂的那场戏中，背景中巨大拱门的天使们不再是雕塑，而是一位位美丽舞者，她们身着白衣，为新人起舞，那场面圣洁又唯美，如泣如诉。

爱就是永久地活着，

爱是攀缘至高峰之巅，

爱是轻抚飞鸟双翅……

不知不觉间菲比已经潸然泪下，她又怕被天真看见，不敢擦眼泪，只能坐着不动默默任泪水流下。其实天真早就看见了，他把纸巾攥在手里想递给她又怕她尴尬，最后还是决定假装没看见，让菲比好好看完演出。

在壮观的大合唱结束后，全体观众起立爆发出雷鸣般的掌声。最精彩的部分来了，演员谢幕的时候唱起了《世界之王》，全体观众又回到了罗密欧和两位好友无忧无虑的时光。整个剧院沸腾了，菲比和天真的手都鼓掌鼓麻了，最后两个人踩着这首歌的节奏大摇大摆地走下了剧院的人台阶，仿佛他们此刻成了真正的世界之王。

天真意犹未尽，他突然在台阶前来了一个芭蕾舞的大跳，然后大声用法语唱起了《世界之王》，他唱得有腔有调，很是投入，吸引了不少散场观众的注目礼。菲比一时分不清，他是天真，还是刚才舞台上的罗密欧。此时此刻，他这么自由快乐，风姿俊朗，神采飞扬。

这一番表演结束，竟然有大叔捧哏："嚯！小伙子唱得真不错！"菲比感叹："没想到你还有如此才艺！"天真骄傲地说："那是，这么多学习班不是白上的！"

天已全黑，气温已经很低了，天真和菲比都把手插进兜里，挤在一起在黑漆漆的人行道上走，天真说："既然你不爱吃炒肝儿，那咱们去附近的肯德基吃饭吧。"菲比冻得直哆嗦，对这个方案表示认可。"啊！"突然菲比踩到了什么，往天真身边躲了一下："哟！我踩到一口痰！！！"天真表示无奈："嘿，个别城南大爷就爱随地吐痰，你看着点儿！"说着二人加快了脚步。

二人贴在一起赶路，猝不及防有个大爷迎面出现在他俩面前。大爷完全没有要礼让的意思，在距离天真和菲比不到一米的距离，发出了一声长长的咯痰的声音，完全没给天真和菲比反应的机会，便以迅雷不及掩耳之势吐了口痰，只见这口痰以超音速飞进了井盖上的小洞里，精准得恐怕连神枪手都望尘莫及。是的，如果随地吐痰罚款的话，我们也并不能罚大爷的钱，大爷并没有随地吐痰，大爷直接吐到井盖洞里了！

目睹了这一绝世神功的天真和菲比呆住了一秒钟，然后两人极有默契地一百八十度大转身，天真迅速抓起菲比的手，两人以百米冲刺的速度从大爷面前逃开了，并发出了一串长长的："哈哈哈哈哈哈哈哈哈哈哈哈哈哈哈哈哈哈哈哈哈哈哈哈哈哈哈哈哈哈哈哈哈！"

大爷在寒风中摸不着头脑，感觉遇到了两个神经病。

跑出一百米开外，两人边弯腰喘气边笑个不停，"这个……这个大爷的吐痰神功也太厉害了！""你大爷还是你大爷！""哈哈哈哈哈哈哈哈哈哈哈哈哈哈哈哈哈哈哈哈哈！"一阵爆笑，两人的腹肌都获得了充分的锻炼，菲比边笑边想：今天消耗的热量可以多吃一包薯条了！

直到进了餐厅，天真才松开拉着菲比的手，两人点了好多吃的，菲比突然想到了什么，又开始卖弄起来："你吃过肯德基的菜丝沙拉吗？"天真摇摇头："那是什么？？""你看看，小孩就是没吃过，可好吃了，酸酸甜甜的，配原味鸡超赞！"她这个架势像"小学鸡"炫耀自己有别人没有的零食。天真说："那为什么下架了。"菲比也纳闷儿："我也不懂，明明这么好吃的东西，就像麦当劳的奶昔也是。"突然天真的目光凝固了，他悄悄指了指角落的桌子，示意菲比看一下。

一个大胡子男子在吃别人剩下的东西。

菲比的心一下子沉下来了，也许是今天的感情起伏过于强烈，眼泪又在她的眼眶打转了。寒风刺骨，有人食不果腹，感谢善良的店员，没有赶走他。

天真没说什么，转身去柜台又买了一个套餐，然后放在邻桌："别吭声，他一会会来拿的。"两人默默地吃完饭，把完整的套餐留给了这个大胡子。

回停车场的路上，菲比一直沉默不语，天真问："怎么了？"菲比说："你知道我为什么要离开画廊的工作吗？""说来听听。"

"在画廊一切都是光鲜亮丽，动辄几千万的艺术品，客户都是高素质的富有阶层，但我还是走了……""为什么？""那不是真实的世界，我想，我想帮助真实世界的人们过得更好。""你是个设计师，不是慈善家，怎么帮他们呢？"菲比的心也很乱："也许……修一个特别好的公园，让住不起高级小区的普通小孩也有各种游乐设施……或者所有的人行道都有标准的残疾人坡道，老爷爷老奶奶可以安全地走路……"她越说越没信心，眼泪又憋不住了，"可是我帮不了这种人。"

"托你的福，他今天可以好好吃饭了。"天真安慰她，菲比抬头看着他由衷赞美："吴天真，你是个善良的好同学。"天真说："过奖了，冷羽菲同学，日行一善，大吉大利。"

现在已是晚上11点了，但这天显然还没有结束。

在回程的车上，菲比突然觉得肚子一阵难受，难道是刚才可乐喝多了？还是冷风吹多了？她感觉自己马上要上厕所，这可真不是时候，到家还得半个多小时呢！没办法她只好摊牌："不行了，我肚子疼，我想上厕所。"天真本来在专心开车："啊？这儿哪儿有厕所啊？商场也都关门了。"菲比涨红脸咬牙说："我还能坚持一会儿，要不我们去公司吧？"天真说："要不找个酒店？我在瑰丽门口停一会儿？"菲比说："不要，太尴尬了，还是去公司吧。"

"得。"天真一脚油门，"让你见识一下我湾区（美国）车神的速度！"汽车在引擎的轰鸣中一溜烟开到了金贸楼下。菲比下车的时候，天真不放心："要不要上去陪你？"菲比边跑边说："不用！！！你在这儿等我！"随即冲进了大堂。

上了楼她便有些后悔，周末的公司漆黑一片，怪吓人的，她又找不到灯的开关，只能摸黑去了厕所。等菲比出来的时候走过前台的大门，突然发现前台后面是亮的，好像坐着一个人。

她顿时感觉毛骨悚然，这不会又遇到办公室灵异事件吧？菲比一边腿软，一边往前台走去，还是想一探究竟。她发现电脑后面确实坐着一个人，电脑屏幕的光打在他脸上极为诡异，两片厚厚的镜片全在反光。菲比认出，这是大鹏！他坐在漂亮前台妹妹的座位上，在看一些诡异的视频！

大鹏本来全神贯注，未承想一个黑影出现在他面前，还发现了他在看什么，顿时恼羞成怒。他猛然站起来想去追那个黑影，黑影转身往办公区跑去。

菲比其实就想从前台旁边的玻璃门出去，不料大鹏突然站起来显得很有攻击性，鉴于对他精神状态的怀疑，她很怕大鹏做出些发疯的事情，看到大鹏一副想要冲过来打人的样子，她大叫一声往办公区跑去，害怕极了！

正在大鹏要追上菲比的时候，天真出现在大鹏身后，他拿外套蒙住了大鹏的脑袋，然后灵巧地给了他一个扫堂腿，在大鹏失去平衡之际拽开了自己的外套，拉着菲比躲到桌子底下去了。只听叮里咣当的一阵，大鹏栽了个跟头，几秒钟后他嘴里骂骂咧咧地爬起来，在黑暗中找了半天找不到肇事者，气哼哼地走了。

今天是不是太跌宕起伏了？天真和菲比在桌子底下一直憋着笑，今天他们恶作剧了公司排名第一的关系户，Bravo！

直到确认大鹏离开了办公室，天真和菲比才从桌子底下钻出来，哈哈哈地笑个不停，菲比一边捂着肚子，一边擦着眼泪说："今天……实在是……太刺激了！"

"小学鸡"的快乐就是这么简单。

26. 年会盛典倒计时

"小学鸡"的快乐也是要付出代价的，天真的高级羊毛西装裂开了一个大口子。

二人跑回车里才发现这一灾难性后果，天真正一筹莫展之际，菲比夺过了这件外套："交给我吧！大望路有个极好的裁缝阿姨，保证修复如新！"天真对缝纫不甚了解，只得交给菲比。菲比打开一看——是一件 YSL 的外套。嗬！有钱小屁孩儿！

第二天她和萌萌相约在东方大班做美甲，并向萌萌汇报了看演出的情况。萌萌喝着茶，意味深长地看着她："你公司这个帅弟弟蛮有意思的，他是不是喜欢你啊？""不会吧？"菲比诧异，"那大周六的，不去约漂亮妹妹，要陪你去看演出？还车接车送？"菲比不置可否，憋了半天她问出了一个一直令她百思不得其解的问题："他喜欢我什么呢？"

萌萌叹了口气，觉得好友真的是朽木不可雕也："宝贝，你得提高自己的配得感。"

一语中的，内心深处，菲比觉得自己不配。

休假的时间过得飞快，而都市丽人的工作总是多得溢出到周末。菲比还没来得及好好回味萌萌提出的尖锐问题，工作的信息和邮件就又接踵而来了。盛誉的业主希望在圣诞节前和政府完整汇报一下三里屯项目，希望菲比加快第二阶段工作的进度。白姐姐也发来信息，希望她尽快更新今年的项目介绍。菲比叹了口气，她做完美甲就回公司加班，等再抬起头的时候太阳已落山。不知是昨天透支了太多情绪，还是周末办公过于消耗，菲比觉得很累，她什么都不想思考，只想好好睡一觉。

周一早上，吉娜把聚餐的微信群名改成了"年会节目冲冲冲"，小行知马上回了一个"冲啊"的表情包。原来已经进入 12 月了，距离年会只有不到一个半月的时间。作为每年的年会节目统筹积极分子，吉娜已经在紧锣密鼓地准备了，并且已经动员好天真和小行知当演员，并向大家传达了沈妙的指示：今年的节目一定要比往年更精彩，必须拔得头筹。

各位可能觉得一个年会节目，不就是上台唱唱歌跳跳舞，何必如此兴师动众。那么首先我们得介绍一下安睿相当隆重的年会。不同于一般设计事务所的年底聚餐和团建，安睿的年会仿佛一场巨大的商业年度盛典。首先，举办的地点是五星级大酒店的巨型宴会厅，并配以专业的舞台舞美，灯光音效，摄影师，主持人以及化妆师。每年的年会要有不同的主题，并通过主题来设计嘉宾签到背景板，拍摄背景板，各种物料以及女孩子们最关心的部分——dress code。其次，是参加年会的重量级人物们，通常中国区的老大和亚太区的老大们是必须参加的，林林总总的资深总裁就得有十位以上，据说今年全球副总裁许冠生也要来，与其说年会是回馈员工加强公司的认同感，不如说是为各位老大定制的秀场，娱乐领导的同时让各个办公室的头儿们也刷刷存在感。最后，年会盛典也是各个办公室 PK 的大舞台，中国区的行政会把老板的年会行程排成一个详细的表格，一个老板要参加 5~6 场年会，年会的节目精彩程度直接影响了老板对办公室的印象，为了脱颖而出，各个办公室的行政、运营和 HR 都绞尽脑汁，拼命卷。

刚进公司的某些小白还傻呵呵地问为何不把年会的钱省下来，折成奖金发给大家，基层员工还能多得点实惠。这年会盛典就如办公室的租金和装修，是万万不能省的。就好比安睿的竞争对手公司，年终奖可以给大家减半，但年会的规格不降反升，几千号员工要去新加坡参加年会，就是给外界释放"我们很好很强很壮大"的信号，用老祖宗的话说那就是"打肿脸充胖子"。Whatever，装点公司的门面可比员工多拿点钱重要多了。

今年北京的年会由运营副总裁仙帝姐姐亲自组织，仙帝姐姐英文名Cindy，和老牌名模辛迪·克劳馥同名。不过大家都觉得仙帝这个名字更适合她。首先是仙，仙帝姐姐有一种不食人间烟火的气质，她时常衣着华丽的新中式套装，步履芬芳，无论待过哪个房间都能留下馥郁浓烈的香气。医美和浓妆的加持让人完全看不出她的年龄，她的脸上没有一丝皱纹，甚至没有什么表情。然而黯淡无光的双眼似乎又出卖了她，当然，也有可能是她的粗眼线和过于浓密的假睫毛掩盖了眼睛的一切情绪。仙帝姐姐的头发也是精心挑染的棕色，她从来没有漏出过或黑或白的发根，她的一切似乎被一些华丽但毫无生气的躯壳包裹住，和劳苦大众不在一个图层上。其次是帝，作为北京运营副总裁的她掌握着一切项目的审批大权，她就如同女帝一般的存在，在设计师面前横行跋扈的沈妙对仙帝可是毕恭毕敬，天天"仙帝总仙帝总"地吧啦吧啦，更不要提HR和行政了，雪莉姐姐也是对她小心伺候，仙帝获得的待遇如同《甄嬛传》里的皇后娘娘，一时风光无二。

菲比更好奇仙帝姐姐的升迁路径，心里默默希望能从她的职业发展中获得一些借鉴，也暗暗希望有一天能达到她的职场高度。

仙帝对这次北京的年会组织格外重视，不仅仅是她的老领导，现已升迁到全球区的许冠生会来，此次年会还会为她本人颁发十五年长期服务奖。是的，一个女子用宝贵的十五年爬到如此高位，她当然希望颁奖仪式的隆重程度配得上她付出的青春芳华。

最终年会的主题被定为"仙侠英雄，谁与争锋"，既迎合了仙帝姐姐的审美取向，又体现了她作为领导创造新业绩的胸有成竹，一石二鸟。听到这个主题，小行知沸腾了，作为仙侠剧爱好者的她有无数个想 COS 的对象，每天的摸鱼内容从和男朋友聊天变成了在 B 站刷仙侠造型的妆造。

吉娜可是愁坏了，仙侠世界如此辽阔，如何选择相应的素材，把天真的唱歌才艺，和若干个小朋友的编舞结合在一起呢？而且仙侠的妆造假发也是比较花钱的，沈妙仅仅批了两千块钱的预算，还需要吉娜先垫付。

行政每天都定点各个组的节目负责人对进度，每次来吉娜这儿，还不忘了火上浇油："哎哟你们景观组可要抓紧时间排练节目啊，人家隔壁规划组都排练得七七八八的了，很精彩呢！你们怎么还八字没有一撇呢？"

气得吉娜在工位上骂："老娘每天要画这么多图，还要搞这个破节目！回家还得检查儿子作业！行政这么闲他们怎么不自己搞个好点儿的节目呢？"

说来也是奇怪，一般都是业务最忙的组里才俊辈出，规划组啊，景观组啊，会唱歌会跳舞会乐器的大有人在。而最闲的组比如行政啊，HR 啊，连一个唱歌不跑调的人都找不出来。这不禁让人感叹人与人的参差之大，能者多才多艺，庸者乏善可陈，最终的结果就是业务最忙的设计师们又扛下了年会的重头戏，工作量加倍。吉娜带着天真、行知和其他几个小朋友，一到中午就去金贸的避难层商量节目，而且经常遇到最大的竞争对手规划组。两个组摩拳擦掌，都想拔得头筹，恨不得安插"间谍"到对方团队，打探对方的最新创意。

设计师们不但要排练节目，组里的平面设计师也被行政借走去做年会的物料了，什么背景墙啊海报啊，仙帝几乎每三天就要 review 一次，改个不停，平面设计师都快疯了。更要抓狂的要数几个项目经理，年底将至，业主对设计成果都催得紧得很，不但平面设计师被借走了，还有好几个小朋友不是排练节目，就是被 HR 拉去做几位长期服务奖老大的视频，人手不足。每位项目经理被业主们催得焦头烂额，没少挨骂。

菲比也在焦头烂额中，盛誉的项目下周就要交完整的概念成果了，汇报的压力都在菲比这里。白姐姐是彻底不管这个项目了，倒是给了菲比自主设计的空间，但菲比有时候觉得自己就像刚学骑自行车的孩子，总需要一个大人在后面扶着掌舵，哪怕是那个大人早已在后面悄悄松手，她也会觉得有个依靠，获得一些心理上的安全感。

这个时候她开始怀念泰山了，甭管泰山多么喜怒无常，多么要求苛刻，他总会在关键时刻提点一下设计，指明方向。而他指明的那个方向恰恰能顺利通过汇报，并且给业主带来耳目一新的惊喜，达到点石成金的效果。怪不得他能在公司这么张扬，人家业务能力就是一流啊！菲比边想边痛恨自己的才疏学浅，又转念一想：我没有女性领导可以有样学样，但我可以学泰山啊！

思路一打开，她便觉得豁然开朗。于是她把自己画好的十个方案排成一排钉在身后的墙上，每天盯着这些图模仿泰山的思路评图。她把自己代入泰山，对着这十个方案踱来踱去，一会儿对着这张图纸说："做得太碎了，一点也不大气。"一会儿又对着那张图纸说："这个设计一点也不好看，太逊了啦！"连口音都变成台湾腔，搞得刚排练回来的天真看得一脸蒙，感觉她有点走火入魔了。

27. 化相亲（干戈）为商务（玉帛）

在纠结了两天两夜后，菲比终于选出了一个相对不错的方案，不过她还要再深化一下才能放心给天真和小行知建模，CPU 快烧干的她偷偷下楼点了支烟。

刚抽上一口，手机突然响了，一看是母上大人打来的视频，她顿时慌了神，赶紧掐掉了香烟，扇了扇嘴边的烟雾，整理了一下头发，做了一个乖巧的笑容，点开通话："喂？妈妈，咋的啦？"

"菲菲啊——这几个周末你都没回家，妈妈看看你怎么样啊？"

"我？挺好的，除了加班有点儿多。"菲比继续做乖巧可怜状。

"菲菲啊，妈妈跟你说个事！"今天母上大人的语气竟还有一丝丝讨好，菲比瞬间有了不祥的预感，果然——"你张阿姨前两天来家里做客了，说她认识位青年才俊，要介绍给你啊！"

菲比的家庭氛围非常开明又欢乐，远没有天真家这么压抑，然而世界上没有什么是十全十美的，引爆幸福和谐的最大炸弹就是——相亲。

这也不能怪爸爸妈妈，菲比前些年谈了几个外表惊艳但人品不佳的对象，每次分手都搞得鸡飞狗跳，早已在父母面前深刻地留下了"以貌取人，遇人不淑，识人不清"的印象，于是时不时从各路亲戚朋友那里获得一些适龄男子的信息，希望在女儿完全踏入"剩女"大军的前夕觅得良人。

父母爱女心切，但他们早已对一线城市的择偶市场没有概念，在帝都 CBD，体面优秀的女孩子一抓一大把，相同背景条件的男孩子凤毛麟角，并经已早早被捧上神坛，俗称"惯坏了"。那些披着成功外衣的"才俊"，不是最终觅得让他少奋斗二十年的岳父，就是成为各个交友软件上流连忘返的花蝴蝶，炮友比衣服换得还勤，准备玩够了再觅能让人少奋斗二十年的岳父。

而在相亲市场上深耕的男子们，往往现实中并不是那么吃香，学历、背景、气质仪表并不优越，其实他们更接近"剩"这个形容。大多数都市丽人是主动选择单身，而相亲男生们相反，他们很多是被动选择单身的。然而这个社会就是这样，贬低的词汇往往加注在女性身上，主动选择单身的女生们被冠以"剩女"标签被媒体大肆羞辱，而剩下的男生们好则被称为"青年才俊"，再不济也是适合过日子的"经济适用男"。

"菲菲啊，今晚这位小陈就在国贸这边，你们要不要见面吃个饭？"

"哎呀妈——我这两天忙着呢！根本出不来，领导还要开会呢！"菲比希望通过撒娇耍赖搪塞过去。

"你们领导再忙，也得吃饭啊？"母上大人不依不饶。

"那个张阿姨靠不靠谱啊？她说是青年才俊就是啊？你知道的，现在的老阿姨，只要是年轻的男的在她们眼里都是才俊……"菲比只得转移阵地，再垂死挣扎一番。

"菲菲！怎么越大说话越没大没小！"老爸突然蹿了过来，只见他老花镜夹在鼻尖，手上戴着劳保手套拿着一个园艺剪子，原来老爸一边在阳台上收拾园艺，一边关注着事态进展。

"不能打媒人脸！人家张阿姨是好意，你不能这么没礼貌！"话已经说到这份上，不去就是丢了全家的教养和体面，菲比撇撇嘴，苦楚的表情像极了一口气干了三管藿香正气水。

视频挂断，母上大人马上发来了对方的微信名片，菲比注视良久，点了一个添加。然后再掏出一支烟点上，深深地吸了一口，缓和一下身体的疲乏和内心的焦虑。

上了楼，菲比迅速收拾了一下草图，还补充了几张细节的设计手稿和意向图，她给天真和小行知讲解了一下设计思路，让他们排练回来做模型，话音未落，俩孩子就急匆匆地跑路了。原来今天是年会节目第一次评审，仙帝姐姐亲自坐镇，吉娜早就在大会议室就位，在群里一个劲儿催天真和小行知。

　　菲比叹了一口气，搬起电脑去二号会议室参加白姐姐组织的年底项目 review。刚刚坐下，就看见那位小陈通过了她的好友申请，在大家听白姐姐汇报听得昏昏欲睡之际，她准备悄悄研究一下这位"青年才俊"。

　　这位小陈的微信名叫"宁静致远"，微信头像是一处湖泊和山峦，看起来似乎是瑞士某地，朋友圈仅三天可见。总之，除了头像和微信名像极了菲比认识的体制内领导外，没有再多的信息可以挖掘了。

　　差不多下午5点，对方突然发来信息："我刚开完会，我们6点半银泰中心的荣小馆见吧。"没有询问菲比忙不忙的意思，菲比心想还要坐一站地铁过去，算了，不计较，速战速决！

　　到了荣小馆，菲比左顾右盼，最后发现角落里一个深蓝色的身影冲她招手，原来小陈也不知道菲比长什么样子，看见一位时髦外企白领样子的女孩进来也不敢认，又点开菲比的微信头像看了半天才敢相认（顺便一提，菲比的新头像是她在巴黎圣母院前喂鸽子的照片，脸正好被一只扑棱的鸽子翅膀挡住）。

　　小陈看着菲比朝他走来，心里还是有些落差的。菲比太高了，穿着深色宽肩西装和呢子大衣一副又贵又不好惹的样子，脸倒还算清秀，但一脸高傲的样子让人不好接触。这和张阿姨介绍的不一样啊！张阿姨说她是大家闺秀，那不应该是一米六不高不矮的个子，穿着软乎乎的马海毛粉色毛衣和格子裙，带着甜美温婉的笑容才叫大家闺秀啊？实际上，小陈心目中"大家闺秀"的那种穿搭风格在小红书和淘宝上叫"好嫁风"。

菲比走近看小陈，也是悬着的心落了地，他的形象和他的微信头像气质蛮符合的。小陈身着体制内无logo的深蓝色夹克，里面搭配的是白衬衫和V领羊毛衫，脚上穿着锃亮的黑皮鞋，衬托得他搭配的白袜子格外耀眼。"除了迈克尔·杰克逊可以穿黑皮鞋白袜子，别的男士都不行！"菲比的时尚脑细胞在她的脑海里大吼了一声！

如果说大腹便便的油腻男让都市丽人深感不适，那么小陈就是另一个极端，他是传说中的"细狗"。估计是中了"基因彩票"怎么吃都不胖，小陈瘦得前胸贴后背，这倒是能在一众大肚子男中脱颖而出，加上张阿姨有些许老花眼和年轻滤镜，猛一看称小陈为体制内"青年才俊"也不为过（全靠同行衬托啊）。小陈的脸又尖又瘦，他的眼角也是尖尖的，甚至他张嘴时的牙齿也是尖尖的，再加上一副金丝眼镜和不苟言笑的表情，让菲比想起了小时候看的《邋遢大王》里的老鼠，竟然多了一份戾气。

菲比走上前不知如何称呼为好，竟脱口而出："您好您好，您就是陈总吧？"像极了第一次见业主。

小陈听到这个尊称竟然非常受用，表情也缓和了一些，示意菲比坐下："小冷你好，请坐请坐。"待菲比坐下后，他示意服务员上菜："小冷啊，菜我已经点好了。"虽然他双手环抱做防御状，语气上还是很像领导体恤下属，估计是官瘾犯了吧。

二人尴尬地寒暄了几句，小陈就开始了第一轮审查："看来你的工作很忙啊？你今天也加班了吗？"菲比回答今天算出来早的，一会儿吃完饭还要回去加班。小陈诧异："还要加班？外企不都是很清闲吗？"菲比说她是提供专业设计咨询服务的，市场内卷没有办法。小陈低头沉思了一会儿，问道："你们公司的行政部是不是比较清闲？你将来要不要转岗申请到行政部？"

菲比当时正在啃一只乳鸽腿，听了这个问题把乳鸽掉在盘子里，问："此话怎讲？"

"女同志嘛，将来总是要回归家庭的，你换到行政部，才有时间照顾家里和孩子嘛。"小陈自顾自盘算着，学着他领导的语气谆谆善诱。

菲比心想我这么多年寒窗苦读，吃了多少苦做了多少大项目，为的是建设祖国的大好河山，你让我转去做大专生都能干的工作？照顾家庭和孩子？谁的家庭和孩子啊？虽然草泥马在肚子里翻滚，为了家族的体面菲比还是忍下了，她不置可否，狠狠地咬了一口乳鸽腿。

小陈觉得自己的建议被菲比受用了，进而转入第二回合的攻势："小冷啊，你和爸妈住还是自己住啊？平时开车吗？"小陈开始打听菲比的房子和车子了，菲比也不是听不出话外音，实话实说："我平时不和爸妈住，自己买了个 loft，车嘛，我有车牌，但不怎么开，等过两年换辆好点儿的车再开吧。""那你爸妈用着那个车牌呢？"小陈继续打听。"我爸妈用不着我的车牌，他们申请得早，我家有三个车牌，绰绰有余！"菲比心想，我也凡尔赛一把吧！小陈一听眼睛亮了，觉得菲比是座大金矿，转而心情又黯淡下来，想到自己家四口人只有一个车牌，而且，有房有车的女孩一般都主意很大，不好控制啊。

菲比没有感应到小陈的各种小九九，但她已经烦得快爆炸了。见个面，她像商品一般被人审视了个遍：家务功能，生育功能，财务功能。

去你妈的功能！菲比真想跷一个巨大的二郎腿，恨不得鞋底对着小陈的脸，然后点上一支烟，深吸一口后娴熟地吐出一个老手才会吐的烟圈，喷到小陈脸上，说："你审查了老娘我这么多，我倒要问问，你有啥功能呢？"

当然这是她的大女人脑细胞脑补的剧情，为了家族的颜面，菲比露出了一个职业假笑，并暗自感觉苹果肌有些许酸痛。

第三回合小陈竟不知该进攻什么了，菲比为了杀掉剩余的时间，开口问："请问陈总在哪里高就啊？"是的，张阿姨只说小陈是体制内的，具体在哪个部门她就说不清楚了，并用"让年轻人自己聊"这种话搪塞过去。"我啊，我在区里的规划部门工作。"小陈露出了体制内自豪的微笑。本来是随意搭话，却没想到是潜在的甲方爸爸！菲比的眼睛亮了，此时不 BD①，更待何时！

"陈总啊，您单位是不是也管审批城市更新类的项目？""是啊，像北京市的河道改造之类，废弃厂房，旧城改造之类的项目都要过我们部门。"菲比恨不得拍自己大腿一下，幸亏见面叫的人家陈总！"我们公司是全球 500 强企业，专门做基建类和城市设计类的项目，现在城市更新也是我们的一大业务板块，我现在就在负责三里屯的一个旧城改造项目！"说着菲比就从包里掏出了 iPad，打开给小陈展示她刚刚整理好的近期项目资料，pro 就是 pro，随时带着设备，随时汇报！

小陈也看入迷了，菲比展示的建成项目，好几个都是他们计划考察的案例，没想到张阿姨介绍的姑娘这么厉害！世界 500 强！啧啧啧！

---

① 商务拓展。

最后二人在热情握手中结束了这个相亲（商务）局，菲比一边摇着小陈的手一边热情地说："陈总，您这边有什么新项目立项，有什么需要专业服务的，可得随时找我们啊！"小陈也热情回应："小冷啊，真没想到你在这么有实力的企业工作，做的项目这么优秀，真是令我刮目相看！我们也就是能穿针引线，支持你们这种优秀企业发展……你们要多多努力，建设美丽祖国！"

然后小陈示意服务员来结账，并叮嘱："开张发票！"

— 如何用难嫁风穿搭礼貌劝退相亲对象 —

衣着：全套YSL 24秋冬权力套装
风险点：吸引软饭男
风险指数：★★★★★

衣着：用假肌肉衣展现比对方更大的臂围
风险点：被当成变装大佬
风险指数：★★★

衣着：全套Lululemon白云套装
风险点：无
风险指数：○

衣着：全套小丑女cos
风险点：和小丑坠入爱河
风险指数：★★★★★

28. 事业上的巨人，恋爱上的矮子

菲比在回办公室的地铁上沾沾自喜：冷羽菲，真有你的！相个亲都能谈成商务局，你将来一定会飞黄腾达！

然而她的飞黄腾达梦还没做够十分钟，就发现天真和小行知捅了娄子。

菲比回到公司，正看见天真和小行知在合第一版模型，两人似乎觉得工作进行得很顺利，胸有成竹地把鼠标交给菲比供她检阅。菲比转了一下模型，感觉又对又不对，随即发现，这两位小祖宗把模型做反了！！！

因为场地前广场是正方形的，菲比在草图纸上画了一条线示意建筑的外轮廓线，他俩没仔细看，也没看垫在草图纸下面的底图，场地的模型一百八十度大翻转，一整个大乌龙。

菲比看到这个模型就怒了，处理各种纷繁事务和情绪的她一直绷着一根弦，现在这根弦绷断了："你们看看！这模型做得对吗？！"她声音提高了八度，脸已经涨得通红。

天真和小行知还丈二和尚摸不着头脑，边看边说："没错啊？都照着你的手稿建的模型啊？"菲比把手稿砰地拍在桌上："你们再看看！这个旱喷水景广场本来应该在靠近北边建筑商铺的位置，怎么做到南边靠近大马路了？"两小只凑过来又仔细看了一下图纸，才发现手稿上的建筑边线，面面相觑，不作声了。天真的沉默是因为发现自己犯了个低级错误，觉得有些无地自容。而小行知不做声，是在想办法怎么解释，躲过一劫。

"我走之前都给你们讲解过这个草图了！"菲比没有要停的意思，她皱眉盯着两小只，眼里含着泪继续输出，"你们也不是第一天上班了！为什么还要犯这种低级错误！"相比恼怒这个模型错误，菲比更恼怒的是二人的不用心，她觉得每天谆谆教诲仔细浇灌的小徒弟们，怎么连基本的职业素养都没养成？而且她对草图的详细解释对方并没有听进去，自己的努力也付之一炬，她的失望和愤怒夹杂在一起，继而想到每天都要这样 baby sitting，又生出了许多委屈。

本来天真想马上道个歉，把模型改过来的，毕竟是他和小行知没好好看图。然而菲比的反应越来越激烈，也没有给二人辩解的机会，眼看从事情本身上升到工作态度和职业素养，天真转而进入了防御模式，面无表情地说了一句："知道了。"然后坐在座位上看着电脑，没有要开工的意思，开始浏览 ArchDaily 的网页了。而小行知的防御工事是装可怜："菲比……我今天不太舒服……我明天早点来公司把模型改好行吗……？"然后她收拾书包，走了。随即天真也拿起桌上的香烟，走了。

一时间只剩下菲比一个人坐在工位上，如果此刻有音效的话，应该是寒风瑟瑟，远处传来乌鸦哀嚎的回声，最好再落下几片尴尬的落叶。现在流行说"00后"要整顿职场了，菲比今天第一次感受到他们整顿职场的威力。以前的（老）孩子们在工作上如果挨了骂，不管是否情愿，总是能吞下情绪，乖乖改正争取将功补过，那时的领导大多秉承棍棒教育的领导方式，反正下属不敢造次。而如今的小朋友们，遇到不顺心，也不硬刚，直接走人，颇有圣雄甘地非暴力不合作之风范。

这下菲比慌了神，本来是她占理的事情，最后闹得小朋友们都不愉快，还破坏了之前苦心经营的和谐的团队氛围，她成了大坏人。让她更慌张的是，她从来没跟天真吵过架，也没见过他生气。天真在菲比面前，一直是好脾气，不是插科打诨逗趣就是贴心地默默倾听，但是今天他直接走了，菲比感到一阵莫名的失落感和强烈的不安全感。也许是她一直获取着天真提供的情绪价值，忘了他也有情绪需要呵护。

于是她下楼去找天真，他坐在大堂外面寒风中的小广场上，背对着大堂，吸着烟。菲比走到他旁边，干咳了一声，天真看了她一眼不吭声，于是菲比在他旁边坐下，看天真也没有躲开，于是也点了一支烟："刚才是我不对，我情绪失控了。"

"……"天真沉默。

"我不该这么说你和小行知，对不起。"菲比很诚恳。

大真叹了口气："其实是我们不对，没好好看图就做了模型。不过你要知道，大家都不是故意的，而且去准备年会也不是去玩……没有人在摸鱼。"

"我知道。"菲比痛定思痛。

然后他们又沉默地坐了五分钟。

"得！"天真突然站起来，似乎恢复了元气，弯腰看着菲比，"别抽了，该干活儿了！"顺手掐了菲比的烟。

菲比笑了，也站起来双手叉腰摆着一副当领导的架子："得！我宣布，今大的工作到此为止，明日再战！"

天真听了两眼放光："真的？快汇报了来得及吗？"

菲比胸有成竹："来得及！"

"耶！你赶快上楼去拿东西，我去开车！"天真又笑得像个孩子了。

夜深人静，菲比躺在床上，她不得不面对自己搁置不敢去思考的问题了。她喜欢天真吗？她看了看挂在墙上已经修复如新的西装外套，心里觉得又酸又甜：她当然喜欢天真啊！她都无法想象这世界上有人会不喜欢天真。

优越的外表也许是天真最不值得一提的优点，好看的人一开始确实会让人好感倍增，但相处时间长了再美的皮囊也会成为习惯而熟视无睹，而皮囊下有着怎样的灵魂就变得十分重要了。天真善良又有教养，他会认真对保洁阿姨说谢谢，上出租车会和师傅说"您好，师傅"，他会随身带一些猫粮投喂给遇见的小流浪们，会专注倾听别人的谈话但从不 judge① 别人，他知道谁自私谁善良谁耍心眼儿，但是他很少说破，他精通人情世故但是他不世故。

天真有一双特别的眼睛，他的眼眸漆黑明亮，眼白微微泛蓝，如果你离近看，没有一丝红血丝，像孩子的眼睛一般清澈透明。他的眼睛总是看到菲比以为只有她能看到的世界，他能看到餐厅里偷吃剩饭的可怜人，也能看到躲在树丛里饥肠辘辘的小猫，他能看见一片落叶凋零的叹息，也能看到一朵花对生命的礼赞，他能看见大望路雨后粉紫色的晚霞，他也能看见奇装异服的有趣路人。当菲比看到一轮明月升空赞叹自然的奇迹时，她会马上告诉天真，毋庸置疑，他也会望向天空，心照不宣地明白她此刻的心境。

他们的相处总是有说不完的话和笑话。像孩子一般嘻嘻哈哈，他们还可以分享痛苦，彼此拿出最惨痛的情感经历来剖析，并不害怕袒露心声，因为他们确认彼此都能理解和保护对方。

---

① 评价。

但菲比依然会问，他为什么喜欢我？我何德何能让他这么一个可爱的男孩子喜欢呢？

菲比想都不敢想如果她接受了天真，社会将会对她怎样一番道德审判。相差十岁，外人多么不堪的流言蜚语都能编得出来，她不想成为八卦大军茶余饭后的谈资。她甚至脑补出天真的妈妈如果知道，恐怕会出现跑来公司揍她的狗血剧情（说不定最后工作都丢了）。她更不敢想的是父母的态度，他们肯定会非常生气，无法接受，认为有辱家风，认为她疯了。是啊，其实在父母眼里，她就该找一个像闪电哥、小陈那样所谓的"老实人"，安安稳稳度过（无聊）一生。

最可怕的是，菲比觉得她不配和天真谈恋爱。也许是社会潜移默化的规训太多，她的年纪已经在往"人老珠黄"走了，她和肤若凝脂青葱岁月的活力少女没法比，她怎么能和帅气的弟弟在一起呢？也许她有了绝世美貌和万贯家财后，才有底气谈这么一次恋爱，毕竟刻板印象里的姐弟恋的姐姐可都是人生赢家。她只是个月薪两万，苦苦挣扎还着房贷，职场晋升受阻的一个小喽啰，她哪里配呢？

想着想着菲比百感交集，她拿起天真的外套抱了一下，外套散发出淡淡的木质香味和一点点烟草味道，但是她又觉得羞耻，似乎内心有个声音在评价她的行为很"变态"。她觉得喜欢大真的感觉非常快乐，又不得不放弃，泪水夺眶而出，打湿了枕头。

如果大哭一场可以放下一切就好了。

冷羽菲从来不是个软弱的女孩子，虽然她是娇生惯养长大的，但是她心里有一种理想主义者的执着。从小就希望当都市丽人的她有着极强的事业心，不管多么难啃的项目，多么匮乏的人力，多么刁钻的业主或是多么棘手的技术难题，她都迎难而上勇攀高峰，她能承担泰山的喜怒无常和苛刻要求，她也能在大家都撂挑子的时候坚持扛起加班重任，从她开始工作，她没有一次对老板说过"No"或者"我做不到"。在工作上，她就是个顶天立地的大女主（比女汉子好，凭什么汉子就厉害呢？）。然而，在恋爱问题上，她懦弱无比，只能像鸵鸟一样把头埋起来，装作无事发生，不敢跟随内心赌一把。

大望路有多少都市丽人，是事业上的巨人，恋爱上的矮子呢？

事业上的巨人

没人爱我

人自卑

深夜哭泣

内耗

胆小

爱

我

爱情上的矮子

29. 低碳出行，送您到家

一早，菲比仔细看了一下本月的信用卡账单和记账软件，发现交通出行事项的金额少了近三千元，原来她已经好久没有晚上打车回家了，都是天真开车送她回的家。既然决定鸵鸟战术，她就得行动起来，于是发了一条微信："今天别开车了，下班带你去个地方。"

天真收到信息大喜：是不是要约我去喝酒呀？甚至出门前还花了半小时搞头发。

一到公司菲比就收到沈妙的微信："三号会议室开会，现在。"进入会议室，发现除了吉娜，还有几个规划组和建筑组的设计师。会议室里很安静，菲比和吉娜对了个眼神，坐到了她旁边。沈妙看设计师们到齐了，也并没有坐下的意思，反而双手抱胸绕着设计师们踱起了步子，仿佛在审查犯人。沈妙个子不高，她特意安排大家坐下，这让她在下达指令的时候更有优势。

"各位也知道，年会还有一个多月就要开始了。公司对这次年会极为重视，而且我们还有几位重量级领导会获得长期服务奖。"她边说边用目光扫视着大家，"我们希望为这些领导们提供一个惊喜环节，回馈他们对公司的贡献，我们了解到在座的各位都是有极深的绘画功底的……"大家面面相觑。

"我们需要各位给领导们画画像。"

一屋子资深设计师瞬间变成了封建社会的宫廷画师。

"风格不限，大家可以按照自己习惯的方式发挥，整体要唯美高级，要让领导满意！"

"我们会提供每个领导的照片做素材参考，切记，要画得好看！"

设计师们无言以对，有的人不情愿接下这个活儿，但一时间不知如何反驳。一位建筑师说:"我们组现在在搞两个投标,人手不足时间比较紧……"

显然沈妙早已想好对策:"投标?投标每个月都有!领导的十五年服务奖只颁发一次!时间是挤出来的!周末也可以利用起来嘛!"

大家不做声了,最后沈妙不容分说地分配了任务,六位设计师画泰山(是的,泰山竟然也服务十五年了),六位设计师画仙帝。吉娜分配到泰山,她松了口气,起码她和泰山工作过对领导的形象气质和喜好略知一二。而菲比就没有那么幸运了,她分配到仙帝,她和仙帝唯一的交集就是发邮件请仙帝审批三里屯项目的合同,再无其他。而且,你知道的,给女领导画像一定更难搞。

吉娜和菲比一起走出了会议室,开始吐槽:"这沈妙怎么这么bossy①!她不就是个A嘛,也不是总监,怎么每次都跟大领导一样训话!"上进的吉娜最近在软件上疯狂学英语,就学以致用了bossy这个新学单词。"官瘾极大,也许是在对我们进行服从性测试,好进一步驯化我们。"菲比总结。

"我跟你说!我上次跟汪富龙吵完架,你知道她让我干什么吗?"吉娜和菲比走到茶水间接咖啡,继而小声八卦起来,"她让我写匿名邮件向HR投诉汪富龙,让我告发汪富龙职场霸凌!"菲比听了不是滋味,毕竟她自己也被扣过这顶帽子:"虽然汪富龙不咋的,但是让你告发也太缺德了,还扣个大帽子借刀杀人,可不能被当枪使啊。"

"咳,我差点上当了!转念一想她怎么不去直接投诉?她看不惯汪

---

① 跋扈。

306

富龙工资高，觉得他在项目上成本太高，是不是想除掉他？正好他是白姐姐的人，也许是徐阳想除掉白姐姐一员大将。"吉娜揣测，菲比虽然明白汪富龙如果被淘汰其实是对她升职有利的，但她还是非常不齿这种扣罪名和借刀杀人的手段，毕竟这招这次用在他身上，下次就用在你我身上了，不是吗？己所不欲，勿施于人，是亘古不变的伦理道德。她对沈妙的为人做了总结："替领导干脏活儿，狗腿子。"

　　二人都吃过沈妙的亏，觉得一定要对她保持警惕，敬而远之，茶水间四面透风也不是久留之地，两人分别从不同的方向散了。

　　午餐时间，菲比叫上天真和小行知去吃了金贸后面小街的湖南私房菜，当作对昨天发脾气的赔罪。小行知显然已经忘记了不愉快，看着一大桌爱吃的菜很是开心，天真从隔壁7-11便利店买了冰镇可乐，菲比喝了一口，做了一个极为夸张的陶醉表情："啊——吃辣的就是要配可乐！""并且得是可口可乐！而且不能是无糖的！"小行知补充道，大家都笑了。

　　"大家！已经到12月了！"小行知突然发问，"大家的new year resolution① 实现了吗？"原来她在看白姐姐在群里发的指示，要求她组里的每位设计师都做个年终总结PPT，她想从大家这儿套点做总结的素材。菲比抢答："这题我会！让我看看我的备忘录怎么写的……"她打开手机备忘录，天真和小行知也凑过来八卦，结果第一条就是：存够五万元。菲比尴尬："得，第一条没有实现，一半都没到……""那第二条呢？"再一看：升职加薪。菲比像泄了一半气的皮球："希望渺茫。""再

---

① 新年展望。

看看，还有第三条呢！"天真逗她。"第三条是，拥有马甲线。"菲比顿时挺起了胸脯，"算实现了！我早上空腹的时候马甲线极为清晰！没存够的钱一定是花在私教课上了！"还给第一条找补了一下。

天真和小行知都不以为然："啧啧啧，领导真是太上进了！""对啊，从工作、身体和钱上面全方位给自己上强度！"两人一唱一和，纷纷摇头表示菲比不可救药。菲比很是无语："那让我看看你们年轻人的 new year resolution！"小行知说："我今年就一个愿望！希望和我男朋友一起租个小公寓！搬出我舅舅家！""这个愿望快实现了吗？"菲比问。"本来没啥希望了，你也知道我这点儿工资不够，我男朋友还在中信实习呢，工资更低。"小行知突然柳暗花明，"但是！上周我见了我男朋友妈妈，她准备支持一下我俩！赞助了我男朋友一些预算，我们现在在找房子啦！""她支持你们租房？""是啊，她让我男朋友从家里搬出去，学会独立哈哈哈哈哈！我婆婆人太好啦！"菲比听到"婆婆"二字心里一惊，小行知也才二十四岁，这么早就要谈婚论嫁了？不过看着孩子这么开心，她举杯："那让我们祝小行知早日找到幸福的小窝！"大家碰了杯可乐，一饮而尽。"你的愿望实现了吗？"小行知问天真，天真若有所思："应该算吧，我今年的愿望就是坚决不去我爸给安排的工作，看来已经成功了……""恭喜你啊，你应该马上转正了。"菲比心想孩子真是容易满足，说，"那我实现了三分之一，你和小行知已经实现了 80%，祝我们剩下的愿望都达成！！！"大家又干了一杯可乐。

吃完饭，三人在餐厅外面看到了小黑，天真和小行知撸了撸它肥美的身躯，天真掏出一根猫条给它作为报酬，小黑边呼噜着边风卷残云，吃完又谄媚地蹭了蹭天真的腿，很有猫德的样子。菲比只是围观，强忍住没有撸小黑，美其名曰："晚上回家大橘闻到味道是要吃醋的！"正在这时她收到了沈妙的微信："这周末我们要看仙帝总画像的初稿，抓紧。"刚才的快乐瞬间烟消云散。

菲比在心里感叹：还是和小朋友们相处轻松愉快，跟"厚黑学"老阿姨们斗法真是让人消受不起！

吃饱喝足，加上可乐的糖分和咖啡因加持，下午三人的工作效率极高，模型很快就改好了。菲比盯着这个模型思考良久，说："你们觉得我们可以渲个动画吗？然后我们做一个项目的小宣传片来汇报这个项目。""能是能，但是有必要这么卷吗？"天真发问。"这次汇报除了盛誉的业主，还有街道的领导，领导们是没兴趣看文本和图纸的，但是视频动画片他们都看得津津有味，能大大提高我们方案通过的概率，这是从大唐项目上获得的经验。"菲比希望这次汇报能一次通过，尽善尽美，于是她决定卷一下，如果能拿到业主的五星好评她也可以在升职的名额上再搏一把。

天真评估了一下工作量："效果图今天就能出完，我们可以开始调动画的路径，但是咱们的电脑渲染大模型的动画大概率会崩……""是啊！只有红姐的电脑能 hold 住……"菲比为难，"不过我看她最近的档期都在做徐阳的项目，上周我还问沈妙要她的档期，就是不给我们。"红姐是景观组专属的渲图师，已经有快二十年的工作经验了，她调光和角度的能力一流，只是干活儿永远按照自己的节奏来办，从不加班也催不得。"要不这样，"天真灵光乍现，"我去问问红姐能不能在6点以后把电脑给我们用，调试好以后电脑夜里自己运行就能把动画渲出来。""红姐可是老资历了，她不喜欢别人用她电脑，她能把电脑借你？"红姐身材高大说话语气极为洪亮，乍一看是一位北京老炮儿，细品下来人家是初代帅气大飒蜜，年过四十终于解放身心和初恋女友在美国修成正果。红姐的办公桌上讲究地放着全套高级茶具，手串，还有一个一直在流水的风水阵，一般人可万万不能乱动她的桌子，她认为会破坏风水，尤其是直男对纯净气场的干扰最大。

"嘿嘿，红姐可喜欢我了。"天真很自信，"我帮红姐买过好几次烟，从一个香港代购那儿买的，北京根本买不着，她甚是满意。""呦嗬，社交能力真强！"菲比还真没想到，"行，派你去借红姐的电脑！"天真麻利儿地过去了，五分钟后，带着胜利的微笑回来："红姐说，今天她要加半小时班，咱们6点半可以开始用她的电脑。""噢耶！"

晚上8点半，渲染软件调试好了，准备开始渲染，天真虔诚地拍了拍电脑："加油兄弟，可千万别崩了。"菲比站在他身后也默默祈祷明早动画可以渲出来。"现在没事儿了吧？咱们可以走了？"天真有点期待地抬头问菲比，毕竟她说今天要"带他去个地方"。

看着他小狗般眼巴巴的眼神，菲比的心理防线差点被击溃，她咬着牙说："对啊，跟我走！"努力告诫自己一定要按照计划执行。天真屁颠屁颠地去拿了外套，真的好像马上要去公园的小狗。

随着菲比的步伐，天真发现路边的风景越来越不对劲，他俩连室外都没出，而是穿过了写字楼的地下一层，走进了地下通道，然后，到达了地铁站厅。天真还存着一丝丝侥幸："我们要去什么地方还要坐地铁啊？我开车多好。"菲比："送你回家。"

天真回北京后还没坐过地铁，连扫码乘车的小程序都没有，在菲比的悉心指导下，终于扫码成功，通过安检，到达14号线拥挤的站台。

高峰期已过，站台上人不多，放眼望去都是身穿黑色羽绒服面容枯槁的上班族。

二人上了车，菲比开始了她的谆谆教诲："你看咱们平时下班以后，地铁也不挤了，多方便！你在金贸停一天车就要一百块，这不是贴钱上班吗？9点以后回家公司可以报销车费，其他时间坐地铁我们还能减少碳排放，保护地球妈妈……""你不是也打车上班吗，怎么减少碳排放？"天真一下子抓住了菲比的漏洞，菲比只能找补："呃……我最近也在反思……之前打车太多了……很浪费……存不下钱……"她显然对这消费观转变的突兀解释没啥底气，于是转移了话题，"动画明早能渲好了，咱们得看看怎么剪视频，你不是音乐好嘛，赶紧给选几段背景音乐！"天真叹气，恭敬不如从命，两人在地铁上找了一路音乐素材和视频案例。

换乘后终于到达15号线新国展站，菲比和天真伫立在荒凉的出站口，寒风瑟瑟行人都加快步伐希望尽快走到温暖的室内。"你看，坐地铁还是挺快的！而且才花这么点儿钱！"菲比竟然还有些小得意，天真无奈："我现在可以打车了吧？""你现在打车不好打！"说着菲比跑到小黄车跟前，扫了车尾的码，"喏，骑车回家才方便！"天真差点儿背过气去，哭笑不得："还是打车吧！""我查了，骑车很快的，走吧我陪你骑过去！"天真心想，您真是个小天使。阵阵寒风袭来他觉得室外不宜久留，只得说："太冷了！你别送我了，我这就回！骑车回！"于是他在菲比的注目礼下骑车走了，他感觉菲比一直在黑夜里目送他，直到他消失在她的视线里。

天真就这么在寒风中骑了一段车，耳朵和手都冻麻了，不过他并没在意这刺骨的西北风，他困惑菲比为什么要拒绝坐他的车，却又大费周章送他回家。明明二人的心在靠近，她为何要故意推开他，疏远他呢？

事情还没结束，天真骑到别墅区门口遭遇了保安的拦截，保安大哥从来没见过骑着共享单车回家的业主，认定他是可疑分子，最后天真不得不打电话给住家阿姨请她出来接人，在保安一脸狐疑的注视中进了小区。

30. 贵人相助

第二天早上动画顺利渲染出来了，天真和菲比感到一块石头落了地，两人高兴地击掌。菲比还点了一杯红姐喜欢的手冲咖啡，安排天真给送去表示感谢。天真和小行知研究了半天 PR 软件和 AE 软件，菲比让他们发挥一下年轻人的想象力，做个与众不同的项目视频。两人喜获能发挥创意的任务，颇有干劲。晚上视频已经剪辑得有模有样，菲比不禁感叹小朋友们的潜力真的是无限的，只要给予他们足够的动力和空间。

文本和视频都准备好了，万事俱备只欠东风。白姐姐也看过明天汇报的文本，没有任何修改意见，菲比将文本打包发给了业主。她觉得胸有成竹，志在必得。

如果生活真能像计划的这么完美，世界上恐怕会少了很多刺激和趣味。正如大家看剧的时候常说的：不出意外的话现在就要出意外了。第二天一早，白姐姐掉了链子：她儿子在晨练课上摔骨折了。菲比得知这个消息的时候正在家中精心化妆，准备穿上她的驼色 power suit① 为今天的汇报大干一场呢。电话那边传来医院急诊室的嘈杂声，白姐姐简单地交代了一下："哎呀小冷，我儿子正在急诊打石膏，今天恐怕是没法参加盛誉的汇报了！要不你找沈妙和你一起去吧……"后面的话逐渐消失在吵吵嚷嚷的环境里。菲比的心凉了半截，今天有盛誉地产素未谋面的招商总，还有街道上的领导都会出席，她一个光杆司令去显得太不重视这场汇报了。她马上找了沈妙，希望她也一起出席下午的汇报，毕竟项目经理挂的还是她的名呢！

---

① 权利套装，通常强调肩部线条，使穿着者看起来更加坚定和自信。但事实上，除了给都市丽人们增加点自信外，权利套装并不能让她们在职场上获得更多权利。

沈妙拒绝了，原因是她要飞去上海开运营大会，根本没空搭理这个还不到一百万元的小项目。菲比病急乱投医，打给钱尔森希望他能出席撑撑场面，钱尔森倒是希望帮忙，可是他已经在首都机场了："不好意思，年底在成都一个竞赛要交标了，我已经在登机口了。"远方传来通知旅客登机的播报。

　　怎么着也得抓个壮丁充充门面，菲比心想。到了公司，她把天真和小行知叫到面前，从各个方面评估谁去充当群众演员更不容易穿帮。只见小行知今天穿了一件粉色毛衣，下身是呢子超短裤和"光腿神器"——一种谜一样的时尚单品，其实就是肉色保暖连裤袜，但穿上之后会让腿显得粗了三圈——虽然脚上穿着厚底老爹运动鞋，身高还不及天真的肩膀。为了搭配她的服装，她还扎了一对高高的双马尾，真是个青春活力的小女孩啊，感觉马上要冲去机场追爱豆了！菲比自言自语："年纪最多初二，不能再多了。"随即捂着脸直摇头，搞得小行知和天真面面相觑。天真也没好到哪儿去，他穿了一件有着鲜艳橘红色内衬的军绿色的飞行员夹克（正常），里面搭配了一件黑色卫衣（颜色正常），然而卫衣上印着一个巨大无比的竖中指的图案，简直是把"丢你老母"写在脸上，如果穿着这个去开会业主一定会认为乙方在含沙射影。而且今天早上天真不知道哪根弦搭错了，突然心血来潮想模仿一个鸟窝头，他把头发用玉米夹夹得扭曲干燥，还特意抓了抓凸显"空气感"，和楼下梧桐树上喜鹊精心搭建的爱巢如出一辙。菲比捂着脸："你们不能穿得正常一点儿吗？"天真和小行知更加摸不着头脑了，这就是最正常的衣服啊？

　　只能矬子里拔将军了，小行知还比天真大两岁，按理说应该让她去充数。不过在菲比脑补她穿上西装的效果后，觉得这个想法过于离谱。

到底带谁去汇报？这是个问题

菲比指着天真："你，赶紧去楼下的 MUJI 买一件黑色针织高领衫！我报销！下午跟我一起去开会！最好再想想办法把自己搞得老一点！"在天真换上了黑色高领衫后，又找吉娜借了一副年会妆造道具黑框平光眼镜戴上，还在楼下屈臣氏买了一盒发蜡，把头发梳顺了捋到额头后面，勉强看起来像是工作了几年的样子。"要是显得再憔悴一点儿就好了。"菲比扶着下巴，审视道。

"记住，你今天的身份是资深设计师，项目经理。"菲比盯着天真的眼睛，给他洗脑。

"记住了。"天真一脸严肃，心里没底。

下午 2 点半，师徒二人到达了业主办公室楼下，LOEWE 明晃晃的极简招牌和奢华沉静的店铺与二人内心的惶恐不安形成鲜明的对比。菲比深呼吸一口寒冷的空气，握紧小拳头像是在为二人打气，自言自语道："俗话说得好，Fake it until you make it! 今天我就是总监，你是资深设计师。"在做完心理建设后，菲比和天真上楼了，盛誉集团的黄小姐在三楼的走廊尽头等待他们，看着二人气势汹汹地从拐角处进入走廊，菲比在前，天真在后，迈着六亲不认的步伐，眼神里竟还透出奔赴战场的气势。黄小姐心里纳闷：现在的设计师都这么抓马吗？

黄小姐把菲比和天真引入会议室，请他们开始 set up 电脑。街道的几位小领导已经就座了，黄小姐告诉菲比招商总还在上一个会议，预计 3 点钟准时出现。菲比已经提前和黄小姐交代过白总无法出席的事情了，黄小姐说自有办法和领导汇报。在将近两个月的沟通交流中黄小姐早已认可了菲比的业务能力，认为她单独汇报这个方案是 piece of cake，小菜一碟。

在菲比调试电脑的时候，天真也像煞有介事地掏出了他的最新款iPad，把它架在桌上，时刻准备记录会议纪要。对面的街道领导被他的电子设备吸引了目光，毕竟他们见到的大部分市政项目的乙方都是拿电脑来开会的，要不是天真精心打理了一番"大人模样"，这几位领导恐怕觉得他马上要开始玩游戏了。领导们闲得没事儿，交头接耳："这外企设计师就是不一样的派头，要不，咱们一会也去苹果店逛逛？"

3点，盛誉集团的招商总如约而至，她简直是高配版的贾思蜜，高大丰满的身材穿着正版DVF裹身裙（和贾思蜜、雪梨姐姐的盗版质感就是不一样），脚上穿着新款漆皮尖头长靴，彰显着她在寒冬的北京仍然拥有优越温暖的环境，一下子把她同身着厚毛衣外套和UGG的基层员工区别开来。她的头发是精心打理的极富光泽的大波浪，手上戴着闪闪发光的大钻戒和劳力士Date Just金表，菲比看到她的那一刻脑子里浮现出四个字：珠光宝气。

黄小姐请她就座后，向菲比介绍："这位是我们的招商总监Fendi总。"菲比惊异于真的有人会拿奢侈品名字做英文名，又不得不感叹这个名字和她本人是多么契合。"这位是新地块的设计负责人冷羽菲小姐。"黄小姐向Fendi介绍，并望向菲比会心一笑。菲比用真诚的眼神感谢了黄小姐的介绍，并对"设计负责人"的title[①]非常受用，转念她暗自庆幸，还好现在都用社交媒体不再有交换名片的环节，否则马上就要露馅儿。

---

① 职称。

在简短的介绍和寒暄过后，菲比开始了项目的概念设计汇报。根据在大唐汇报的经验，菲比首先展示了项目介绍的小视频。视频由一段时下流行的喧闹摇滚乐开场，画面出现了北京 CBD 喧闹的天际线，然后分别跳出巨大的字体闪过"存量时代""夜经济""文化自信"等颇具冲击力的字眼，紧接着跳出了一张商业前广场的鸟瞰效果图，跳出来的字体点题 culture oasis。接着音乐逐渐放缓，渲染的动画开始演示在场地里行走的场景：大草坪上做瑜伽和野餐的年轻人，主力店前面的互动喷泉，玩水的孩子们和滑滑板的人，热闹非凡。东西两条街道上，高大的树木被有设计感的灯具环绕，店铺前的外摆有喝咖啡的人群，街道上还时不时出现几个别具一格的公共雕塑，氛围感极强，枯燥无味的街道变成了充满新鲜事物的时髦街区。视频让观众们对设计有了直观的体验，大家都感觉想要跑去坐一坐，喝杯咖啡 chill 一下了。

不出所料，大家对设计的理念和形式都表达了认可。对于街道的小领导来说，这些改造显得比现在的空地有档次多了，并且有了绿化和便民设施，完全达到了申报市里的重点改造项目的标准。几位小领导已经在商量，要不要赶快把这个新颖的视频在区里的会上和领导们展示一下。Fendi 总对整体的商业氛围比较满意，心里盘算着大广场上的草坪也许可以租用给现在炙手可热的瑜伽运动品牌和户外品牌，而街道旁的底商环境这么好，租金提高 30% 那些网红餐饮品牌恐怕都是要争先恐后入驻的。

现在的问题集中在一些设计细节上了，主要是大家对是否在前广场保留部分停车功能产生了分歧。街道的想法很简单，领导来视察的时候要开车上来落客，车子要停在商场门口接送人，还要有车子等候的空间。而 Fendi 总觉得广场东南角的树阵休息区会挡住建筑外立面主力店的店招，还不如拔掉做一个 VIP 停车场。两方开始阐述自己的立场和理由。

街道的主任先发言："这个嘛，整体的设计还是比较新颖的，项目的定位是亮点，对推动三里屯街道成为国际交往街区有积极的作用。希望盛誉嘛也能加快改造的进度，争取明年五一亮相！我们街道会全力配合工作！"主任歇了口气，拿起自带杯喝了口茶（盛誉的会议室只提供瓶装水和咖啡），继续，"我们现在关心的是，届时开业领导的参观路线是怎么样的？车能不能开到广场上停在商城正门？！我们要给领导营造最佳的参观体验……"

菲比没想到街道没有对市民的日常使用提出意见，反而更加关心领导视察的动线，只得实事求是："前广场商场主入口处设置了互动水景，铺装和设备恐怕无法达到消防车道的荷载强度，如果走车的话可能会对铺装和水景有所损坏。"

还没等街道主任反应，Fendi 总开口了："主任啊，我们也很重视领导的参观路线的，不过商场门口的区域可能未来主力店有自己的要求，车直接开过去还是有一定困难的。您看要不我们把领导的车引导到东南角的位置，我们在那里设置个 VIP 停车位如何？届时领导在那里落客，我们盛誉安排铺设红毯，把领导引入商场大门！"Fendi 总想了个一箭双雕的办法，既满足了街道的要求，还能不破坏设计在主力店前面的互动水景，她的真实想法是这样的：水是招财的，可万万不能挪走，何况互动水景能带来不少人流呢！东南角的树阵可以取消，这么高的树挡到主力店，租户可能得跟我提意见呢！

街道主任表示赞同 Fendi 的建议，球又打回给了菲比。菲比给出了设计师对那块场地的考量："这个东南角的树阵广场，是一块类似口袋公园的空间，它可以服务东边的一大片居住区，我们当时做调研的时候发现，这片老居民区步行十分钟内没有休憩绿地可使用，社区中老人孩子较多，这个空间可以满足他们对休憩空间的需求，同时还为场地带来更多的人气和社会效益。

　　"同时，我们也通过模型测算过视线关系，在广场上的大部分地方都可以看到建筑立面上主力店的招牌，种植的乔木是银杏树，树形相对规整，也可以最大限度地减少对视线的干扰。"菲比并没有给其他人插进来提意见的空隙，继续阐述，"树木的种植会适当缓解场地的炎热和噪声，对商场前广场的环境提升是非常有帮助的。另外我们在树阵下面设计了智能吧台和座椅，配备充电接口等设施，也会吸引周边的年轻人和上班族来使用。"

　　她继而转过身直接面对主任："关于 VIP 停车场的设置，我们也有考量。未来这块场地主要的功能是公共活动和商业活动，从安全和社会公平的角度上评估，这里是不适宜做 VIP 停车区的。第一，如果在公共广场上允许车辆出入会有安全隐患，也会影响人们的正常使用。第二，在公共区域设置特殊的车位，会让大众感受到特权阶级的存在，反而不利于和谐社区的构建，还容易引来投诉。"

　　主任看设计师都把高度上升到影响构建和谐社区了，讪讪不作答，用杯盖摩擦着保温杯的边沿，尴尬地咳了一声。Fendi 马上接了话："主任的意见无非就是领导来了使用一次，平时还是可以给大众使用的嘛，我们也不在场地上画停车线，不会造成社会不和谐因素，设计师多虑了。"Fendi 一边打圆场一边心想，这安睿的小姑娘还真是伶牙俐齿，一点儿面子也不给主任留啊！

"你刚才说模型模拟了视线不会遮挡外立面，那么从过街天桥上看呢？从马路对面看过来的视线呢？总有会遮挡的角度吧，我们朝南外立面的两个店铺都是全球旗舰店，商户要求不能有树遮挡我们必须满足的。"Fendi 开始强硬起来，一般招商团队的话语权很大，毕竟商场的租金和店铺的布局都是靠招商团队达成的，连总经理谭总也得给 Fendi 几分面子的。

"当然，只要有乔木在场地上，免不了会有角度遮挡，确实做不到三百六十度无死角。"菲比如实回答。"那就是，你们还是把这片树阵取消吧！"Fendi 直接下达了指令。"然而，从目前的商业宣传方式来看，很多品牌也不再极致追求 logo 的昭示性了。"菲比锲而不舍，"反而到达的体验感和使用的舒适性以及网络媒体上的话题性是更能引流的，就好比几年前大家还会关注建筑立面上的 logo，现在大家发现新鲜事物和店铺的方式可能是通过小红书或抖音。"菲比万万不敢说 Fendi 的那套理论已经老套子了，只得婉转提出自己的观点。

Fendi 已经失去了耐心，下了结论："这个树阵广场的方案我们招商是持保留意见的，现在的方案在我们这里不能过关。"黄小姐见气氛开始僵持，出来打圆场："Fendi 总的意见我们都明白了，到时我们内部再安排和谭总开会讨论一下吧，看看谭总是什么意见。"她转过来又对主任说："也劳烦主任给上级的领导也看看这次的成果，多多提出意见和建议。"主任点点头，并起身带着小领导们离开了会议室。Fendi 也接着说："我后面还有个会，先告辞，小黄你尽快约和谭总的时间吧。"边说边起身昂着头飘出了会议室，留下一阵馥郁的香水气息。

看领导们都走了，黄小姐说："冷小姐，由于领导对设计还是有意见，请你们做几张没有树阵花园的效果图吧，尽快提交给我们，这样我们内部可以比选一下，方便谭总决策。"菲比同意了。黄小姐又补充："你们这次的工作做得比较到位了，尤其是这个视频，昨天几位领导看过都蛮惊喜的。只是这个树阵广场没定下来，今天就不能给你签设计认可函了，不好意思。"黄小姐竟然表达出了愧疚，菲比心想这是什么神仙甲方啊，她真诚地感谢了黄小姐，并保证后续工作会全力配合。

于是师徒二人又回到了 LOEWE 的招牌下，天真帮菲比背着电脑，菲比拿着带来备用的设计图册，刚刚经历了一场汇报和辩论，二人都有些茫然，枯站了几分钟。

"其实如果你答应修改，今天可能就能拿到认可函了，业主也能给你做打分评价了，你不是特别想要那个五星好评吗？"天真点了支烟，也递给菲比一支。菲比接过烟，待天真帮她点上，吸了一口，说："再想要五星好评也不能违背了设计的原则，有时候设计师也需要坚持，反而比百依百顺更能获得业主的尊重。"

抽完烟，菲比拉着天真再去现场看看，她倒要看看这东南角如果种树，真的遮挡建筑立面的品牌 logo 吗！二人走到广场上，空旷的广场上停着几辆车，角落上有个老旧的报亭和歪歪扭扭的老杨树，无比萧条，和效果图上的愿景简直是云泥之别。

正在这时，一辆电瓶车从菲比身边呼啸而过，天真马上护住她的肩膀，正在两人没回过神的瞬间，电瓶车又继续往前冲，刮倒了一个人，然后跑了。菲比和天真急忙跑过去扶摔倒的人，近看发现是一位满头银发的老太太。"哎呀您没事儿吧？"菲比边扶她边问，"现在送外卖的小哥太疯狂了！哪儿有这么横冲直撞的！"老太太腿使不上劲，菲比力气又不够大，最后是天真上来才把她扶了起来。

二人看老人惊魂未定，周围又没有座椅，只得搀着老人走到广场边用车挡石墩子当椅子，让老人坐下压压惊。老人家缓了一会儿，看着菲比和天真说："谢谢两位年轻人，我这一把老骨头跌倒了，要不是你们扶我起来，估计要躺到天黑了。"

天真说："您没事儿吧？有没有哪儿特别疼，要不要送医院检查一下？""没事没事！"老太太说，"幸亏天儿冷我穿得厚，没大碍。"正在这时刮过一阵猛烈的妖风，瞬间把大家的头发吹成和地面平行的角度，菲比突然反应过来："哎！我们的图册，快去追！"原来刚才菲比失手掉了图册，现在图册正在以二十公里每小时的速度往西边移动，并且被大风刮得花枝乱颤。天真飞奔过去抓起了图册，等拿回菲比手上的时候已经残缺了几页。

"姑娘，你也是做规划的吗？"老奶奶看到了打印出来的鸟瞰效果图，眼睛亮了。"是啊阿姨，我们现在就在做这块地的改造呢！"菲比翻着残缺的文本，给她展示。"我是这儿的老街坊了，这块地一直空着，你们要把停车场改造成景观？效果不错啊……"奶奶很感兴趣，翻着图册看了又看。"我们准备在这个位置做个树阵广场，还有座椅和桌子。"菲比开始眉飞色舞地比画了，"中间一块大草坪，以后这个广场夏天就不会这么热了……还有个互动喷泉，那个水柱是感应的，有小朋友靠近就会降低高度……特别安全！"菲比吐了舌头抱歉道："说了这么多，耽误您时间了吧？"

老奶奶倒是兴致勃勃:"看见现在的年轻人这么用心,又有创意,我心里真高兴!我以前是搞规划的,看到城市环境越来越好,这次是我家门口受益了,谢谢你们啊!"菲比和天真不好意思了:"没有,这是我们的工作!"老奶奶又夸赞了半天,谢绝了菲比和天真相送,慢悠悠地朝隔壁的红砖楼居民区走去。

老奶奶走后,天色变得火红,夕阳西下,空气中又飘来了炒菜的味道。菲比和天真不舍得这美丽日落,边搓着手边在石头墩子上坐了一会儿,一起欣赏天色的变化。时不时有外卖骑手骑着车从他们身边呼啸而过,在资本算法的裹挟下,他们没有时间为美丽的夕阳驻足,而是奔波在路上,一单又一单,步履不停。

菲比感叹:"外卖小哥好辛苦!尤其是在北京这种城市环境不友好的地方,他们的脾气都好大。"天真说:"那怎么办呢?他们也是为了生活。""你知道吗,我其实在这个设计里偷偷做了一个骑手驿站。"菲比一挑眉有点小得意,"我本来是希望这次汇报拿到认可函以后,拿出来给业主洗脑的。""给小哥们休息的地方吗?""对啊!就是一个有设计感的小盒子,他们可以进去充电,休息一下,再搭配一个冰柜,鼓励周围的商户放一些饮品之类的送给小哥们喝……""你这是个乌托邦式的设计。"天真笑了,是该笑她天真呢?还是在为她的理想主义而笑呢?

"我们需要乌托邦……哪怕它只是个梦……"菲比看着街上手足无措找地址的小哥,还有带着小孩子收摊儿的游击小贩,小朋友显然没有丰富的课余活动,表情有些茫然。"有钱的小孩,小区里就有安全宽敞的游乐场,可是没钱的孩子去哪儿玩呢?这时候就需要我们,造出各种公园和开放空间,让他们也有游乐场,他们的爸爸妈妈也有喘口气的绿色空间，让普通人也能接触大自然，有放松的空间……"菲比自言自语道。

天真边摇头，边笑着，心里认同她的想法，又对现实感到无奈。"所以，能争取多种一棵树，我就会争取到底！"菲比说。

生活就是那么神奇且峰回路转，三天后菲比接到黄小姐的电话，说他们的概念方案在谭总那里顺利通过了，并且街道也表态会全力支持这个方案落地。"你说就是这么神奇。"黄小姐在电话里透露道，"据说前两天市里一位德高望重的老领导，突然找到街道说要看看这个地块的方案，看完后大加赞赏，市里领导都表态了，街道自然照办。"黄小姐不禁发问："你说我们这个项目的运气怎么就这么好呢？"

菲比顺利拿到了概念设计阶段的认可函，并且把客户测评的链接推给了黄小姐，第二天拿到了盛誉地产的五星好评。

不要放弃任何一次努力，不要小瞧任何一位朝阳群众。

31. 偶像缺失的时代

项目的事情解决了，按理说菲比会度过一个愉快的周末。然而，这个周末她并不好过，因为，她要在沈妙的监督下完成给仙帝姐姐的画像。

她在家中仰天长叹："杀了我吧！"吓得大橘一激灵，用看智障的眼神看着她，并显露出一丝丝的担忧。

菲比幼儿园时期就展现了绘画天分，她还不会正确拿笔的时候就开始用油画棒涂涂抹抹，获得大人们的赞叹和夸奖。画画对于菲比来说是重要的精神寄托，她经常给自己找借口如果随时随地能画画，她也不会不幸染上烟瘾。

菲比的小红书是她精神世界的一方净土，她偷偷在小红书上持续更新她的小画，自由地抒发自己的感受。不知不觉竟积攒了上千个粉丝，她小心翼翼使用了熟人屏蔽功能，希望能拥有一个完全独立的精神树洞，不受任何人的窥探和打扰。她不知道是沈妙暗中监视了她的朋友圈，还是小朋友们之间的口口相传，抑或沈妙就是要反复测试她的服从性，把她选中成"宫廷画师"中的一员。

画画是极度个人的事情，这是菲比少有的100%"我的地盘我做主"的事情。做设计是工作，改一万遍也是可以的，毕竟拿的工资很大一部分是"窝囊费"。但画画不一样，是心灵的直接表达，她有感觉才画，并且会毁掉自己不满意的作品。当工作已经侵蚀到如此私密的领域，菲比心中感到深深的冒犯。或许有看客认为她矫情，这就好比为了迎合某些男领导的趣味要求女员工穿迷你裙和高跟鞋，是权力对个人潜移默化的侵蚀和霸凌。然而，有多少牛马已经意识不到这一点了？因为他们已经自我驯化了。

还有一个痛苦就是要求的题材和菲比的画风有着巨大的割裂，沈妙要求她把一个年近五十的有着历尽千帆生活经历的人画得"唯美""梦幻""少女"，这命题就让菲比作呕。而且菲比的画风不能说是完全的野兽派吧，也是狂野大胆且抽象的，她常常叼着根烟拿着油画棒在速写本上乱涂乱画，不一会儿就创造出一张乱中有序、色彩丰富的小作品。她的画风和沈妙的要求，差之千里，无法调和。

　　这时吉娜在年会群里发了一张画稿，她不但周末在淘宝上找年会节目物料，还得把泰山哥的画像完成。她画的是类似国风工笔画风格的黑白插画，一个大侠般的人物身着飘逸的古装，背景是类似敦煌壁画的风格，袅袅飞烟，仙气与佛性并存。小行知没看懂："这是谁啊？哪部仙侠剧的男主呢？"天真反应过来了："这不会是老泰山吧？这画得脸上一条褶子都没有了？"菲比在群里拍了拍天真："说过多少次了，别说领导老！被人传出去还混不混了？！"天真发来了一个鸭子摆烂的表情包，吉娜说道："既然要唯美，老娘就豁出去了，像不像的不重要！最重要的是领导高兴！"是，最重要的是领导高兴，不过让一帮年轻人拼命粉饰他们沧桑的面孔，遮盖住他们的阅历和时光雕刻的痕迹，谄媚地画出和本人一点都不像的画像，有什么值得高兴的呢？

　　"我还没动笔呢！在纠结！好痛苦！"菲比哭丧着脸抱怨道。"要是这么痛苦就别画了，何必呢，你不画她能对你怎样？"天真说，又发了一个小狗在摆烂的表情包。"别这么说，惹了沈妙，到时她在仙帝姐姐耳边吹吹风，菲菲恐怕要倒霉！"吉娜很现实。"哎，我一开始就该拒绝的。"菲比后悔已经来不及了，还不是因为自己尿，担心影响了那升职大计的一线生机吗？

于是她咬着牙，开始浏览沈妙发来的仙帝姐姐的照片，从仙帝刚入公司的青涩模样，到成为高管开会的留影。菲比越是观察入微，就越发现更多让她失望的细节。仙帝刚入公司的照片，像素模糊，依稀可以看到她还有大学生的模样。照片上虽然皮肤有些黑黄，衣着普通，举止中带着一丝丝拘谨，但是笑得开心，露着可爱的小虎牙，头发浓密，眼中有光。然而越到后面的照片越像摆拍，工作照一定要低头45度，眼睛卟灵卟灵地盯着镜头。业余画油画的照片里，干净的双手和毫无使用痕迹的调色盘和画笔，对着镜头摆出最美丽的姿势。肢体是松弛了，也做作了。不知是相机的科技变强了还是医美的科技变强了，她的皮肤越来越白，妆容越来越厚，而眼睛仿佛黑洞，没有光亮。仿佛一个真实的人逐渐变成了一副虚假精致的外壳，包裹着日渐干涸的内在。

菲比没有获得任何可以发掘的精神能量，只能从构图上发掘这幅画的美感了，她借鉴了莫迪利亚尼的女人肖像画，把人物的身体拉长，并用一个舒展的姿态完成画面的优雅构图，然后在背景用了深深浅浅的紫色，并用了些暧昧不清的灰调蓝色，以达成"唯美""梦幻"的要求。油画棒在画面上是有厚度的，充满立体效果，更增加了艺术质感。菲比满意地看着这幅画，竟然有些遗憾年会上展示的只是扫描版，不能看出原作的细节。

她拍了照发给了沈妙，不久，一通电话便气势汹汹地打来了。

"你这个画怎么画得乱七八糟的？"一上来沈妙就质问。

"我这幅画参考了莫迪利亚尼的作品和一些野兽派画家的作品，风格是这样的。大家如果都画一个风格岂不是让领导没有记忆点吗？"

沈妙不懂莫迪利亚尼，也没听说过野兽派，她看不懂："仙帝总的脸怎么这么长?！这也太失真了！”

“莫迪利亚尼的风格是这样的，其实是整个人为了构图被拉长了，你看脖子手臂也都长了，看起来特别舒展和优雅。参考的原作，在拍卖行已经拍出了两亿元的天价了。”

沈妙听不懂艺术家的流派风格，但两亿元她是听得懂的，于是她不做声了。

“你能不能把画像脸上的法令纹去掉?！”她的语气是命令道。

菲比惊讶，那是油画棒在人物面部的自然纹理，恰到好处地给人物增加了一些阅历的感觉。

“这是个很轻微的纹理，而且女人有了一定的岁月痕迹就不美了吗？那是更有韵味的魅力。”菲比说。

沈妙无法反驳，于是又发起攻击:“你到底改不改？”

菲比说:“我改不了，如果你们不满意就不要用我这幅画了。”

沈妙没有回答，她直接把电话挂了。

沈妙挂掉电话后，心中一团愤懑，还没见过这么不服管的设计师！她继而打开电脑，又开始了运营表格的制作，旁边的女儿缠过来要玩，她马上叫婆婆把孩子抱走了。她每个周末都加班，并且爱在加班的时候给设计师们打电话，查岗，安排工作。她的心理有些许扭曲:我不好过，也不让你好过。

沈妙资质一般，家境一般，上了个普通本科后就停止了求学，她深知自己在设计方面没有天赋。按道理说她在安睿这种大外企是没有发展优势的。她英语欠佳，交流仅限于日常问好，和外籍总监沟通总是需要小朋友帮忙翻译。她对创意并不精通，在学校专业课就没有拔尖儿过。不过她发现了一条适合她的发展道路：拥抱权力。她有着超强的驭人之术，上能"侍奉"领导，深得徐阳和仙帝姐姐的信任和喜爱。下能"驾驭"设计师，谁冒点头都会被她想办法打压一下，对其进行服从性测试和驯化。她擅长在高层和基层之间的信息差中做文章，时常假传圣旨，或是贬低某些不顺她意的设计师。俗话说得好，权力是最好的"春药"，当她发现可以用手上的运营权力让设计师们马首是瞻的时候，她感受到了空前的满足。她对自己的评价是：一副烂牌打成了王炸。在很多牛马眼中，也是个极为励志的"职场偶像"了。

而冷羽菲这个人，有点儿小成绩就显得心高气傲，竟然不吃她这一套。"以后有你的好果子吃。"沈妙愤愤不平，立志要进一步提升自己的驭人之术。

菲比交了差，就把这幅画的事情抛诸脑后了。只是她内心多了很多失望，原来可望而不可即的女高管在意的是法令纹，多么浅薄！从这些照片中，菲比敏感的艺术家神经感受到的是渐渐消失的生命力，以及越发坚固的虚假外壳。她很失望，仙帝绝不是什么职场偶像。

似乎人在年轻时，总是想要找个 Role Model，来抵御对未来前途的茫然和无助。似乎有了个榜样，或是前车之鉴，这坎坷的职业生涯就会平顺一些，黑暗的日子里也能看到远处的光。就好似《傲骨贤妻》中，Diane 之于 Alicia，既是老板，又是导师，还是职业偶像。

白姐姐也绝不是什么职业偶像，她那鸡飞狗跳的家庭生活，不修边幅的外在形象，神经大条的社交情商和陈腐过时的设计手法，没有一条菲比看得上的。白姐姐唯一的优势就是早生了几年，并有个规划名家老

335

父亲，时代和家庭背景的双重托举成就了她。俗话说猪赶上了风口都能飞上天，菲比深以为然。

那么泰山呢？或许他是最接近菲比职业偶像的存在了，一骑绝尘的业务能力和张狂自信的个人魅力，确实令人神往。可泰山毕竟是个男人，在职场上占尽优势，加上有着和大老板同乡的优势以及赶上时代红利的东风，这些都是年轻的菲比不可复制的优势。恐怕她和泰山唯一的共同点就是同为狮子座了。

正当菲比对职业前途望洋兴叹之时，吉娜又在年会群里发来三张图，问道："朋友们帮忙看看哪个好啊？"平面设计师现在还加班呢！她快疯了，因为仙帝姐姐改过一百遍了。点开一看是三张北京办公室年会的宣传海报。一张背景画面是故宫，一张是颐和园，另一张是国贸 CBD 的天际线，唯一的共同点是这海报的前景：一男一女的背影，女子挽着男子手臂，妩媚的身躯倾向男子，似乎有些谄媚。仿佛是仙帝姐姐对待公司大佬们的态度。其实这海报完全不需要一对男女前景，菲比说："能不能把这俗气的一男一女去掉啊！"吉娜无奈："这是仙帝姐姐特意要加的，是她最满意的部分。"

菲比看着这画面，不敢苟同，这海报背后传递的价值观腐朽不堪，一个女子要依附一个男人，像藤蔓一样攀附才能成长，出人头地吗？现在的女孩子早就不吃这一套了，她们一个个独立自信，希望靠自己的能力和勤奋平步青云，和男人平起平坐。她们渴望成为参天大树，而不是依附在大树上的藤蔓。

32. 当 loser 的苦涩

12月中旬，升职的名额还没有任何消息。白姐姐和沈妙也讳莫如深，似乎这件事不会发生了。菲比的预感越来越不好，如果还有一丝希望，总会有人给她透个口风的。

这天早上她刚到公司，徐阳组的一个项目经理就跑过来跟她八卦，此人平时和她不熟，今天却是一脸兴致传递最新消息："哎呀菲菲啊，我听说升A的人选已经敲定下来啦！是徐总那边的刘畅！据说今天就安排她和仙帝总面试啦！"菲比看着她一副八卦的样子，心想估计是想看我大失所望的表情呢！于是她做了一个云淡风轻的职业假笑，问道："是吗？这么快就确定啦？""其实早就内定了，刘畅跟了徐总这么多年，也算没白跟啊！""是啊，那真的恭喜她了，徐总真是个好领导！"菲比继而装出一脸的欣赏。对方似乎对菲比的反应有些失望，没有看到什么失态和抓马，和她又闲聊了几句就走了。

菲比一个人枯坐在办公桌边，愣了几分钟才反应过来大衣还没脱下来，她心中似乎有些解脱的感觉，心里调侃自己终于轮到我念这句台词了：悬着的心终于死了。

刘畅何许人也？资质平庸到菲比甚至想不起她的脸长什么样子，她的业务能力甚至还不如汪富龙，奈何抱对了大腿，有领导给铺路提拔。白姐姐又出差了，她甚至没有第一时间告知菲比这个消息，也许白姐姐也不知如何开口吧，毕竟自己和徐阳争取公司资源的时候总是落败，在下属面前也没有面子。

正在这时徐阳找到菲比，请她到会议室一谈。菲比很是诧异，虽然他是整个景观组真正的老大，但他很少找白姐姐名下的人谈话交流。徐阳表面上看起来十分儒雅，甚至有些瘦弱和阴柔，白了大半的头发还给他增添了一些专业人士的"资深感"。不知是过于操劳还是心机过深？就菲比对他的了解，他近几年一直采取韬光养晦的工作策略，经常不在办公室，于是她把白发的原因归咎于第二点。

菲比和徐阳坐定，徐阳礼貌寒暄了几句，进入正题："我听说你也给仙帝总画画像了？"菲比万万没想到要聊的是这个话题："是的，已经交上去了。""听说你们还闹了点儿不愉快？她让你改图你不高兴了？""并没有不高兴，只是我觉得没必要改，就没有改。""小冷啊，有时候做事可以圆滑一点，没必要硬刚嘛……年会是给大家开的，不要闹得大家都不愉快……"菲比明白了，肯定是沈妙跑到徐阳这里添油加醋了一番，让徐阳敲打她来了。

"徐总，我为了年会也是花了自己休息的时候给领导画了画像，如果沈妙确实不满意可以不用这幅画，本来是小事一桩，没想到惊动到您这儿来了。"徐阳听完也大概明白到底发生了什么，他对沈妙不要太了解，知道她的话和事实差距有多大。况且画像环节是沈妙自告奋勇要加的，领导们根本不知道，也不 care。其实他也不想找菲比的，毕竟刚刚挤掉了菲比的升职名额，一不小心话题引到这上面，再出现什么争执，那可就尴尬了。

徐阳怕的是一哭二闹三上吊，毕竟会议室都是玻璃大家都看着呢。他想迅速结束这次谈话，对沈妙的极力要求有个交代就算了结了。菲比自尊心很强，她万万不会哭闹失态的，不过就在徐阳准备结束这次谈话的时候，菲比打了一个直球："徐总，我听说这次升 Associate 的人选是刘畅，我想和您请教一下我的业务能力哪里不如她？以便我明年更好地改善，提升业务能力，为公司创造更多的业绩。"菲比演得极为诚恳，徐阳无法回避这个问题。

"我今年年初作为主创设计师赢得了厦门滨海公园的竞赛，合同额超过五百万元。下半年做的大唐项目和盛誉集团的项目都在客户调研中获得了五星好评。具体还有哪里我可以向刘畅学习呢？"菲比以退为进，咄咄逼人。

"小冷啊，每个人有每个人的特点。每个人在团队里有自己独特的作用。"徐阳开始打太极，"刘畅有刘畅的特点嘛，她在团队里也兢兢业业服务五年了。而且她的团队很稳定，组员都说她平易近人很好相处。小冷啊，你有时候也得注意一下和人沟通的方式，业务能力强是一方面，维护团队也是一方面嘛……你想想上次志玲那件事，是不是就处理得过于激进了？不利于团结啊。"沈妙上次给菲比安上的莫须有罪名，这次又被徐阳用来当枪使，真是令人如鲠在喉。

后来徐阳又扯了些冠冕堂皇的话，结束了对谈。菲比本来就没抱什么希望，不过她已经把自己的意思传达出去了：我知道你们的提拔是不公平的。虽然看起来没用，但下次再有提拔名额的时候徐阳也许会有所顾忌。多表达一次强烈的意愿，为自己呼声呐喊一下，也许下次升职的机会就会大一些。毕竟，没有人会在意一个连自己诉求都不敢表达的人。

菲比走出了会议室，感到无比疲惫和愤懑。两次被沈妙使绊子，让她觉得恶心。回到办公桌，她正想点杯咖啡舒缓一下紧绷的神经，年会表演大军浩浩荡荡向她跑来，快乐地展示起试装成果：只见吉娜穿了一身薄纱白衣，挥舞着飘逸的水袖，自我陶醉地转起圈圈，就连腰身也显得纤细了不少。而天真穿了一身粗糙麻布衣服，一件类似马甲的罩衫扎在腰带里，右手持剑，左手藏在罩衫里。小行知穿了一身粉色汉服，没有水袖，汉服还镶了白色的毛毛边，和她高高的双丸子头很是搭配。

"猜猜我们都是谁！"小行知一蹦一跳到菲比面前。

"太容易了！"菲比笑了，"小龙女，杨过，郭襄！""你怎么一下子就猜到了！"小行知不甚满意。"这还不容易，也太明显了吧！""说明我们的扮相到位啊，咳，你不知道我翻了多少淘宝店才找到这物美价廉的戏服！"吉娜得意地说，转身假装靠在天真肩膀上，"哎，没想到我这辈子还能和小鲜肉一起 COS 神雕侠侣，真是太幸福了！"菲比严重怀疑吉娜的一脸陶醉不是演的，完全就是空虚少妇遇到第二春的花痴表情！

要说三人组最贴近角色的那应该是天真了，虽然还没戴假发，但穿上戏服就有过儿玉树临风的气质。怪不得隔壁组的妹子都跑过来围观，菲比看着他也忍不住星星眼，她不禁怀疑自己的面部表情和四郎看着嬛嬛的表情如出一辙。

如果能和过儿谈场轰轰烈烈的恋爱，就不枉来这人间一遭。可惜我不是小龙女，菲比沮丧地想，我没有小龙女的不老容颜，倾国美貌，绝世武功，我有什么资本谈恋爱呢？我只是一个外表走下坡路，辛苦还贷，升职失败的平庸女子，一个大大的 loser[①]！想到这里，她竟红了眼眶。

"怎么了？"天真敏感，他发现菲比不太对劲。"没事儿！"菲比背过身擦了下眼睛，然后回头转换了话题，"你们年会要唱什么歌

---

① 失败者。

啊？""这是个好问题，竞争太激烈，尤其是规划组推出双男主阵容，恐怕是要用两位大帅哥拉选票了。"天真分析，"所以我们还没决定唱什么，必须出一个爆款。""所以规划组是要 COS《陈情令》吗？那太难打败了！"菲比看到帅哥也难免变成花痴，她知道规划组两位前凸后翘的帅哥如果组成组合魅力会翻倍，会引起女同事多大的轰动，恐怕景观组的女生都要投票给他们了。

"竞争激烈啊，过儿，你要加油！"菲比冲天真双手攥起小拳头，做了个夸张的表情给他打气。

"放心吧，龙儿。"天真也做了个夸张的表情。

"哎呀，过儿，龙儿在这里了啦！"吉娜做了个更夸张的表情，并学起了泰山的台湾腔，逗得大家哈哈大笑。

一下午菲比都没怎么说话，只是埋头看邮件改图纸。天真很少见到她这么沉默，感觉她情绪非常低落。晚上 7 点，天真突然站起来，拉着菲比的胳膊："走！吃饭去！""我不饿，我不想吃饭啊——"菲比没来得及继续反抗，就被天真拉进了电梯。"楼下开了一家牛肉汤，是整个 SKP 商场地下一层最便宜的店！"天真炫耀着他的发现，"套餐只要二十六元。"菲比只得从命，天真安排她坐定，然后跑去买牛肉汤套餐了。这种平民美食能开到 SKP 也是挺神奇的，菲比发现对面桌身着 Max Mara 新款泰迪熊大衣的贵妇，旁边放着好几个 LV 购物袋，正在就着烧饼喝牛肉汤。她揉了揉眼睛，感觉恍然如梦。

一会儿天真就端着两个脸盆一样大的汤碗过来了，每碗都放了一大勺香菜和油泼辣子，极力向菲比推销这牛肉汤的物美价廉。菲比尝了一勺，怎么说呢？牛肉味没喝出来，倒是喝出了她在海南冲浪时喝海水的感觉，又苦又咸，仿佛她今天的遭遇，这口汤彻底击破了菲比的防线，两行泪倾泻而下："太咸了！"

菲比突然哭得像个幼儿园的小朋友，天真不知所措，尝了一下汤果真盐放太多了。菲比边哭边委屈地控诉："他们都欺负我……就连这碗汤也欺负我……呜呜呜。"看着她如此伤心，天真感到慌乱又心疼。于是哄着她站起来，拉她走上扶梯："走走走，咱们去个好点儿的餐厅吃饭！"

五分钟后，二人坐到了楼上鼎泰丰宽敞的卡座里，菲比的情绪平复了一些，于是二人点了小笼包、阳春面和大排。吃到一口加了猪油热气腾腾的阳春面后，菲比终于止住了眼泪。天真问："怎么了？"于是菲比给他讲了画像事件和升职失败，天真听完，安慰道："没事儿啊，有实力的人总有一天会出人头地！"也许是小笼包太好吃，搭配这句安慰，菲比很是受用。

忽然菲比的眼睛盯住邻桌，好奇地看了又看，然后做贼一样跟天真小声说："哎，你看，隔壁是一对儿吗？"天真悄悄转头一看，两位衣着时髦的男孩面对面坐着，桌上还放着一束巨大的玫瑰花，少说也有三百枝，价格不菲。菲比还在偷看："哎呀两个人还挺般配的，好浪漫！"天真惊叹她的自愈能力，并对她脑补路人帅哥们的感情线的行为报以一个巨大的白眼。

吃完饭回公司的路上，天真说道："你要不要把这幅画烧了？""烧了？""既然是违心的作品，就不该留下，省得看了硌硬。"菲比竟犯怂了："万一仙帝姐姐要原稿呢？"天真笑她不争气："就说丢了呗，她能把你怎么样？我打赌，她根本不知道你们在给她画像！"

菲比听了觉得有道理，说："那我把它撕了吧！如果点火物业肯定要把我们抓走的！"于是二人上楼把画拿到楼下抽烟的小广场。在天真的见证下，菲比极有仪式感地把这幅画撕了，场面像极了晴雯撕扇子，菲比先将画撕成几条，再把每一条撕成更小的纸片，她希望这纸片越小越好，最好粉身碎骨，灰飞烟灭！纸片撕了一地，天真还上去踩了好几脚。两人哈哈大笑，引来了保安大叔的关注。最后二人把地上的纸片都捡干净，扔进了垃圾桶。

　　"啊！心里舒服多了！！！"菲比仰天长啸，天真说："对吧，这种东西本身凝聚了不好的气场，撕掉就能转运！"

　　"可是我仍然是个 loser。"菲比沮丧地说，这和理想中的她相去甚远。

　　"成功和失败都是相对的。"天真认真地看着菲比，"你要记住，你是个独立自强的美丽女子。"

当你破碎时，你的朋友会把你修好。

33. 安娜贝儿的派对

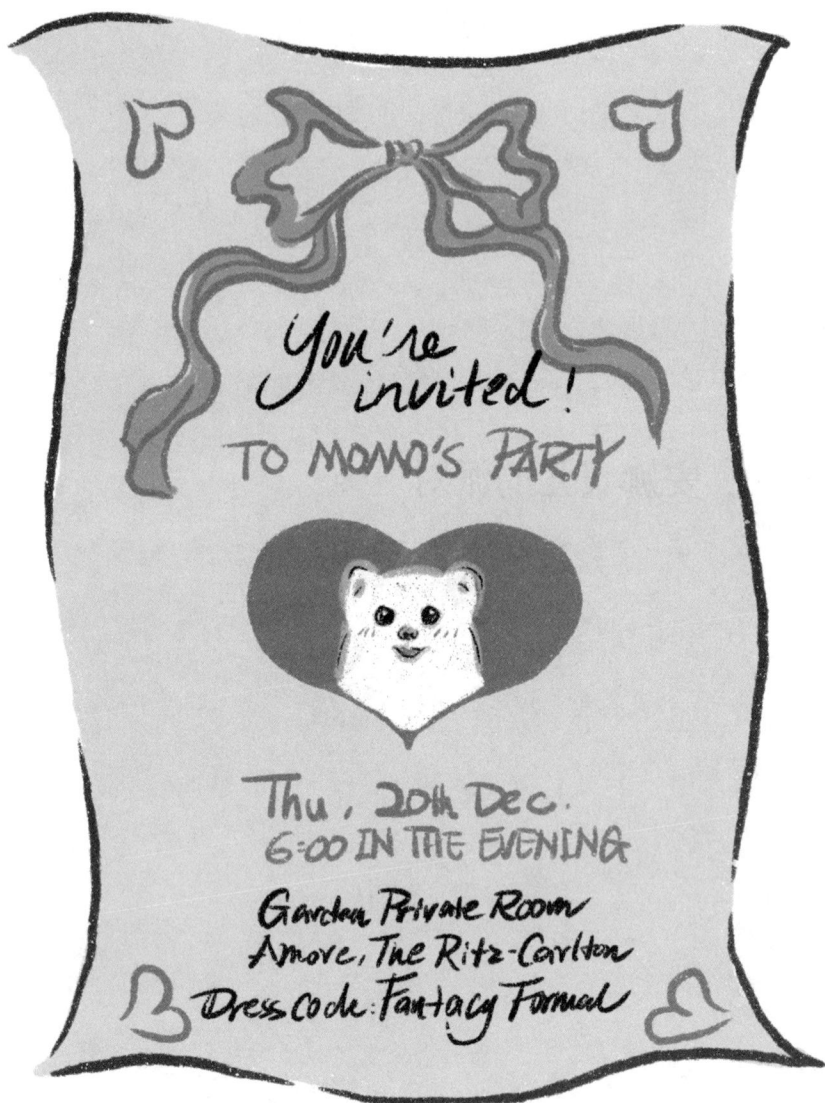

"玲娜贝儿"的请柬

在金贸附近奢华静谧的街区里，有一处神秘的下沉花园。它极为小巧隐蔽，透过层叠树木的影影绰绰可以看到里面有一个可爱的欧式圆亭和一个小喷泉，菲比路过时经常探头探脑往里看，自言自语："让我看看今天有没有小鸟在这里沐浴呢？"后来顺藤摸瓜，在地面层的一个小小门脸发现一个立式菜单，原来这个小花园属于丽思卡尔顿酒店里的意大利餐厅，这家餐厅叫"Amore"，是意大利语"爱"的意思。

菲比曾对这家餐厅的工作日午间套餐产生了浓厚的兴趣，毕竟三百元的人均似乎在都市丽人可负担的范围内。不过每次都被天真理智地制止了，并把她拖去锦鲤居酒屋吃午餐，还谆谆教诲：你不是要达到存钱的 KPI 吗？不要再看这些没有性价比的东西了。

一天早上，天真收到了安娜贝儿·董发来的微信，点开一看是一张粉色复古排版的请柬：

诚邀您参加安娜贝儿爱犬 Momo 的生日派对
时间：19：00-23：00，20th Dec
地点：Garden Private Room, Amore, The Ritz-Carlton Dawanglu
Dress code：Fantasy Formal

请柬的复古画框上还印着 Momo 的小狗头，它是一只毛发极其蓬松的小博美。

天真哭笑不得，大小姐给狗过生日都要订在高级餐厅的包间。他无奈地摇了摇头，准备出门上班继续做"马骝"[①]。

---

① 广东话，猴子。此处指打工人。

天真出门的时候菲比已经在公司做"马骝"了，听群里说大唐的方案深化又出了一些问题，她不得不睡眼惺忪地提早来公司与 Winnie 姐一同和首建院开会。首建院的同事们秉承着朝九晚六的优良生活作息，而安睿的同事们通常忙碌到深夜，一般 10 点 30 分才到公司，两方的生物钟显然没有对齐。当 9 点钟开会时，首建院的同事们神清气爽，灵魂还在被窝里的安睿同事们，只是捧了个人场。

　　菲比的瞌睡虫被 Winnie 姐摇走了："冷工，冷工啊，这叶子形的小建筑还得再改一下外立面，首建院的同事也提了意见，屋顶的观景平台还需要再评估一下到底能不能做。"菲比一下子醒过来："好，没问题。请问首建院还有别的意见吗？我们一起调整好。"首建院的同事在电脑那边沉默了一会，有一个声音提了意见："您好，我是首建院的李工，景观的设计说明字数不够，方案后续的评审和上报都需要字数达标。""要求多少字呢？"菲比和 Winnie 姐面面相觑。

　　"一万字。"

　　当菲比回到这办公桌上，还是被这一万字的设计说明气笑了。设计是用功能、空间、形体和细节图纸说话的，但首建院不卷这些，偏要卷设计说明的字数。刚才提意见的李工已经发来了设计说明的参考，让菲比"照我们以前项目的设计说明把字数补上"。菲比飞速地浏览了一下参考，里面大段大段的看起来像从百度百科剪切过来的项目背景信息，以及设计原则、手法、材料的流水账，看起来也是从别的模板上拷贝过来的，乏善可陈。菲比一边感叹：我为什么要把大好时光浪费在堆砌这些词句上？一边打开了电脑。

　　这时天真到岗了，菲比马上开始安排工作："今天大唐的建筑又要修改了，估计今晚要加一会儿班，外立面改好以后要提交给建筑组的同事。""啊？这个建筑已经改了十几遍了，还改？"天真控诉道。菲比拍拍他的肩膀："朋友，这才到哪儿啊，到时施工了要一边改一边盖呢！""那我……今晚得出去几个小时，做不完的我夜里回来补上。"天真交代。"去哪儿啊？""不瞒您说，安娜贝儿请我去给她的狗过生日，"天真无奈，"我想清楚了，不能老这么躲着她，我今天会跟她说清楚的。"天真诚恳交代，菲比却假装不在意："哦，随便你——"

"你知道这事儿有多离谱儿吗？"天真还没完，抓着菲比吐槽，"这家伙回了北京还是一副不务正业的样子，也不上班整天花天酒地。这两天又不知抽什么风，要在高级餐厅给狗办生日会，竟然还给狗定做晚礼服。"随即拿着手机给菲比展示安娜贝儿的朋友圈，"你看看，这么小的狗穿这么长的裙子。"菲比觉得给小狗定做衣服也无可厚非，看到照片大跌眼镜：小小的 Momo 站在桌子上，穿着一条极其夸张的荷叶边蛋糕裙，下摆一直垂到地面。小狗似乎有些茫然，但依然乖乖地对着镜头微笑。"而且她的朋友都养博美，每次聚会都要 follow dress code，太夸张了！"菲比脑子里出现了二十只小博美穿着拖地长裙的盛况。

"你们在哪儿聚会啊？能回得来吗？"菲比假装担心工作进度，问道。"不瞒你说，在 Amore，走路不到十分钟就回来了。"天真保证道："我一定能回来把模型做完。"我们的都市丽人小小地破防了一下：现在的小孩真是有钱啊，在高级餐厅给狗过生日，这餐厅我还没舍得去呢！

下午二人在努力研究叶子小建筑的深化调整，"你看这建筑平面和我们概念阶段有很大区别了，这个疏散楼梯都快占据平面三分之一的空间了，可是经营的面积又变小了，泰山本来想做一个网红咖啡馆呢，现在感觉经营面积都不太够了。"菲比拿着打印出来的平面图和天真说，"这个楼梯现在得用实体墙包住了，外立面的大玻璃面积要缩小。""那不是牵一发动全局！玻璃面积变化铝板分割线也都得跟着变了，原来270度景观面变成还不到180度了。"天真叹了口气，"这还没完呢！这个叶子形状的屋顶坡度还要改，而且因为造价太高不能用玻璃扶手了，需要改成金属栏杆，视觉上比玻璃要明显很多。""那不就成了脑袋上戴个新疆帽嘛，谁还能看得出这建筑是个叶子呢！"天真瘫在椅子上，开始摆烂。这个建筑是他几个月以来的心血，然而任凭他浇灌，建筑却越变越丑，他的心也越来越凉。

"一开始业主都是狮子大开口，非要怎么酷炫好看怎么来，结果到深化阶段说没钱，越改越简陋。没有办法。"菲比做了个僵硬假笑总结。

"这不就和那个小龙女的表情包一样吗？概念阶段是经典版，概念深化是贵替版，到扩初深化是平替，最后盖出来了照骗。"天真翻了一个白眼，做昏迷不醒状。

"总结得很到位。"菲比苦笑。

最后二人商量为了保住叶子屋顶的造型，放弃做上人屋面，这样就不用在叶子顶上加扶手了。"这么改行吗？泰山不是还想从对面街区引一个桥连到叶子屋顶上吗？"天真不确定，菲比很笃定："业主现在缩减造价呢，这个桥造价高也带不来直接的经济效益，肯定不会盖的。只能停在美好的想象中了。"

傍晚，天真准备赴安娜贝儿的约了，说实话他心里还是有些紧张的，毕竟他要和对方表达一些决绝的态度。不过天真还是很尊重场合，他仔细研究了一下这个 Fantacy Formal（梦幻正式）到底是怎样一个

dress code，最后还是没有搞明白。只能穿上那修复如新的 YSL 外套，至少和 Formal 搭点边。

天真走之前试探地看了看菲比，菲比正皱着眉头攒那一万字设计说明。"我走了啊！我晚点儿回来。"他怕她不放心，又强调一下。菲比假装云淡风轻，对着电脑目不转睛："哦。"却在天真转身后看着他的背影，暗自失落。

她讨厌这个像鸵鸟一样懦弱的自己。

这时首建院的李工在大唐群里 @ 了她："冷工，设计说明好了吗？"菲比烦躁地看了一下字数统计，刚写够了四千多字，只得回复："还在做，稍后发到群里。"

虽说这设计说明大概率没有人会仔细阅读，但菲比并不想拷贝首建院给的模板随便改一改，毕竟这是自己辛苦浇灌出来的设计成果，好好撰写也是对自己付出心血的一个交代。她把之前规划组和经济组在概念规划阶段的文本找出来，摘取上面的要点整理到说明里来，结合百度百科上摘录的一些城市定位信息，形成了规划部分的说明。然后又对着方案设计文本，把设计亮点罗列出来，再将每个亮点一一展开，详细描述了设计的思路、形式及功能。

等到她再抬头看表，已经是 9 点多了，办公室里空荡荡的。她靠在椅背上仰望了五分钟天花板，然后再回过头看看天真空荡荡的座位：他还没回来呢。菲比轻轻叹了口气，想闭目养神一会儿。

虽然她的眼睛闭上了，但她想象力丰富的小脑瓜儿却如脱缰的野马，脑子里老是浮现天真乖巧地坐在 Amore 的包间里，一只调皮的直立行走的粉色狐狸绕着天真搔首弄姿，天真就任这狐狸在旁边发嗲。菲比心想，我可能真的老了，我怎么老把安娜贝儿想成玲娜贝儿。

正在心烦意乱的时候电话响起，一看是妈妈。菲比接起电话，声音里透着虚假的高涨情绪："喂，妈妈——"妈妈在那边寒暄："哎呀菲菲啊，还加班呢？吃饭了吗？"

"还没有吃，在加班。"

"哎？怎么还没吃饭呢？再忙也得吃饭啊，不然胃怎么受得了呢？"菲比连忙保证马上点个外卖。

"菲菲啊，你最近和小陈有进展吗？今天见到张阿姨还问呢——"妈妈进入了正题。

"妈——我们真的不合适，还是算了吧。"菲比不情愿。

"菲菲呀，你年纪也不小了，得像个大人一样考虑问题了。……刚见一面就说不合适，你好好了解人家了吗？日久见人心啊！……菲菲啊，女孩子过了三十岁，身体就走下坡路了，可不好挑肥拣瘦地了哦！……你倒是说句话啊？"

"妈妈，"菲比被逼到墙角，很绝望，"我一点儿也不喜欢他。"其实她想说的是，她讨厌他。

于是妈妈又开始了车轱辘话："女儿啊，才见了一面不好下结论啊？多了解了解嘛。你为什么老是像小孩子一样？你为什么总是期待那些虚无缥缈的风花雪月呢？"

是啊，为什么呢？菲比想。

为什么不呢？

我遇到了心仪的人，为什么不大胆去爱一次呢？

我怕成为众矢之的，我怕被别人冷嘲热讽，我怕他们拿社会的条条框框审判我，我怕爸爸妈妈骂我不争气，可是，他们没有一个人会替我过完这一生，我怕什么呢？

我为什么不能勇敢追求一次自己想要的人生呢？

妈妈的谆谆教诲仿佛已经飘到外太空，菲比挂掉了电话，内心汹涌澎湃，眼泪马上要夺眶而出。

她冲进电梯，慌忙打开安娜贝儿的社交媒体账号，她想看看安娜贝儿是不是更新了状态。

果然，安娜贝儿在半小时前发布了新动态，她在 Amore 的豪华包间里，身穿一身定制的小精灵礼服，靠在天真的肩膀上合影，笑靥如花，她的小狗乖乖地坐在两人之间，穿着长长的蛋糕裙，乖巧地看着镜头。两人的动态俨然一对互联网璧人，下面的评论不是"soooo cute"就是"哇好般配啊！"……每一条都刺痛菲比的心。

她冲出大堂，冲到黑暗冰冷的空气里，往 Amore 跑去。金贸外面的广场正在搭建新活动的舞台，也许是有人在调试音响，大声播放着 Taylor Swift 的 *Enchanted*：

There I was again tonight forcing laughter faking smiles

今夜我强颜欢笑又故地重游

Same old tired lonely place

还是那孤独破败之地

……

Shifting eyes and vacancy vanished when I saw your face

可当我见到你的脸庞，那飘忽的眼神和空虚烟消云散

All I can say it was enchanting to meet you

我只能说，和你相遇让我如痴如醉

她边跑边想起那些闪闪发光的点点滴滴，居酒屋外的小黑，在剧院外拉起手的肆意狂奔，那流浪汉的套餐，一起看夕阳的安静时光。

This night is sparkling don't you let it go

今夜星光璀璨请你不要辜负

I'm wonderstruck blushing all the way home

回家路上我手足无措脸红耳热

I'll spend forever wondering if you knew

我愿穷尽一生去猜测你是否清楚

I was enchanted to meet you

与你邂逅让我一见倾心

还有那相互陪伴，有着说不完话的日日夜夜。

Please don't be in love with someone else

请你不要爱上别的女孩

Please don't have somebody waiting on you

请你不要再让别人为你等待

Please don't be in love with someone else

请你不要爱上别的女孩

Please don't have somebody waiting on you

请你不要再让别人为你等待

菲比就这么冲进了 Amore，不顾餐厅经理的阻拦，进入了包间。

两百多年前，有一个叫简·爱的平凡女孩发出了振聋发聩的呼喊："就因为我卑微，贫穷，矮小，不美，我就没有灵魂，也没有心吗？不！你错了！我和你一样拥有灵魂，也完全一样地拥有一颗心！"

两百多年后，一个平凡女孩发出了同样的呼喊："就因为我不年轻，不够美，不够有钱，我就没有追求爱情的权利吗？我就只能将就和一个不爱的人共度一生吗？我就要被社会规训妥协现实吗？就因为我不再年轻，我的价值就不在了吗？我就不值得被爱吗？不！你错了！我值得！无论是爱情还是人生！我值得！"

亲爱的读者们，让我们停下来，为这位女孩鼓掌，此时此刻，她无比接近那个理想中的顶天立地的自己。

包间已经空无一人，也许他们转去下一场派对了。

菲比笑了，她突然觉得很可笑，又为自己的行为感到骄傲，她终于敢面对自己的内心了。

大堂经理看她又哭又笑，不敢招惹，毕恭毕敬把她送出餐厅。

菲比顺着来路往金贸大堂走去，她的脸颊发热，完全感受不到寒冷。大堂已经熄灯了，路灯也变暗了，大望路在 10 点钟才迟迟宣告夜幕降临。

她看见黑暗中一个人影，天真正坐在黑暗的小广场上抽烟。

"你怎么在这儿？"她忍着眼泪，尽量让自己的声音不要颤抖。

"我不是说要回来吗，准备抽完这根烟就上楼。"

"嗯。"她没说更多，再多说一个字他都会发现她在哭。

"我跟她说清楚了，她不会再来找我了。"天真说。

"嗯。"她点点头。

天真先站起来，走进大堂的转门，他故意留菲比跟在他身后，给她一点在黑暗中擦干眼泪的空间。

模型差不多 12 点改好了，菲比也上交了她的一万字设计说明。

天真起身摸了一下菲比的头，好像在摸猫头，说："撤了，我送你回家。"

"不是说好不开车了吗？"

"嘿，我找了个便宜停车位，在大望桥底下，你还得跟我走两步。"

34. 白色圣诞节

把头发梳成大人模样，

咻咻一场无与伦比的约会。

圣诞节眼看要到了，菲比决定主动出击，向天真表白。她每天早上站在镜子前，攥着小拳头，一副视死如归的表情，脑补出一幕幕剧情。

在宣布刘畅成为 Associate 之际，天真也通过了试用期，他的 title 是 Designer，他的工资从六千元涨到了一万元，不过对于天真来说没有太多的喜悦，因为，都不够花。

菲比倒是非常高兴："恭喜啊！转正了！不再是 part time 了，有五险一金啦！"天真摸了摸头："哦，没感觉啊，不还得加班嘛，到手的工资和兼职差不多。"菲比苦口婆心掐着手指头给他算："你看看你二十二岁就开始交社保啦，外企的基数高，等你退休的时候会是一个非常富有的老头。"天真说："我谢谢你啊！等活到退休再说吧！"并暗自钦佩她在粪坑里都能挖出黄金的能力。

比如泰山哥冲她发脾气时，她会说："老板在教我们如何情绪管理。"白姐姐给她安排额外的工作时，她自我安慰道："一个成熟的 senior 要懂得 multi-tasking。"如果外卖被偷了，她还替小偷找补："看来我今天帮助了一个饿肚子的人。"

升职的名额没有争取到，白姐姐也是略带愧疚的，她帮菲比争取了多于平均数的涨薪和奖金，虽然数额不多，但也起到了心理安慰的效果。菲比的心态也日渐平衡，决定重新出发，来年再战。

圣诞氛围越来越浓厚，金贸周围街区的灯柱上装点了好看的圣诞装饰，广告道旗变成了红绿色系，工人们架起梯子，拿小灯不厌其烦地缠绕上银杏树，晚间将是一片火树银花的美景。午饭后菲比和天真到 SKP 商场的橱窗外遛弯儿，看着华丽橱窗里的奢侈品被包装成一个个诱人的圣诞礼物，菲比说："到圣诞啦，我又想起《小鬼当家》了！"

这天二人又在法国梧桐下转悠，菲比说："周六就是圣诞节了，我订一家餐厅，我们去庆祝一下吧！庆祝你转正成功。"天真说："好。"内心大喜。

两个人想的是同一件事，如何向对方表白心意。

菲比已经想好了去哪里，她选择了 TRB Forbidden[①]，在紫禁城护城河边的一家法国餐厅，紧临巍峨的故宫红墙，让菲比想到小时候在奶奶家时出门散步的感觉，异常安心。她预订了靠窗的双人午餐，毕竟晚餐过于正式，午餐显得进可攻退可守，吃完饭还可以在帝都美丽的旧城区遛弯儿。

爱一个人是藏不住的，在这条路上二人都没想过退路。

天真虽然表面上不喜形于色，实际心里很紧张。圣诞节的清晨，他早早醒来，穿上开会充数时买的黑色高领衫，把头发梳成大人模样，准备出发。他把车停在菲比小区门口的路边，在手机上找出了预先设置好的歌单，从菲比第一次坐他的车开始，听的就是为她设置的专属歌单。

他从后视镜看到她出来了，她的白色大衣里是和他一模一样的高领衫。

菲比其实 6 点钟就醒了，大橘都感到奇怪今天铲屎的起得比它还早。匆匆换了猫粮后铲屎的就一直在照镜子，换衣服，梳头，换了一套又一套，还像笼子里的熊一样在客厅来回踱步。大橘看在眼里，半耷拉的眼皮下眼神轻蔑，怒其不争：花痴真的不可救药。

---

① 故宫旁边的一家法国餐厅，于 2023 年歇业。

菲比没有把自己打扮得更年轻，她只想做真实的自己。她给高领衫搭配了一条黑白格铅笔裙，和一双鞋跟带珍珠装饰的黑色丝绒船鞋。然后仔细地拉直头发，梳了一个时下欧美网红都流行的光溜溜的低丸子头，这是她自己的大人模样。

今天的天色灰暗，车子越往城里开天色越暗，不过中心城区的红墙和槐树的枝条配上这灰蒙蒙的天空，有一种静谧悠远的感觉，恍如隔世。

TRB是北京服务极好的餐厅之一，二人进入餐厅就有殷勤的服务人员将他们引入预订好的座位，看到客人是一对气质出众的伴侣，服务得更加热情周到。上菜的间隔很长，不过每道菜的摆盘非常讲究，每次上菜二人都要研究一番盘子的材质和食材的色彩搭配。到了喝咖啡环节，服务员端上了一个蛋糕，这个蛋糕做成了一颗网球的样子，看起来是抹茶味的。上面插着一根小烟花，盘子上用巧克力酱写了四个大字"飞黄腾达"，端到天真面前。

显然这不是TRB一贯的审美风格，天真看着菲比："Seriously?[①]"菲比笑得灿烂，举起咖啡："当然！祝你飞黄腾达！"在一旁微笑的服务员又端上了一个蓝色的大盒子："先生，这位女士还有一件礼物，祝您的新工作一切顺利。"

打开盒子，是一把尤克里里，天真拿起来仔细端详然后怀疑地看着菲比："你知道尤克里里不是吉他吧？"菲比的咖啡差点喷出来："我当然知道！别以为我五音不全就不懂这个，我做了攻略的！"天真拿起

①　认真的吗？

尤克里里，开始拨弄琴弦，笑道："谢谢这个礼物，我会好好使用的！"菲比看着他："祝你圣诞快乐。"

热情的服务员适时地走过来："这位先生和女士，可以给你们拍一张合影吗？"于是二人获得了一张拍立得合影作为这美好圣诞的留念。餐厅还送了两副黑色的筷子，二人一人一副。

菲比请服务员结账时，服务员说："那位先生已经结过了。"菲比皱眉看着准备开门的天真，略带责怪：不是说好了我请客吗？天真耸耸肩膀，没有说话。

一出餐厅，二人惊喜地发现："下雪了！"鹅毛般的大雪花忽忽悠悠从天空飘下，地面渐渐变白，披上了一层蓬松柔软的雪被，故宫的角楼和红墙在白雪的映衬下更为厚重和庄严，世界上的一切仿佛都安静了，北京变成北平，似乎马上可以听到古时钟楼传出的回响。

"你是怎么想起来订这么个蛋糕的？"天真还是觉得那飞黄腾达蛋糕有些离谱儿，问菲比。菲比不假思索："我跟餐厅说要订一个特别的款式，最好是《网球王子》主题，送给我喜欢的人。"天真愣住了五秒钟，抗议道："这句话应该我先说出口。""哪句话？""我喜欢你！"天真不知她是不解风情，还是装傻充愣逗他。

菲比说："啊？还有这种规矩，不好意思，抢了你的台词。"告白竟然如此丝滑，脱口而出。

于是天真拉起她的手，握在手里，认真地看着她说："冷羽菲，你愿意做我的女朋友吗？"菲比凝视着他孩子般的眼睛，笑意盈盈："我愿意，吴天真。"

两人沿着护城河边走边细赏雪景，天真沉默了一会，然后说："如果有天我们不喜欢对方了，可以坦率地告诉彼此吗？"菲比诧异他怎么想得这么多，天真补充道："我不想要突然消失的告别，明明可以好好告别。""我答应你，我不会突然消失的。"

天真突然指着天空说："你看那儿！"菲比对着漫天飘雪的天空看了半天，什么都没找到，天真一把搂住她的肩膀，把一个雪球轻轻地按在她脸上。"吴天真！你怎么这么幼稚！"菲比也抓起一团雪，准备报复，二人追跑打闹，巍峨的角楼默不作声，见证着两位"小学鸡"的快乐。

菲比时常在想，等到她成了老太婆，如果幸运地拥有一个外孙女，她一定会跟自己的外孙女吹嘘年轻时的爱情。她会告诉她，外婆年轻的时候吻过很多帅气的男孩子，但有一个吻极为特别，它发生在一个美妙的白色圣诞节，以故宫为景，整个世界都停止了运转，一片寂静。那个吻轻柔又动人，好似轻轻的雪花落在脸上，接触的瞬间一阵清凉，再伴着你的泪水一起融化。

天色渐暗，天真把车开到鼓楼旁边的一个停车场，打开天窗，躺在车里欣赏灯光下的鼓楼。天真从后座拿出一个蓝色的小盒子，上面系着一个完美到褶子都没有的蝴蝶结。"打开看看！"天真比菲比还期待，菲比小心翼翼地解开蝴蝶结，打开盒子，里面是一个侧面全烫金的奶油色真皮记事本。本子的手感极佳，封皮正面的金字印着"DREAMS AND THOUGHTS"[①]，背面印着"SMYTHSON EST 1887"，封皮角落烫着两个精致的金色字母"F.L"，菲比摩挲着这个字，惊喜："还有我名字的缩写啊！谢谢！"天真摸着后脑勺儿说："这个本子要

———————
① 梦想和灵感。

在英国做，用了两个月的时间，一直寄不过来，我不得不昨天夜里去机场附近的快递点取货……还好赶上了！"菲比打开本子，她的快乐溢于言表。

翻开内页，看到天真用清秀的字体摘抄了一首泰戈尔的诗：

触摸自己

你靠什么谋生，
我不感兴趣。
我只想知道，
你渴望什么。
你是否有勇气追逐心中的渴望。

你面临怎样的挑战，困难，
我不感兴趣。
我只想知道，
你是怨声载道，
还是视它为一次学习和成长的机会。

你的年龄，
我不感兴趣。
我只想知道，
你是否愿意冒险，

哪怕看起来像傻瓜的危险，
为了爱，为了梦想，
为了生命的奇遇。

什么星球跟你的月亮平行，
我不感兴趣。
我只想知道，
你是否看到你忧伤的核心。
生命的背叛，
是敞开了你的心，
还是令你变得枯萎，
害怕更多的伤痛。

你跟我说的是否真诚，
我不感兴趣。
我只想知道，
你是否能对自己真诚，
哪怕会让别人失望。

你跟谁在一起，
我不感兴趣。
我只想知道，
你是否能跟自己在一起，

你是否真的喜好做自己的伴侣，

在任意空虚的时刻里。

你有怎样的过去，

我不感兴趣。

我只想知道，

你是怎样活在每一个当下。

你有什么成就、地位、家庭背景，

我不感兴趣。

我只想知道，

当所有的一切都消逝时，

是什么在你的内心，

支撑着你，

愿我看到真实的你，

愿你触摸到真实的自己。

"圣诞快乐！"他笑得比菲比还要开心。

35. 不能说的秘密

转眼，年会的大日子终于来临。这段时间行政和 HR 化身为"巴依老爷"，抽着鞭子督促设计师"牛马"们在繁忙的交图季排练。年轻如天真和小行知，脸上都出现了淡淡的黑眼圈，眼神涣散无光。

"哎哟我不活了！！！"中午小行知从避难层排练回来，瘫在椅子上抓耳挠腮，"累死我了！我每天跳舞的量超过了我去年一年的运动量！！！"然后她哭唧唧地冲菲比说，"领导，今天就别安排我画图了吧，我一会儿就得去候场了，呜呜呜。"菲比看她这么可怜："得，一会儿我给你们买奶茶！给你们演出壮行！"天真则面色铁青，在和淘宝店吵架："咱们演出的背景视频还没剪好，一会儿就要彩排了！"吉娜体现出大姐本色："没关系，我们的节目排在后面接近压轴啦，还有时间！"

虽然办公室一半的同事都沉浸在年会的兴奋里无心工作，菲比的时间表还是满满地不得闲。她下午要开一个超长的视频会议，白姐姐的一个项目需要汇报，然而白姐姐分身乏术，菲比要替她汇报。当菲比正要进会议室时，看见娜娜气急败坏地冲进了隔壁会议室，把电脑狠狠地砸在桌上，一点儿也不心疼。

"怎么了宝贝？"菲比探头进了隔壁，只见娜娜的港风大波浪略显凌乱，小脸气得通红。"你知道吗，我本来是坐在雪莉对面的位置，前两天我的耳机坏了，业主有些线上会议又开得特别急，我有时候就不得不公放出来！结果，结果那个老阿姨就投诉我上班聊天！"娜娜气得直结巴，"她她她还写邮件给 Ken，让我换座位！""啊？"菲比心想这行政老阿姨真会找事儿，"换去哪里了？"

"Ken 没办法，就把我换到了史大鹏旁边！"娜娜开始使用脏话了。"啊？你小心他，他好猥琐的，以前老翻前台妹妹的私人物品！"菲比提醒她。"是啊！所以我赶紧订了个会议室，今天先在会议室办公！"

"你知道最恶心的是什么吗？就是雪莉她自己聊天的时候比我开会声音大多了！她每天和财务一起八卦，然后就是聊孩子升学啊，食堂啊，算中考分数啊，妈的，我还没投诉她呢！"娜娜继续控诉，看来是受了不少气。

"最离谱儿的是，有一次她带着行政那几个女的在货梯通道的前厅点火吃火锅，点明火啊，明令禁止的！"

"只许州官放火，不许百姓点灯。"菲比无奈地总结道。

不过菲比转念一想，天天为公司赚设计费的核心业务部门怎么是百姓，行政部是州官呢？话说经济基础决定上层建筑，咱们在公司就是反着的呢？

雪莉热爱"雌竞"，尤其是在她觉得自己颜值一年年走下坡路的时候，除了和贾思蜜比拼以外，她还对公司的年轻女设计师们有很大的敌意，恨姑娘们的好学历和美貌只是表象，内核是由于她的心智和专业能力没有提升的空间，有着深深的不安全感。被她欺负过的业务部门的妹妹们看得很清楚，时常互相安慰："别理她，她就是这辈子就这样了，所以恨那些没有职业天花板的女孩子。"

晚上6点半，菲比暂时结束了自己的工作。办公室已经空无一人，她连忙跑到卫生间去补妆。大部分的女同事们都提前换好精心准备的汉服，到会场去拍照了。由于要开会，菲比不得不维持商务风格的造型，不过她也是暗自为年龄增添了小小心机。

在她的黑色廓形西装下，穿了一件面料挺括高级的H形长裙，虽然没有掐腰设计，脱下外套后才能看到暗藏的玄机：裙子背面是个大露背设计，开洞一直开到腰窝，可谓前面端庄保守，后面风情万种，她再配上一副巨大的艺术感金色耳环，换上十厘米的高跟鞋，俨然一位盗版的YSL 女郎。正当她对自己"可盐可甜、娘 man 平衡"的造型暗自得意时，娜娜从卫生间隔间走了出来。

娜娜还是穿着上班的深蓝西服套装，但是她把内搭衬衫换成了一件红色蕾丝内衣式上衣，造型顿时火辣起来，她一边补妆自己的标志性大红唇，一边掏出一瓶迷你香水，夜店风的香气顿时充斥了整个洗手区。菲比忍不住吹了个流氓哨，调侃道："嚯，好性感，不怕雪莉姐姐看了生气，投诉你伤风败俗啊？"娜娜一边整理自己的大波浪，一边说："我已经想通了，我故意打扮低调那帮女的也不会喜欢我，还不如释放魅力，气死她们！""对嘛，这心态多好！"菲比恨不得举双手双脚赞同。

二人在走去会场的路上，突然听到背后一声"师父！"昕宇赶了上来，只见她也穿了一身西装，搭配了蝴蝶结衬衫，喇叭裤和厚底靴子，配上她的法式羊毛卷，多了许多复古氛围。"小昕宇，你怎么也没穿汉服？""别提了师父，我和徐总去开会了，刚回公司就往这儿跑了。""哎，看看我们孩子多可怜，妆都没来得及补。"菲比心疼起来，娜娜接话了："我们仨是典型的都市丐帮，穿着西装随时准备工作，求'甲方爸爸'赏口饭吃。"

"这个总结极好，一会儿有人问我们是什么流派，我们就说是都市丐帮！"菲比说，三个女孩昂首挺胸走进了万豪酒店阔气的大堂。俗话说得好，三个女人一台戏，那么三位仙女在一起就是一道美丽的风景。万豪酒店见多识广的门童也看得目不转睛，仿佛见证了亦舒女郎从书中走出来的盛况。

安睿的年会盛典在酒店地下一层的超大宴会厅举行，在宴会厅外的前厅有存包处，还有仙帝姐姐修改了一万次的仙侠风背景板供大家拍照，三位仙女进入后马上被两位 IT 男生引到背景板留影，IT 男分别COS 了金角大王和银角大王，站在都市丐帮女郎两侧一起合影，场面颇为滑稽。男生们都蠢蠢欲动和三位仙女合影，或是搭两句话。女生们都对她们敬而远之，坚决不同她们出现在一张照片里。

正在这时，人群中传来一阵骚动，大家的眼光都被一位极高的美女吸引了。这位美女肤白胜雪，超凡脱俗，穿着一袭飘逸的白色古装，长长的秀发梳成半披发，发量惊人。最令人注目的是她的身高，比旁边的同事大概要高一个头，在人群中鹤立鸡群。

时不时有人同美女合影，菲比三人也非常好奇此人是何方神仙？还是公司请的 NPC？走近一看，菲比发出一阵惊呼："天……吴天真？！"天真叹了一口气，无奈地看着菲比。这时吉娜从天真身后蹿了出来，一身杨过的打扮："怎么样！没想到吧？我们临时调整了演出方案！"

菲比不得不承认这反串喜剧效果拉满，吉娜继续自豪地炫耀："我们下午来排练时发现，规划组的两位帅哥铁了心要孔雀开屏，似乎还有秀胸肌的桥段，复刻了好多《陈情令》的名场面！我们要不整点儿劲爆的活儿根本不可能赢！"

三位女生把天真围住，上下打量，啧啧称奇。"还好化妆师有假发，你看天真戴上还挺合适。"吉娜继续炫耀，"最厉害的是，我们在网上买到一对硅胶假胸，闪送过来了。"她顺势把手放在天真的胸部，笑成一团，"效果非常逼真！"小行知穿着郭襄的衣服，又从天真右边蹿出来，说："手感巨好，摸起来 duang duang 的！哈哈哈哈哈哈哈哈哈哈哈哈哈哈哈哈哈哈哈！"

天真汗流浃背，无奈控诉："你们再摸我的胸，我要拨打道德热线了。"

"仙帝姐姐可喜欢天真了，他化妆的时候仙帝姐姐都乐成花儿了！"吉娜补充，"天真你现在出名了，好好表现，将来平步青云！"

感谢仙帝姐姐，让我们可以平等地物化男性，菲比想。

广播响起，主持人请大家从前厅步入宴会厅入席。安睿年会的配置仿佛婚礼，几十桌大圆桌均匀摆放在宴会厅，然后行政按照职位高低分配座位。通常距离舞台越近的桌子职位越高，景观组的 A 及 A 以上的领导会坐在一起，这时菲比竟有点庆幸她不是 A，可以和可爱的小朋友们坐在一起，嘻嘻哈哈，畅所欲言。

在身着晚礼服的主持人（一般由能说会道的经济组的策划师担任）隆重介绍了今年年会的主题后，晚会开始了第一个环节，领导讲话。三大金刚悉数登场，第一位就是大名鼎鼎的全球区总裁许冠生，据说年薪千万，是名副其实的打工皇帝。他头发花白身材矫健，身着考究的三件套西装，一副国王般的泰然自信，对着全体员工侃侃而谈，潇洒至极。菲比到现在都无法相信他和史大鹏有亲戚关系，不知二人谁是家族的异类。

二号人物是亚太区总裁，香港人，普通话不太好，也是身高喜人，不过看起来比许冠生低调很多。三号人物是中国区的总裁，身高比前两位矮一截，大陆人。菲比看此人如此眼熟，再三确认后发觉他长得极像自己家的大橘，圆润的脸庞上留着黑白相间的胡子，看起来憨厚的气质中又透着一丝狡黠。怎么能说领导像大橘呢？明明是像四郎啊！

这三位领导似乎也印证了公司流传的三大权力流派——宝岛帮，湾区帮和大陆帮。三足鼎立顶峰相见，舞台下的有心人都在静观局势，看看新年投奔哪个帮派最有利。

在领导们讲话完毕后，主持人宣布了第一个表演节目的团队是建筑组，建筑组的同事也知道自己是暖场的，演了一个没有笑点的小品，匆匆收场。

紧接着是年会的第一个小高潮，仙帝姐姐的服务 15 周年纪念环节和第一轮抽奖环节。舞台后的大屏幕上播出了仙帝姐姐的发展历程视频，在最后，视频里一闪而过六位设计师给她画的画像。虽然时间极短，菲比还是看到了那画像中，画得比她沧桑显老的画作至少有三幅，而沈妙偏偏找她的麻烦，想到这里像吃到了苍蝇，只觉得令人作呕。随即菲比的拳头硬了，真想施展一下自己在健身房练的功夫，给职场霸凌的人一拳。

后来造价组也表演了一个歌舞，接着就是泰山哥的 15 周年纪念了。泰山身穿酒红色丝绒西装，皮鞋亮得像一道闪电，极为狂放不羁，菲比担心他喝多了以后衬衫扣子会开到肚脐眼。

终于规划组帅哥的节目打破了晚会的乏善可陈，随着网络流行歌曲的串烧，两位帅哥尽情在台上表现，台下的女生尖叫声一波高过一波，连景观组的小女生们都沸腾了。菲比担心，天真他们的节目能打赢吗？

又经历了两拨抽奖，现在奖品的价值已经超过五千元了，好几位同事抽到了 Bose 音响和爱普生投影仪。

"让我们欢迎景观组的节目《神雕侠侣》！"

随着一阵热闹的背景视频和灯光，扮成剧中各色人物的设计师们在安安的领舞下跳起了女团舞，小行知跳得格外起劲儿，菲比担心孩子把自己的假发甩下来。

天真怎么还没上场呢？

忽然舞台的灯光全灭了，舞台一片寂静，观众们就在这寂静中等待了一段时间，待大家的胃口都被吊起来时，一束强烈的追光灯打到了"小龙女"身上，他坐在一架白色的三角钢琴前，开始了独奏。

熟悉的前奏唤醒了会场年轻人的DNA，天真弹的是《不能说的秘密》。前奏过后，天真开始演唱，他的声音清透且富有磁性，抓住了现场所有人的耳朵：

咖啡离开了杯垫，
我忍住的情绪在很后面……
……

你说把爱渐渐放下会走更远，
又何必去改变已错过的时间，
你用你的指尖，
阻止我说再见，
想象你在身边在完全失去之前，

或许命运的签只让我们遇见，
只让我们相恋，这一季的秋天，

飘落后才发现这幸福的碎片，

要我怎么捡。

菲比听着这忧伤的歌词，心中无限澎湃。天真啊，我和你之间，就是不能说的秘密。没有人会知道这段恋爱，没有人会为我高兴和祝福。你我之间的或热烈或悲伤，无法分享。但就算没人祝福，遭人唾弃，我也愿飞蛾扑火，在所不辞。

这是大家的青春或童年，演唱结束时，观众席发出了雷鸣般的掌声。

连许先生都和旁边的仙帝说："北京办公室真是人才辈出！"

在投票环节，安睿竟开发了网络投票的通道，规划组和景观组的分数咬得极其接近，主持人再次烘托了气氛："欢迎大家积极转发演出视频，以便获得更多的选票！！！"眼看规划组的选票追上来了，旁边的昕宇准备放大招："没办法了，该动用万能的淘宝了！"她熟练地在淘宝上找到了帮助投票的商家，很快，景观组的票数大幅飙升，规划组望尘莫及。菲比惊讶："宝贝你咋啥都会？！"昕宇吐了一下舌头，笑道："师父，我的前男友不是网络主播嘛，他教我的！"她把手指放在唇前，"不要告诉别人哦，这是不能说的秘密。"

最后景观组获得了最佳节目大奖，获得了五千元团建奖金。大家开心极了，吉娜大声呼喊："今夜，景观组要横着走出万豪！"

节目本应到此圆满结束，结果主持人播报："下面进行的是行政部准备的特别节目。"

原来是雪莉听说贾思蜜会跟领导来北京参加年会，她"雌竞"的心理膨胀到顶点。雪莉自认为古装是她的"舒适区",勒令行政部门一定要出一个古装节目。最后在行政部门姐姐匮乏的创意中选择了效仿《梦华录》中一段舞蹈的桥段,几位姐姐装扮成唐代美女的模样,模仿起仕女图,颇有东施效颦之风采。

节目进行到一半,雪莉姐姐想把舞蹈动作做得再大一点,不料脚踩住了裙子,一个趔趄撞到了音响,然后,灾难发生了:她直接摔下了舞台,还滚了三滚,正好滚到许先生脚下,四仰八叉。

在大家还没有反应过来怎么回事儿的时候,四面八方就出现了酷爱八卦的同事,第一时间拍下了视频和照片。看到雪莉弄巧成拙,出了大丑,贾思蜜表面上装得惊讶又心疼,私下里高兴得不得了,到处转发她滚下舞台的视频。

雪莉姐姐在年轻人中显然没有积多少德,她出丑的视频和照片被做成各种鬼畜表情包在设计师们的群里风传,娜娜显然出了一口恶气,跟菲比说:"感谢老天爷!这就是现世报!"

到了后半夜,万豪的大堂也仅仅亮了一半灯,一位疲惫的客人站在大堂门口等待网约车,显然他因为应酬喝得神志不清。他看到一位飘逸脱俗的白衣女侠轻盈地从他身边飘过,后面还跟着一位现代装的白衣女子,二人跑过万豪长长的车道,寂静的空间传来欢笑的回响,仿佛要去往另一个世界。

这位客人揉揉眼睛,心想,我真的喝多了。

36. 最后的繁花

年会过后，公司迎来了一系列巨大的变化，令人不禁深深怀疑，之前的年会盛典是虚假繁荣，打肿脸充胖子。

最令人吃惊的消息是仙帝姐姐的突然离职，据说公司赔偿了优厚的大礼包。从此整个中国区不再每个办公室设置 VP 级别的运营领导，运营大权集中在上海的一位 ED 身上。沈妙苦心经营多年的溜须拍马终究是打了水漂，只能从头开始，去抱上海新领导的大腿了。

还有一个变化是泰山突然宣布会 base 在北京办公室，他高调且频繁地出现在北京，并不断向同事们打听哪家国际学校比较好。这也是出乎菲比的意料，因为大湾区是整个设计界的大肥肉，项目比北京可多多了，泰山为何不在大湾区深耕，转投北京办公室呢？菲比虽然觉得蹊跷，但还是很高兴这个变化的，泰山是个好师父，她竟然感觉有了靠山。

公司的财务也突然发出邮件，鉴于新的市场环境和合同量，公司规定以后差旅不能预订超过一千元的酒店了，报销超过五百元就会跳到全国运营总监那里审批。"就是住宿标准降低了，报销更难了！"娜娜总结，忧伤地喝了一口公司提供的日渐寡淡的咖啡，菲比补刀："越来越抠门儿了！"

公司的保洁阿姨似乎少了一个，导致垃圾收拾得不如以前利落，行政经常在下午 4 点游街一样提醒设计师们自己收拾桌面和垃圾。每天下午 4 点茶水间的零食变少了，而且从进口超市的饼干变成了没见过品牌的批发产品，水果也越来越少，最后改成小番茄黄瓜之类的，行政美其名曰：低糖更健康。

雪莉姐姐每天打着石膏来上班，好巧不巧她骨折的是左手，因此公司领导并没有批准她的工伤假。她每天都在朋友圈发自己打着石膏开车来上班的自拍，自恋地标榜自己是"无所不能的独立女性"，实际上是想让领导看见她有多么任劳任怨。

不过设计部门的项目并没有少，设计师们每天还是挑灯夜战，似乎没有感觉到市场的寒冬即将到来。倒是敏感的项目经理们发现，业主的对接人常常更换，业主内部的领导似乎更多了，回款时间明显变长，但是项目的造价标准越降越低。

随着基建和地产的增速放缓，新项目越来越少，原先可以委托的项目都要求做项目理解，多方比选才能定下来。这些变化，菲比的设计师"小圈子"暂且没有感受到，不过变化也渐渐来临。

吉娜在年前荣升为 Senior Designer 后却选择了辞职，也许是沈妙的服从性测试让她不胜其烦，也许是学英语的性价比实在是不高，总之吉娜完成了在外企的镀金，跑去国企设计院去卷别人了。吉娜决定离职后，沈妙在别人面前骂了她半个月，说她浪费了组里的升职名额，忘恩负义白眼儿狼。

"祝大家一切顺利！"菲比的小团体一起吃火锅给吉娜饯行，吉娜对大家表达了祝福："和大家一起共事真的很开心，一切都简简单单，每天都学到新东西！""吉娜姐，你走了我们会想你的。"小行知习惯了有大姐姐，很不舍，"你以后还做设计吗？""我会做设计的，不过我想工作轻松点儿，可以多陪陪儿子！"吉娜透露，"其实有的国企现在的工资比外企高了呢，你们也可以考虑！"

小行知和男朋友终于找到了国贸附近的房子，虽然是老破小，但也是独立生活的开始。她的准婆婆赞助了不少家电，还和小行知促膝长谈了她未来的职业规划，并给了她很多建议。新年伊始，小行知开始学习金融方面的知识了，每天啃书啃到深夜。

菲比和天真变成了"偷感"很强的情侣，每天吃午饭要躲避熟人，下班也要一前一后溜出办公室，竟平添了几分刺激。当然这个秘密也不是真的密不透风，萌萌可以算是唯一的知情人。当菲比告诉她这个秘密时，萌萌像娘家人嫁女儿一样高兴得大哭，说："菲菲，我就知道！你值得最好的！呜呜呜呜呜呜呜——"这搞得菲比又好笑又心酸，抱着好友："我们都值得最好的！"

更刺激的还是他们后面的生活，时代的大潮落到每个人身上都是惊涛骇浪，他们只能在生活的磨砺和考验中成长。

37. 新春许愿

大年初一，天真趁着天还没亮就溜出家门，只因为和菲比相约在景山之巅，看新年的第一缕阳光。

待他们上了景山，发现有几百位市民拥有和他们一样的雅兴，万春亭周围人声鼎沸，好不热闹。

菲比非要拜一拜万春亭内的佛祖，说自己小时候每次考试都来拜这位小众神灵，天真将信将疑："这能灵吗？"菲比睁开一直闭着的眼睛，双手合十，斜眼看他："心诚则灵，心诚则灵！"天真说："那你要许什么愿啊？"菲比卖着关子，拉着天真在一众游客坐满的万春亭长凳上挤出一个空当，艰难地坐下后从包里掏出天真送给她的日记本，还有一个旧旧的粉色本子。

"我要把高中毕业时的愿望抄在新本子上，然后再许愿。"她又从包里掏出一支笔。

一听这是菲比高中的日记本，天真来了兴致非要抢过来看看，菲比使劲捂着："别看了！我给你看重点！"

那一页第一行写着：成为一名建筑师。

"你现在是景观建筑师（landscape architect）也算实现了吧？"

"对，所以这个不用抄上去了！"

"登上 *Vogue* 是什么鬼？"天真觉得很离谱儿。

"万一……我成了著名设计师呢？……在我……还年轻貌美的时候……"菲比心虚，但还是把这个愿望摘抄到新本子上，手指冻得通红。

天真："……"

"这个愿望很重要！我还特意配了一幅画！！！"菲比指着第三

行说。

她画了一个拿着冲浪板的女孩，看起来肆意洒脱。

"我——要——学——冲——浪——"她用冻僵的手指一笔一画地写下这个愿望。

"为什么非得是冲浪？"

"我小时候看一部叫《霹雳娇娃》的电影，黛米·摩尔演电影里的大反派，她出场就是从海里拿着冲浪板出来，对我幼小的心灵产生了巨大的冲击，这个女人太帅了！"菲比满眼星星，像个花痴。

"……"天真在自己的大脑里搜索了半天，憋出一句，"没看过……"

"嗬，电影上映的时候你才多小。"菲比嗤之以鼻。

天真看到最后一行：我要为这个世界创造一些美好的东西！

"嚯！这个愿望好宏大！"天真鼓鼓掌，说，"那我把我的愿望给你！你还可以再许一个愿望。"接着转身对着万春亭里面的佛祖，双手合十，虔诚地说，"我今年的愿望是冷羽菲的愿望实现！"

许完愿，二人顺着西边的台阶走下了山，到了景山西门，菲比指着树上兴奋地说："看！好多柿子！"上百年历史的柿子树上，高高地挂着许多饱满的大柿子，橙色的柿子在阳光下仿佛一个个灯笼。天真赞叹："真不错，这么高，没人能够得着！柿柿如意！事事如意！"

在晴朗的寒风中二人冻得瑟瑟发抖，于是决定通过运动来取暖，他们从景山快步走到了府右街，准备去吃一下共同的童年回忆——香妃烤鸡。

坐定后，菲比又开始倚老卖老："你看看，我初中在这儿吃饭的时候你还流鼻涕呢！"天真说："您老多厉害啊！不过我要声明，我四岁以后就不流鼻涕了。"

　　待天真把套餐餐盘拿到桌上，神秘兮兮地在自己的双肩包里掏着什么。菲比说："吃饭啦，找什么呢！"天真掏出来一个巨大的酒瓶，上面印着三个汉字：三井寿。

　　"三井寿！我的初恋啊！"菲比秒变夹子音。

　　"嗬，今天我们要把你的初恋喝掉。"天真竟然带着些醋意。

　　"可以，不醉不归！"

　　且将新火试新茶，诗酒趁年华。

（未完待续）

春天来啦

去吃个饭吧!